À propos de
Alégracia et le Serpent d'Argent

MEILLEUR LIVRE FRANCOPHONE CANADIEN
PUBLIÉ EN 2005

PRIX AURORA 2006
Décerné par l'association canadienne
de la science-fiction et du fantastique

« À lire immédiatement après Harry Potter! Coup de coeur! »

- La Tribune, Sherbrooke

« Une fois bien plongée dans l'histoire, tu ne voudras plus
quitter cet univers. »

- Alexine

« ...c'est un très bon premier roman, qui devrait plaire au lectorat
d'Amos Daragon et Les Chevaliers d'Émeraude : j'ai plus aimé
Alégracia que les épisodes d'Amos ou des Chevaliers. »

- Brins d'Éternité, Trois-Rivières

Pour Sonia,

et le Serpent d'Argent

Bon voyage au

Continent - Coloré !

11 juillet 2009

La saga d'Alégracia

Alégracia et le Serpent d'Argent
Éditions *Les Six Brumes*, 2005.

Alégracia et les Xayiris, Volume I
Éditions *Les Six Brumes*, 2006.

Alégracia et les Xayiris, Volume II
Éditions *Les Six Brumes*, 2007

Alégracia et le Dernier Assaut
Éditions *Les Six Brumes*, 2008

Les Six Brumes de la Société Secrète inc.
Case postale 187
Drummondville (Québec)
J2B 6W5
www.6brumes.com

Distribué au Québec par Diffusion Raffin

Mise en page : **Francis Renaud**
Illustration de couverture : **Jean-Sébastien Lessard**
Coloration de la couverture : **Dominic Bellavance**
Illustrations intérieures : **Tommy Vachon**
et **Dominic Bellavance**
Révision : **Amélie Bibeau et Chantal Houle**

Communications : **Guillaume Houle**
communications@6brumes.com

ISBN : 978-2-9807342-8-1 (2ème édition, 2006)
ISBN : 2-9807342-7-6 (1ère édition, 2005)

Dépôt légal
Bibliothèque et Archives nationales du Québec, 2006
Bibliothèque et Archives du Canada, 2006

et le Serpent d'Argent

Roman de fantasy
Dominic Bellavance

les six brumes

Personnages

d'Alégracia et le Serpent d'Argent

Dans le territoire

Alégracia
Sintara, sa soeur
Mosarie, leur mère
Kakimi Moveïf, un marchand
Furon et Térann, chevaux de Kakimi

Aux mines

Shnar, prince d'Holbus et frère de Riuth
Bimosar, second de Shnar et homme de main
Atanie Léoliot, une domestique
Pasco Léoliot, son fils
L'Ange Arc-en-Ciel, mystérieux combattant

La Troupe d'Okliarre

Okliarre Dastim, chef de la troupe
Daneruké Lorcana, un danseur
Samocure Moranoir, son partenaire
Pirie Carian, joueuse d'ocarina
Juno Allaire, joueur de luth
Lanine Scartan, percussionniste
Sandra Azella, joueuse de flûte à bec
Wecto, conteur d'histoires
Paul Tonoon, conteur d'histoires
Jaquot, historien et conteur d'histoires
Arcaporal Croll Smithen, responsable de l'équipement
Bulgaboom, artificier

Dans les Bois-Verts

Copico Artis'Téming, un chercheur
Viko Artis'Téming, sa fille
Hallion Grand-Bec, un tenancier d'auberge
Majora Castter, un ange Akdath

À Holbus

Izmalt, roi d'Holbus
Riuth, son fils exilé et frère de Shnar
Kazz, lieutenant d'Izmalt

Au Drakanitt

Dircamlain, un écrivain et chercheur

Autres personnages

Ofenior Moranoir, ancien beau-père de Mosarie
Atérûne Zérinam, chasseur et explorateur des Bois-Verts
Maître Éwinga, chef des rebelles

Du passé

Zarakis, ange Solarius qui a jadis combattu à Pur-Dufonio
Athore, son ennemi juré

Les forces primaires

La Lumière, énergie colorée
Les Ténèbres, son opposée
Le tourbillon bleu

*Imaginez que votre capacité d'émerveillement soit intacte,
qu'un appétit tout neuf, virulent, éveille en vous mille désirs
engourdis et autant d'espérances inassouvies. Imaginez que
vous allez devenir assez sage pour être enfin imprudent.*

Alexandre Jardin
Le Zubial

Table des matières

La première transformation... **17**

Le cadeau des vents.. **65**

Shnar.. **112**

Un héritage enseveli... **154**

Daneruké... **209**

Une nouvelle famille... **274**

En route vers Holbus... **335**

Les demeures des soldats... **407**

Le *Continent-Coloré*

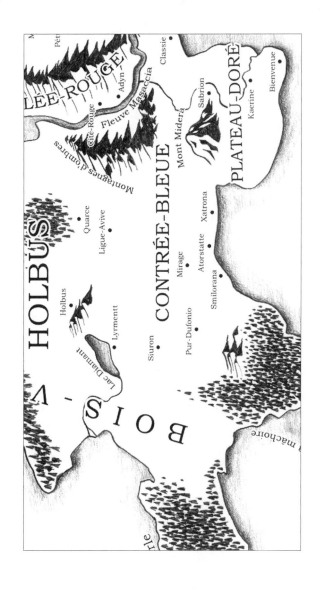

Chapitre I

La première transformation

Un soleil flamboyant illuminait le ciel ce matin-là. Le temps était d'une clémence qu'on aurait souhaitée chaque jour en sortant du lit. Je me reposais paisiblement dans un de mes jardins de fleurs et les rayons ardents du soleil traversaient presque mes paupières closes. Je prenais de profondes respirations et j'expirais l'air doucement par le nez, les lèvres à peine entrouvertes. Ainsi, je profitais au maximum des arômes enivrants dégagés par les nombreuses fleurs qui m'entouraient.

J'avais cultivé plus d'une dizaine de variétés distinctes au fil des ans : des tulipes, des lys, des auricules, des marguerites jaunes, des violettes et plusieurs autres. Malgré tout, les roses demeuraient mes préférées.

Je me prélassais justement dans le jardin de roses en cette matinée ensoleillée. Je préférais leur arôme à celui des autres fleurs. Lorsque j'avais franchi les rangs, tout juste après les premières lueurs de l'aube, leur odeur avait éveillé tous mes sens. Leur doux parfum s'était répandu à travers tout mon corps pour m'offrir des frissons énergisants du cou jusqu'au bout des doigts. À chaque fois, mon cœur devenait si léger qu'il ne me restait d'envie que pour le repos. Je n'avais pas pu résister car, après tout, il faisait si beau.

J'entendais le son des vagues de la mer mêlé à celui du vent qui sifflait entre les feuillages du boisé bordant mes jardins. Un vent doux et léger. Lorsqu'il se faufilait au ras du sol, entre l'herbe et les buissons verdoyants, on aurait cru entendre le tintement d'un millier de clochettes. Je me retournais alors sur le côté pour sentir sa douce caresse sur mes joues. L'intensité du soleil diminua soudain au passage d'un nuage et j'en profitai pour ouvrir les yeux. Sous mon regard ébahi, des dizaines de roses valsaient sous un ciel maculé de nuages aux contours étincelants.

Cette agréable vision, accompagnée du murmure relaxant et de la caresse tonifiante du vent, ainsi que du parfum envoûtant des fleurs, suffisaient amplement à combler mon bonheur.

Ma mère, Mosarie, et ma sœur jumelle, Sintara, étaient parties ensemble ce matin pour ramasser de délicieuses balbales sur la plage. Avant l'aurore, la mer déposait sur le sable ces créatures marines en forme d'étoile à six pointes. Lorsque nous nous y rendions assez tôt, nous en ramassions près d'une vingtaine, un nombre suffisant pour remplir à ras bord deux petits paniers en osier.

J'aurais aimé les accompagner, mais maman n'était pas venue m'avertir de leur départ. Je les avais aperçues plus tard, par-delà l'escarpement rocheux qui délimitait la plage. Elles étaient penchées près d'un amoncellement de pierres. Ma mère ne pouvait se passer de Sintara pour ramasser des balbales, car la plupart restait captive sous de lourdes pierres après le retrait de la marée. Ma sœur et moi n'avions que douze ans, mais sa force surpassait amplement la mienne et celle de Mosarie réunies. Elle seule pouvait soulever ces pierres avec aisance.

Cependant, je connaissais des endroits secrets pour cueillir les balbales : dans les troncs d'arbres qui gisaient sur le sable. Quand j'en dénichais un encore détrempé par l'eau saline, je l'inspectais méticuleusement pour y découvrir des trous ovales. Ces animaux marins se nourrissaient des arbres tombés des rivages et ils creusaient profondément sous leur écorce pour atteindre les couches mœlleuses. Ainsi, en insérant mes doigts dans les trous, je frôlais leur peau visqueuse si la chance me souriait. Je surprenais souvent ma mère avec cette astuce, car je remplissais souvent mes paniers plus rapidement qu'elle et Sintara près des rochers.

Après les cueillettes matinales, il m'arrivait de manger une ou deux balbales en chemin. Ces étoiles étaient tellement succulentes ! Mais elles devenaient encore meilleures après une journée complète de séchage au soleil. Ainsi, elles devenaient croustillantes à l'extérieur tout en demeurant juteuses à l'intérieur. Pour tout dire, le fruit d'une cueillette ne durait pas plus d'une semaine avec notre appétit insatiable.

Je refermai les paupières et j'oubliai quelques instants les balbales pour replonger dans mes rêveries. Toutefois, un gémissement strident me fit sursauter. Ce n'était pas un cri humain ; je crus qu'il s'agissait de deux charognards qui se disputaient une carcasse putréfiée. Ils criaient si fort que leur cacophonie rebondissait en écho entre les hauts rochers de la colline. Inquiète, je me redressai vivement pour mieux entendre, mais le bruit mourut aussitôt, ne laissant derrière lui que la mélodie du vent, des vagues et du feuillage des arbres. J'observai la mer quelques secondes encore et j'attendis, les sens à l'affût, mais rien ne se passa. Je me recouchai alors, en me convainquant que ces plaintes ne représentaient rien d'important. Mais je me trompais. Oh! Oui! Comme je me trompais!

* * *

Je restai allongée dans mon jardin de roses plus d'une heure encore. Ma mère et ma sœur devaient déjà être revenues. J'avais hâte de savoir si elles avaient ramassé beaucoup de balbales! Si c'était le cas, j'allais me préparer une bonne collation pour le lendemain… si seulement Sintara pouvait s'empêcher de toutes les dévorer avant qu'elles ne soient assez sèches.

Je me relevai alors difficilement. Mes cheveux brun rosé étaient terreux, tout comme mes vêtements. Je les secouai à grands coups et je me résignai à quitter mon petit paradis. Je marchai à grandes enjambées pour éviter d'abîmer ma belle robe verte sur les épines des roses. Parfois, il m'arrivait de m'égratigner une jambe, mais la plupart du temps je ne m'en rendais pas compte, car je n'en éprouvais jamais de douleur. Je croyais que cette insensibilité provenait seulement d'une longue habitude à parcourir ces champs.

En réalité, il s'agissait d'un rouage bien plus complexe...

Notre maison ne se trouvait guère loin. Pour l'atteindre, il suffisait de longer un sentier jalonné d'herbes hautes, dessiné sur une courte pente. L'inclinaison du terrain arrêtait au niveau de notre maison et reprenait un peu plus bas pour atteindre mon deuxième lieu de repos favori : la plage. Debout, je pouvais admirer le mouvement des vagues qui cajolaient le sable blond. Grâce au soleil, l'eau de la mer brillait de reflets irisés. Cette vision enchanteresse me donnait le goût d'aller m'y tremper les pieds et de les laisser s'enliser dans le sable. Les vagues m'appelaient au loin de leur douce musique. Elles semblaient me répéter : « Viens, Alégracia ! L'eau est chaude aujourd'hui ! »

Je dévalai la pente à la hâte tout en essayant de voir si ma mère et ma sœur étaient revenues de leur promenade, mais je ne voyais absolument rien. Le soleil intense rendait toutes les vitres des fenêtres opaques. De toute façon, il était presque midi et de la fumée s'échappait de la cheminée de pierres grises. Mosarie devait être en train de préparer le dîner. Les délicieuses odeurs que je humai ne firent qu'amplifier ma faim.

Je franchis une lisière de hautes herbes encore humides et j'arrivai près de notre demeure, l'estomac gargouillant. Notre maison était à la fois simple et magnifique. Les murs avaient été construits avec de gros rondins brun pâle et bien sablés. Le toit, plus foncé, s'étalait au-dessus de l'habitation et se recourbait près des bordures pour nous offrir une ombre bienfaisante lors des journées ensoleillées. On retrouvait au moins une fenêtre dans chaque pièce, mais la plus grande était celle du salon, à l'arrière, qui s'ouvrait sur le sentier de la colline, mes jardins de fleurs et la forêt.

Pendant la journée, ma mère adorait peindre sur le grand balcon qui entourait la maison. Mosarie était une artiste au talent indéniable. Elle avait peint des centaines de toiles et elle les conservait toutes dans une pièce cachée sous sa chambre à coucher. Parfois, avec sa permission, je pouvais m'y rendre pour contempler ses nombreuses œuvres. Cette activité était la seule qui me permettait de m'ouvrir sur le monde extérieur…

Car c'était ainsi…

Depuis ma naissance, je n'avais jamais quitté ma maison, ni le territoire qui l'entourait. Ma mère nous l'interdisait formellement, à Sintara et à moi. Elle répétait que le danger nous attendait hors des limites qu'elle nous avait fixées. Je ne rouspétais jamais et je me contentais de lui obéir, car de toute façon, je n'avais envie d'aller nulle part ailleurs.

Mosarie m'avait raconté que mon père avait érigé cette maison pour elle. C'était presque la seule information qu'on m'avait donnée sur cet homme, excepté le fait qu'il était mort peu après notre naissance. Ma mère refusait obstinément de nous parler de lui.

J'ignorais même jusqu'à son nom et je n'osais même plus le demander. Elle devenait toujours morose lorsque je manifestais le désir d'en savoir plus à son sujet. Il me semblait que je ne connaîtrais jamais la vérité à son sujet.

Sur cet aspect, elle m'avait menti. On avait minutieusement scellé la vérité… dans un coffre.

Je grimpai les escaliers en vitesse et j'ouvris la porte toute grande pour foncer droit vers la cuisine. Mosarie s'y trouvait déjà, une cuillère de bois à la main, devant un chaudron d'où s'échappait une vapeur qui sentait si bon.

Elle m'avait entendue arriver et, pour m'accueillir, elle se retourna doucement vers moi. Je croyais qu'elle allait me saluer d'un sourire, mais elle s'approcha plutôt de moi avec un air inquiet. Elle avait les yeux rougis, comme si elle venait d'essuyer de nombreuses larmes. Je n'y comprenais absolument rien.

—Alégracia, tu es toute sale, me réprimanda-t-elle sans jamais hausser la voix. Il y a de la terre sur ta belle robe. Viens en mettre une autre, je nettoierai celle-ci tout à l'heure.

Mosarie me prit alors par la main. Elle m'escorta dans ma chambre et ouvrit ma malle à vêtements. Après avoir fouillé parmi mes nombreux vêtements aux couleurs aussi diversifiées que celles que l'on retrouvait dans mes jardins, elle choisit une robe rose semblable à celle que je portais.

—Lève les bras !

Elle m'enfila la nouvelle tenue, fraîche et propre.

—Comme je peux le constater, souffla doucement ma mère, tu as choisi d'aller t'étendre dans ton champ de roses aujourd'hui !

—Comment l'as-tu deviné ?

Mosarie approcha son visage de mon cou et me murmura à l'oreille.

—Ton odeur !

Puis, elle se retira, me sourit, et poursuivit sur un ton découragé.

—Tu t'es encore éraflé les jambes.

—Ça ne me fait pas mal.

—Je le sais, Alégracia… ça ne te fera jamais mal d'ailleurs. Hop ! Allons manger maintenant, les balbales doivent être prêtes !

Mon visage s'illumina d'un large sourire à la simple évocation du mot *balbale*.

Nous retournâmes à la salle à manger et, à la table, je décidai de m'asseoir sur la chaise qui se trouvait près de la fenêtre. Mosarie ouvrit une armoire et elle y prit deux bols de bois poli. Elle trempa ensuite sa louche dans la mixture du chaudron et versa le potage dans chacun de nos deux bols.

—Où est Sintara? Pourquoi ne mange-t-elle pas avec nous?

À ces mots, elle figea littéralement sur place. Elle répondit après avoir gardé un silence inquiétant pendant de nombreuses secondes.

—Sintara est…

Elle baissa la tête et fixa ses accessoires de cuisine.

—Sintara a préféré rester à la plage, dit-elle en bégayant. Je crois qu'elle n'aura pas faim ce midi.

Après avoir rempli les deux bols à ras bord, Mosarie vint finalement s'asseoir devant moi. Je commençai à manger et avant même d'être rassasiée, il ne restait plus rien dans mon plat. Pendant ce temps, ma mère n'avait eu le temps que de manger le tiers de son bol. Au lieu de me lever immédiatement, je déposai mon ustensile sur la table et j'en profitai pour la contempler; un doux rayon de soleil lui caressait justement le côté du visage.

Mosarie était une femme ravissante, mais nous ne nous ressemblions pas. Ses yeux étaient gris, les miens vert vif. Ses cheveux, brun clair, longs et lisses, semblaient flotter dans l'air. Les miens, bien que longs également, étaient épais et ondulés. Le teint de ma mère était clair et mat et le mien, plutôt basané. J'en avais donc déduit que je devais ressembler davantage à mon père.

Voyant qu'elle semblait perdue dans ses pensées, je demandai à maman si elle avait l'intention de peindre durant l'après-midi.

—Pas aujourd'hui, me répondit-elle le regard rivé vers la fenêtre. Le ciel a envie de se couvrir, il va peut-être pleuvoir. Tu sais que j'ai horreur de peindre lorsqu'il pleut, même à l'abri sous ce toit. Je suppose que je vais aller me reposer un moment dans ma chambre. Que vas-tu faire, toi, cet après-midi ?

—Moi, je vais aller rejoindre Sin à la plage.

—Non !

Mosarie se leva rapidement de son siège. Elle faillit répandre son potage sur le plancher mais, dans son état, je crois que cela lui aurait été égal.

—Reste ici, s'il te plaît. Reste à l'intérieur. Ta sœur est… en colère. Je crois qu'elle préfère qu'on la laisse seule aujourd'hui.

—Mais pourquoi est-elle fâchée ?

—Tu connais ta sœur, Alégracia. Elle a seulement un caractère impulsif. Un rien la rend agressive.

Ma mère avait bien raison, mais ma sœur avait toujours été ainsi. Je ne voyais pas pourquoi Mosarie s'en faisait tant ce jour-là.

—Elle a dû se calmer depuis tout ce temps, tentai-je. Je vais aller lui changer les idées.

Mosarie ne semblait pas apprécier cette suggestion. Exaspérée, elle se rassit doucement, posa les mains sur son front et elle prit une profonde respiration. Pendant sa longue réflexion, elle maintint ses paupières closes et soupira plusieurs fois.

Après presque une minute de silence, maman se leva de nouveau et s'approcha de la fenêtre pour examiner la plage. Enfin, elle recommença à parler :

—Contrairement à moi, toi, tu n'as rien à craindre. Même si vous ne vous ressemblez pas, tu es exactement comme ta sœur après tout. Va la rejoindre, ce ne pourra être que bénéfique pour son état. Toutefois, si un orage éclate, n'hésite pas à rentrer. Compris ?

—Oui maman !

Je déposai mon bol sur le comptoir et je m'étirai les bras. J'en avais l'habitude après avoir mangé. Cette gymnastique m'aidait à me remettre les idées en place à la suite d'un long moment d'inactivité. Quant à ma mère, elle se retira immédiatement dans sa chambre, en abandonnant son bol sur la table. Il restait encore beaucoup de potage au fond... bizarre. Elle n'avait pas l'habitude de se servir davantage de nourriture qu'elle se sentait capable d'en absorber.

J'enlevai mes sandales et retournai dehors. Comme Mosarie me l'avait dit, le ciel s'était voilé de nuages menaçants durant l'heure du repas. Heureusement, aucune gouttelette ne tombait encore. Je décidai donc de me hâter pour retrouver ma sœur.

Je dévalai à la course la pente escarpée qui me séparait de la plage. Mes pieds nus s'enfoncèrent dans le sable chaud de la plage. Je scrutai les alentours sans toutefois voir Sintara. J'en déduisis qu'elle avait dû se diriger vers le littoral plus large, à gauche, là où la douceur du sable se comparait à celle des couvertures de mon lit.

Je marchai longuement dans cette direction, mais je ne l'apercevais toujours pas. Le vent et les vagues avaient déjà effacé ses empreintes sur le sable. Je pensai alors qu'elle avait peut-être grimpé l'escarpement pour se rendre dans les bois, là où elle pouvait jouer aux aventurières. Toutefois, alors que je m'apprêtais à rebrousser chemin, j'entendis un son aigu en provenance d'une paroi rocailleuse qui longeait la plage. Que j'étais stupide ! J'avais oublié d'aller voir dans *sa* cachette, une grotte étroite qui se trouvait au milieu d'une mince crevasse. Malgré sa petitesse, Sintara et moi pouvions encore y pénétrer toutes les deux, certes plus difficilement que l'année précédente, car nous avions beaucoup grandi depuis.

Je m'y rendis en silence.

Je m'approchai de la crevasse et longeai les rochers jusqu'à la caverne. Les reniflements et les pleurs de Sintara devinrent alors très audibles. Il m'apparaissait impensable que ma sœur puisse être triste. Je ne pouvais croire que c'était elle que j'entendais pleurer. « C'est sans doute le gémissement du vent dans les hautes herbes qui me donne cette curieuse impression », me dis-je pour me rassurer.

D'un autre côté, ma sœur avait toujours été une personne très orgueilleuse et si elle avait eu du chagrin, elle se serait assurément réfugiée dans *sa* caverne pour pleurer. Ces rochers obscurs procuraient à Sintara l'intimité nécessaire dans les moments où elle ressentait le besoin de s'isoler de tout, exactement comme mes jardins de fleurs pour moi.

Je savais que ma sœur ne souhaitait pas être importunée, mais la curiosité me poussa à aller à sa rencontre. Je voulais connaître la cause de sa tristesse et lui offrir mon aide, si jamais elle en voulait.

—Sintara? risquai-je d'en dehors, sans la voir. Tu es là?

Elle me répondit d'une voix aiguë et accablée.

—Va-t'en Alégracia. Je ne veux voir personne.

—Pourquoi pleures-tu?

—Je ne pleure pas !

Elle mentait, évidemment. Le ton raillé de sa voix prouvait qu'elle avait sangloté violemment. Je ne l'avais pas vue dans cet état depuis longtemps, je dirais même jamais. Elle adoptait toujours une attitude tellement *dure*.

—Pourquoi pleures-tu ? insistai-je.

—Va-t'en ! Laisse-moi tranquille !

—Tu peux me le dire, Sin, je ne le dirai pas à maman…

Je sentis à ce moment quelques gouttes de pluie froide tomber sur mon dos. Le ciel s'obscurcissait d'un voile gris et menaçant ; un orage approchait.

—Je peux entrer ?

Elle resta totalement silencieuse. Je n'entendais plus la moindre lamentation. M'accroupissant sur les genoux, je franchis l'ouverture du repaire des yeux et j'inspectai l'intérieur. J'y découvris ma sœur, blottie au fond, la tête déposée sur ses genoux. Quand elle me regarda enfin, je vis ses jolis yeux bleus rougis par les larmes. Son teint avait une lividité effrayante et quelques mèches de ses cheveux orangés lui collaient à la figure. Elle reniflait doucement, comme si elle ne voulait pas que je perçoive sa tristesse pourtant si évidente.

En réalisant que la pluie commençait à tomber en furie, ma sœur, vaincue, se replia au fond de sa cache sans toutefois m'inviter à y entrer. Je me fis petite et me glissai tout près d'elle, à l'abri. Nous demeurâmes silencieuses pendant un long moment. Je lui lançais des regards furtifs et lorsqu'elle s'en apercevait, elle tentait de dissimuler son visage.

—Dis-moi ce qui ne va pas, Sin, la suppliai-je. C'est si rare que tu pleures. Est-ce à cause de maman?

Elle ne répondit pas immédiatement. Elle s'impatientait, se grattait la jambe en tremblotant, puis elle me regarda droit dans les yeux.

—J'ai crié des choses méchantes à Mosarie tout à l'heure.

—Ah oui? Et alors? Tu lui cries des choses méchantes tous les jours.

—Ce n'est pas pareil. C'est plus fort que moi. Je ne comprends plus ce qui m'arrive.

Elle se tut et se frotta les dents avec deux doigts.

—Elles brûlent, j'ai si mal.

—Pourquoi ne me dis-tu pas ce qui se passe? Mosarie t'a grondée? Elle n'en a pas l'habitude pourtant. Elle a toujours été douce avec nous.

—Maman ne m'a pas grondée. Je lui ai seulement avoué ce que je ressentais vraiment face à la vie que nous menons ici, toutes les trois.

—Et pourquoi lui aurais-tu dit des choses méchantes? Je te croyais heureuse.

Sintara garda le silence un instant avant de poursuivre avec hargne:

—Alégracia, tu n'es pas ennuyée de toujours contempler le même paysage, jour après jour? De ne voir que maman, Kakimi et moi? De ne jamais savoir à quoi ressemble le monde au-delà des frontières de notre territoire?

Elle me regardait avec insistance. Visiblement, elle attendait ma réponse.

—Euh… non. J'ai toujours été heureuse ici. Je n'ai vraiment pas envie d'aller ailleurs. Tu voudrais partir, toi?

—Non, Alégracia, tu ne comprends pas. Tu ne comprends rien!

Sintara ne se rendit pas compte qu'elle m'avait blessée avec ses paroles acerbes et je ne le lui dis pas. Je la laissai continuer à dévoiler son secret, sans répliquer.

—Ce que je veux savoir, c'est pourquoi… pourquoi nous vivons en recluses, pourquoi nous ne pouvons pas sortir de notre territoire pour aller rejoindre le monde à l'extérieur.

Elle me dévisagea soudainement.

—Pourquoi nous sommes prisonnières ici!

—Nous ne sommes pas prisonnières. Mosarie dit que c'est dangereux de s'éloigner.

—Foutaises! Kakimi voyage, lui, et il ne lui est jamais rien arrivé! Il va partout dans le monde! Il rencontre des tas de gens et il vit des aventures excitantes, jour après jour!

Je demeurai silencieuse à la suite de cette réplique, car elle disait vrai. Kakimi était un vieux marchand, la seule personne du monde extérieur que nous voyions toutes les trois.

Kakimi venait faire sa visite une fois par mois, au plus. Chaque fois, il nous offrait un tas d'objets pratiques comme des vêtements neufs, de la peinture pour maman, des outils variés, de la nourriture fraîche et bien davantage… et tout cela, gratuitement. De plus, lorsqu'il se sentait épuisé, nous l'invitions dans notre maison pour lui offrir un breuvage chaud, et là, il nous racontait ses nombreuses aventures. Ma mère n'aimait guère entendre ses histoires, mais ma sœur et moi restions suspendues à ses lèvres. Kakimi en avait vécu plus d'une. Il décrivait les villes fantastiques qu'il avait visitées dans les contrées lointaines, il racontait des légendes sur des trésors perdus depuis des centaines d'années et ses exploits alors qu'il combattait pour l'armée de la Vallée-Rouge. Néanmoins, maman finissait toujours par lui pardonner ses extravagances et finalement, elle écoutait ses histoires.

Sintara était sans doute jalouse de la liberté dont cet homme jouissait. Je tentai de la rassurer :

—Lorsque nous serons grandes, nous pourrons faire comme lui et parcourir le monde. Tu ne crois pas ?

Sintara posa son visage sur ses mains et rétorqua :

—Et quand serons-nous « grandes » ? Mosarie a déjà trente-quatre ans et elle passe ses journées à s'occuper de nous et à peindre. Elle peint en fait beaucoup de choses que nous n'avons jamais vues. Quelle sensation procure la vie dans une cité bondée de gens ? Maman refuse obstinément de nous en parler ! Elle ne nous dit absolument rien, mais le pire, c'est qu'elle refuse de nous parler de notre père !

Elle haussa le ton :

—S'il était encore vivant, je suis certaine qu'il nous amènerait loin d'ici, loin de cette prison d'ermite !

Une boule me monta à la gorge. Sintara avait réussi à me transmettre sa peine et son insécurité. J'étais comme cela, incapable de supporter que les gens soient tristes autour de moi. J'aurais tant voulu pouvoir l'aider, mais je me sentais si impuissante face à son désarroi.

—Tu veux que je te laisse seule, Sin?

—Va-t'en Aly. Laisse-moi tranquille. Tu diras à maman que je la déteste.

Mon cœur se brisa en entendant ces mots cruels. Je me glissai aussitôt à l'extérieur de la caverne et lui criai:

—Tu le lui diras toi-même! Et attends que je sois loin, très loin, car je ne te laisserai pas lui faire encore du chagrin!

Je la quittai pour de bon.

Dehors, le vent devenait impétueux et il pleuvait à boire debout. Je courus sur la plage sous un ciel gris et menaçant. Mes pieds dérapaient sur le sable rêche. À ma droite, les vagues tourmentées par le vent se fracassaient violemment les unes contre les autres. La pluie devint torrentielle, je n'arrivais même plus à entendre le bruit de la mer.

Je pleurais en silence en retournant chez moi. Ma sœur n'avait jamais prononcé des paroles aussi odieuses à propos de notre vie. J'avais honte d'elle et je redoutais le moment où elle allait adresser de nouveau la parole à Mosarie. Pauvre Sintara! Comment pouvait-elle ressentir tant de colère dans notre univers de bien-être et de quiétude ? Je craignais que ma sœur ne puisse jamais connaître le bonheur.

Quand j'arrivai chez moi, je trouvai la maison plongée dans l'obscurité. On n'entendait que la pluie gratter incessamment les fenêtres. Maman devait déjà être au lit. Je comprenais maintenant pourquoi elle n'avait pas d'appétit. La colère de Sintara avait dû être terrible et maman, au lieu de répliquer, avait dû choisir de se retrancher ici pour trouver une solution à son problème.

Cependant, la fureur de Sintara était justifiée. On nous interdisait depuis toujours de franchir le périmètre défini autour de notre demeure. Plus jeunes, il nous arrivait parfois, à Sintara et à moi, d'essayer de nous éloigner un tant soit peu de cette zone. Quand maman s'en rendait compte, elle venait nous chercher et de retour à la maison, elle nous grondait si fort que nous n'osions plus prononcer le moindre mot pour répliquer. Ensuite, elle nous privait de nourriture pendant une journée entière. Je ne la voyais jamais autant en rogne que dans ces moments-là. Cette loi primordiale *devait* être respectée.

Cependant, maman devait avoir ses raisons. S'il était vrai que de grands dangers nous attendaient de l'autre côté du périmètre, son inquiétude aurait été fondée, mais qu'est-ce qui pouvait bien nous menacer autant, toutes les trois ?

N'ayant pas le cœur à la moindre activité, je décidai d'aller m'isoler dans ma chambre moi aussi. Je fermai la porte, puis m'écroulai sur mon lit. Dehors, le temps devint encore plus sombre, les ténèbres envahirent bientôt toute la pièce. Je me levai pour jeter un coup d'œil à la fenêtre ; la pluie rageait encore à l'extérieur. Les vagues ne cessaient de gagner en amplitude. Mon effroi grandissait.

Je ressentais de l'inquiétude pour ma sœur. Elle se trouvait toujours en bas, dans sa caverne étroite. J'éprouvais aussi le même sentiment pour ma mère, qui ne se souciait plus de la sécurité de Sintara. En tout autre temps, elle n'aurait pas hésité à la faire rentrer de force, à l'abri des torrents. Quelque chose n'allait vraiment pas. Les ténèbres de l'extérieur envahirent mon esprit tout entier. Un brouillard dense me rongeait l'âme, un mal impossible à chasser, une plaie ouverte qui ne cessait de saigner.

Une grosse larme roula sur mon visage. Je l'avais à peine sentie. Elle glissa lentement sur ma joue, puis elle descendit jusqu'à mon menton. Cette larme, je l'essuyai avec la manche détrempée de ma robe, mais beaucoup d'autres suivirent.

Je n'avais d'autres choix que de me laisser emporter par le sommeil, bien que l'on ne fût qu'en milieu d'après-midi.

* * *

Dehors, les orages persistaient. Je venais tout juste de m'endormir quand un grondement de tonnerre me tira brutalement du sommeil. Ma chambre en avait été secouée. Baignée de sueurs, j'émergeais d'un terrible cauchemar. J'avais vu ma sœur tomber au cœur d'un gouffre sans fond après l'avoir poussée volontairement dedans. Mais il ne s'agissait que d'un rêve ; jamais je n'aurais songé à faire une chose pareille. Ma famille avait trop d'importance pour moi. Je me croyais capable de l'accompagner dans ses malheurs jusqu'à son dernier souffle, peu importe ce qui pouvait arriver dans le futur.

Quelle naïveté !

Je n'arrivais plus à me rendormir. Les bourrasques et le roulement du tonnerre me privaient du silence. Je retournai alors à la fenêtre. À l'horizon, il était impossible de deviner quelle heure il était ; le soleil, s'il était toujours là, avait été dévoré tout entier. Une nappe noire et diffuse remplaçait la clarté du jour.

L'obscurité envahissait toujours ma chambre. Pour la combattre, je voulus allumer ma lanterne suspendue au plafond, près du coin le plus distant. Je m'approchai et je murmurai les mots magiques, *Lumini Firina*. Une flamme apparut instantanément sur la mèche. Son éclat enveloppa mon corps comme une douillette chaude.

Cette lampe m'avait été généreusement offerte en cadeau par Kakimi pour mon dernier anniversaire. Il l'avait achetée au marché de Roc-du-Cap, une vaste bastide qui se trouvait sur un continent lointain que l'on nommait *Drakanitt*. Cet objet magique avait la forme d'une lanterne ordinaire. Il était orné de motifs de couleurs qui variaient de l'argent au bronze et d'un lustre dont l'éclat ne se dissiperait jamais avec le temps. Lorsqu'on prononçait les bons mots à proximité, la lanterne s'illuminait toute seule, comme par magie.

La flamme grandit et la lueur apaisante éclaira bientôt toute la pièce. Je pouvais enfin voir toute ma chambre : d'abord mon lit, recouvert de moelleuses couvertures vert et rose brodées de motifs sudistes complexes, puis ma malle à vêtements à moitié pleine et finalement, mon petit bureau enseveli sous les croquis de fleurs que j'avais réalisés durant les dernières semaines. J'avais dessiné chacune des variétés de fleurs qui composaient mes jardins sans même avoir eu besoin de l'aide de Mosarie. Bien que mes illustrations ne se comparaient aucunement aux siennes, je m'améliorais avec le temps.

J'avais ainsi réalisé onze dessins. Il y avait les roses, mes préférées ! Kakimi m'avait dit que celles de mon jardin se nommaient «roses ardentes». Elles avaient la particularité de présenter des nuances de jaune et d'orangé au faîte de leur floraison, et des pétales rose vif qui attiraient tous les regards. En plus de ce cultivar, mes jardins regorgeaient de tulipes rouges, de balisiers, de lis blancs, de marguerites jaunes, d'auricules, de mirabilis (qui ne fleurissent que la nuit), de violettes, de couronnes impériales, d'effallias et finalement, de promioles. Les parfums de toutes ces variétés s'avéraient des plus agréables à humer.

Sur le mur, juste au-dessus de mon petit bureau, il y avait également la carte de notre territoire que j'avais dessinée avec un crayon cendré. J'avais tracé cette carte sur un large support de papier. Tous les lieux où nous avions le droit de nous rendre y étaient marqués. Complètement au sud, il y avait la mer et la plage, qui s'étendaient sur un kilomètre de long. J'y avais noté au crayon rouge tous les endroits susceptibles de cacher des balbales le matin. Plus à l'ouest, j'avais marqué d'un «X» l'emplacement de la caverne de Sintara. J'avais dessiné, au nord de la plage, notre douillette demeure, entourée de vastes étendues d'herbes hautes et de zones rocailleuses. Un sentier de terre battue montait jusqu'à mes jardins de fleurs, puis traversait la forêt jusqu'à la rivière.

Onze jardins en tout, un pour chaque type de fleurs. J'avais horreur qu'elles se mélangent. Si une fleur poussait subitement dans une zone qui appartenait à une autre variété, je la déracinais, puis je la replantais dans celle qui lui convenait. De plus, si je découvrais une nouvelle espèce dans la forêt, je créais un nouveau coin spécialement pour elle. Je mettais tout mon cœur à leur entretien.

Je me plaisais aussi à me balader dans la forêt, au nord. Elle était immense et Mosarie nous permettait de nous y promener assez loin. Tôt le matin, j'allais près de la rivière qui la sillonnait et je dansais au son du chant des oiseaux. J'adorais danser et je me considérais comme étant très douée dans cet art. Ma mère me le répétait souvent.

Après un moment, la tempête diminua d'intensité. Le vent se calma et la mer cessa de s'agiter. Il ne tombait plus qu'une pluie modérée, cela me soulageait.

Un silence de mort régnait toujours dans la maison. Mosarie devait s'être endormie pour la nuit. Quant à Sintara, elle ne rentrait toujours pas. Lorsqu'elle boudait, elle passait souvent la nuit à l'extérieur, seule dans sa caverne. En général, son humeur devenait plus cordiale à son réveil.

* * *

Le lendemain, je me levai tôt. Le soleil venait tout juste de se pointer le nez. Une vague de fraîcheur chassait la pénombre et laissait entrevoir les premières lueurs matinales. Je fouillai dans ma malle à vêtements, j'enfilai une robe légère, puis je me rendis dans la cuisine. Elle était vide. Je me retrouvais seule encore une fois. Je décidai donc de sortir profiter de la belle journée qui s'annonçait.

Dehors, l'air était chaud et humide. Le ciel s'était dénudé de ses nuages et une douce brise agitait mes cheveux. Un temps superbe.

Je décidai d'aller faire une longue promenade dans la forêt. J'empruntai d'abord le sentier pour me rendre à mes jardins de fleurs. Ils avaient été secoués par la tempête de la veille. Un bon nombre de fleurs avaient perdu des pétales à cause des vents trop puissants. Malgré tout, les dommages donnaient un certain charme au paysage ; les alentours avaient été décorés de vibrantes couleurs.

Je m'engageai ensuite dans la forêt et je me retrouvai entourée par la nature.

L'allure de ce bois me plaisait énormément. Il se composait de grands arbres feuillus aux branches suffisamment élevées pour que nous puissions passer en dessous sans nous frapper la tête. Le soleil se frayait un chemin à travers le léger feuillage et il créait sur moi des effets d'ombrages intéressants. Je me dirigeai tout de suite vers la rivière. J'avais l'impression d'avoir des fourmis dans les jambes et je ressentais le besoin pressant de danser sous le chant des oiseaux. Ce désir me prenait habituellement quand mon âme devait chasser des pensées sombres.

Pendant deux ou trois minutes, je trottai sur le sentier sauvage. Au loin, le son du cours d'eau, accompagné des chants féeriques de la nature, m'attirait de façon hypnotique, comme si tout cela faisait partie d'un merveilleux rêve. Je me sentais heureuse et je savais que les oiseaux n'attendaient que mon arrivée.

J'arrivai finalement sur la berge et j'admirai la rivière qui s'étirait devant moi sur une dizaine de mètres de largeur. Au centre, le niveau de l'eau m'arrivait à la poitrine tout au plus. Les rochers glissants qui y émergeaient formaient de légères perturbations dans le courant pourtant faible. C'est à peine si on remarquait son mouvement. Quand j'étais toute petite, je ne savais jamais dans quelle direction la rivière coulait.

Le matin, les oiseaux se rassemblaient sur les branches des arbres qui bordaient la rivière pour chanter leur douce mélodie. Quelques-uns quittaient de temps à autre leur perchoir pour aller se tremper dans l'eau douce. Il y en avait de toutes les couleurs de l'arc-en-ciel et ils sifflaient des airs mélodieux qui enflammaient mon cœur et mon âme d'une énergie surnaturelle.

Les oiseaux n'attendaient plus que moi, je le sentais. Lorsque j'apparus sur la berge et qu'ils me virent, ils se turent tous, comme ils en avaient l'habitude. Je les observai, puis je m'arrêtai complètement. Je fermai les yeux et j'entendis la brise agiter les feuilles des arbres ainsi que le faible écoulement de l'eau. Mon esprit se libéra de toutes pensées sombres. Durant ce moment unique, le vent réussissait à me les arracher et à les perdre où bon lui semblait…

Une détente absolue.

Je soulevai délicatement les bras et je les tendis bien droits au-dessus de ma tête. Mon cœur, enivré par l'énergie de la nature, n'arrivait plus à se contenir. Je sentais une grande force en moi. Une chaleur ardente envahissait à la fois mon corps et mon âme. Mes pulsations se firent plus rapides et soudain, tous mes muscles m'animèrent. Un premier groupe d'oiseaux perchés aux branches entama la chanson. Leurs gazouillements formaient des chants étonnamment coordonnés, divins et harmonieux. Mes bras battaient la mesure. Je les bougeais gracieusement des deux côtés tout en gardant les yeux fermés. Je tenais à exécuter des mouvements grandioses ; les oiseaux appréciaient les belles danses. Plus ils l'aimaient, plus leurs chants devenaient puissants et magiques.

Une nouvelle bande d'oiseaux arriva pour le deuxième refrain. La musique devint encore plus envoûtante. Je fis quelques pas, puis je tournoyai rapidement sur moi-même en déployant les bras et en laissant fléchir mon cou vers l'arrière pour faire planer mes cheveux dans les airs. Mes yeux restaient clos et mes mains ondoyaient inconsciemment au son de la mélodie.

Un dernier groupe se joignit à la musique pour la finale. La symphonie devint parfaite et mon corps, envoûté, tournoyait de plus en plus vite. Je continuais à mouvoir les bras et le haut de mon corps pour que les oiseaux ne cessent de chanter. Ils me comblaient et je voulais les récompenser à mon tour de mon art.

Soudain, les oiseaux brisèrent leur mélodie et ils s'envolèrent à la hâte, comme la fumée chassée par une bourrasque. Le silence du début reprit sa place. Je m'immobilisai en grinçant les dents. J'avais les yeux fermés et pourtant, je savais qu'*elle* venait d'arriver.

—Alégracia ! Alégracia ! Tu es là ?

—Oui, je suis là ! répondis-je d'une voix exaspérée. Qu'est-ce que tu veux, Sin ?

—Maman te demande de rentrer. Elle m'a appris que Kakimi allait venir nous rendre visite en début d'après-midi. C'est super, non?

Ma bonne humeur revint à la simple évocation de ce nom, même si ma danse, qui m'était sacrée, venait d'être subitement interrompue. Une seule question me venait à l'esprit : pourquoi Kakimi revenait-il déjà chez nous ? En général, on ne le voyait dans les parages qu'une fois par mois, jamais plus. Pourtant, seulement deux semaines nous séparaient de sa dernière visite. Avait-il oublié quelque chose? Ou était-ce Mosarie qui lui avait demandé de revenir plus tôt?

—Tu retraverseras la rivière et tu viendras nous rejoindre chez nous! À tout à l'heure!

Mais pourquoi me disait-elle de *retraverser* la rivière? Je ne l'avais pourtant jamais franchie. J'avais dansé sur la rive du côté de la maison.

J'ouvris alors les yeux. Je me trouvais bel et bien sur *l'autre* rive. C'était incompréhensible. Il n'y avait aucun pont, aucun arbre abattu, rien pour me permettre de la traverser sans me mouiller. Pourtant, il n'y avait aucune trace d'eau sur ma robe. J'essayai de tirer une conclusion logique, mais il n'y en avait pas. Peu importe, je devais absolument trouver un moyen de retraverser la rivière sans me tremper. Mosarie n'aurait guère apprécié que je souille encore une autre robe, et en plus, Kakimi allait se pointer d'une minute à l'autre…

J'étudiai attentivement l'environnement et mes yeux se fixèrent sur les grands arbres qui longeaient la rivière. Là où elle se faisait moins large, les branches des arbres ancrés sur les rives opposées arrivaient presque à se toucher. J'eus alors une idée.

Je pris un élan et je sautai sur l'arbre qui m'apparaissait comme le plus élevé. L'escaladant de mes mains agiles, j'atteignis le sommet en un temps record. Le vent soufflait plus fort à cette altitude, mes cheveux virevoltaient et battaient devant mon visage. Cette brise allait m'aider à sauter.

« De la concentration », me répétais-je en fermant les yeux pour chasser toute sensation de vertige. Il en fallait lorsqu'on se retrouvait perché à cette hauteur. Avec un bon élan, je comptais m'agripper à un arbre enraciné sur l'autre rive. Je me donnai une puissante poussée avec les talons et je me mis à courir jusqu'à la pointe de la branche avant de me propulser dans les airs. L'eau de la rivière coulait juste au-dessous. J'y percevais mon reflet, telle une gazelle bondissant au-dessus d'un profond ravin pour se sauver du lion qui la pourchasse.

Je volai directement dans les rameaux de l'arbre que je visais et je les agrippai des mains. La branche plia et mes pieds frôlèrent presque le sol. Je me laissai glisser ainsi jusqu'en bas et, après être complètement retombée sur la terre ferme, je secouai mes vêtements et je me réengageai dans le petit sentier.

* * *

De retour à la maison, je me rendis à la cuisine pour le repas du midi. Ma mère nous avait soigneusement préparé un délicieux plat composé de carottes et de laitue fraîchement cueillies. Je m'assis en face d'elle, comme à l'habitude, et Sintara prit la place à sa droite.

J'avais cru que Sintara et maman allaient encore se quereller durant le repas, mais ce ne fut pas le cas. Le silence était d'or, je n'entendais que le bruit de nos fourchettes sur les plats de bois. Était-ce parce que maman et Sintara s'étaient déjà réconciliées ou plutôt parce qu'elles refoulaient leur hargne ? Je n'osais poser la question.

—Aly, Sin, vous viendrez me rejoindre au salon lorsque votre repas sera terminé, nous dit Mosarie sans vraiment nous regarder. J'aurais une demande à vous faire.

Lorsque nous eûmes terminé, nous passâmes au salon. Je m'assis sur le grand divan de velours rouge, à côté de maman, tandis que Sintara préféra le fauteuil en osier en face. Au centre du salon, sur la petite table de chêne légèrement rainurée, un vase de fleurs colorées accompagnait une petite chandelle grise, façonnée en cube. Elle semblait éteinte, mais de la cire chaude coulait encore de ses rebords.

Sintara riait nerveusement et elle nous observait d'un regard moqueur et malin à la fois. Quant à Mosarie, elle ne semblait pas avoir le cœur à rire. Elle commença la discussion sur un ton solennel.

—Alégracia, Sintara, cet après-midi, Kakimi nous rendra visite. Il ne viendra pas pour nous apporter des vivres et des cadeaux comme à l'habitude. Je voudrais simplement discuter avec lui, en privé. Je sais que ça ne vous amusera guère, mais vous devrez quitter la maison lorsqu'il sera ici.

L'expression sur le visage de ma sœur changea en entendant ces paroles. Elle répliqua furieusement :

—Quoi ? Kakimi viendra nous rendre visite et nous ne pourrons même pas lui parler ?

—Tu m'as mal comprise. Je souhaite seulement lui parler en privé. Ensuite, il sera à vous. Ne vous attendez simplement pas à recevoir de cadeaux aujourd'hui.

À ce moment, je pris la parole :

—Maman, pourquoi est-ce que Kakimi repasse nous voir si tôt ? Et pourquoi veux-tu lui parler en privé ? Tu as pourtant l'habitude de réprouver les histoires qu'il raconte…

—Ma chérie, aujourd'hui, Kakimi ne vient pas de son plein gré. C'est moi qui ai fait appel à lui. J'ai seulement besoin de ses conseils.

—Tu veux qu'il te conseille ? Mais pourquoi ?

Soudain, Sintara devint agressive.

—C'est ma faute n'est-ce pas? À cause de ce que je t'ai dit hier!

—Mais non, Sin, ça n'a rien à voir... Garde ton calme, s'il te plaît.

—Foutaises! Tu n'as même pas su te justifier! Tu ignores toi-même les raisons qui te motivent à nous retenir prisonnières ici.

—Sintara! Ne te laisse pas emporter une fois de plus par la colère!

—Non! Lorsque Kakimi arrivera, je le supplierai de m'amener avec lui, loin, très loin d'ici. Tu verras, je vais m'en aller! Tu verras!

Sintara grimaça et porta la main à sa bouche. Une odeur de chair brûlée envahit le salon. Elle leva le regard sur nous, se redressa et se précipita à l'extérieur en claquant la porte derrière elle. Mosarie baissa les yeux de dépit. Je voyais bien qu'elle en avait assez et qu'elle espérait qu'un jour ce conflit déchirant allait prendre fin. Elle se sentait désarmée devant sa propre fille. Ses yeux s'emplirent de larmes.

Je posai ma tête contre son bras et je la serrai très fort.

—Ne pleure pas maman.

—Elle n'est pas méchante, Alégracia. Mais elle pourrait le devenir pour de vrai. Un jour, nous y laisserons notre peau si ça continue ainsi.

—Je ne comprends pas.

Mosarie interrompit son discours pendant un moment.

—Je ne sais pas quoi faire, je me sens si impuissante. Si seulement ton père était encore avec nous…

Mes yeux s'ouvrirent grands. Jamais je n'aurais cru que maman puisse ainsi faire référence à papa, sans prévenir. Elle poursuivit :

—Alégracia, peux-tu me promettre que tu resteras toujours à mes côtés, ici ?

Je répondis sans hésiter :

—Bien sûr, maman, je te le promets.

Il y a parfois des promesses que l'on ne peut tenir... J'en suis si désolée…

Mosarie fit une autre pause et elle me serra tout contre elle. Sa respiration devint saccadée. Nous demeurâmes ainsi un certain temps, sans bouger ni parler, nous noyant dans la mélancolie. Je souffrais du fait qu'elle devait supporter un tel supplice. Si seulement Sintara pouvait rendre les armes.

Les minutes s'égrainèrent encore. Je m'assoupis dans ses bras ; elle resta à mes côtés, ne se levant qu'une seule fois pour entrouvrir la grande fenêtre du salon. Si près de ma mère, je me sentais sereine, légère, protégée. Elle caressait mes cheveux d'une main débordante de tendresse. J'ouvris doucement les yeux pour contempler son visage. J'y vis une larme de tristesse couler le long de sa joue, mais elle me sourit tendrement.

Je privilégiai cet instant comme si ce jour allait être le dernier que nous allions passer ensemble.

Je me rendormis.

* * *

— Réveille-toi, Alégracia ! Il arrive !

Mosarie avait perçu le roulement de la caravane de Kakimi. Je me frottai les yeux et je bâillai un grand coup pour revivifier mon corps. Pendant ce temps, ma mère se leva et elle s'apprêta à franchir la porte d'entrée. À peine avait-elle tourné la poignée que je la dépassai à la course et j'atteignis le balcon avant elle.

À l'extérieur, l'air était frais même si le soleil rayonnait avec intensité. Il amorçait tout juste sa descente vers l'ouest. Aucun vent ne soufflait et les vagues de la mer pouvaient prendre un répit bien mérité.

Du perron, j'entendis nettement le grincement de la caravane à l'est. Je me rendis à l'extrémité du balcon pour mieux voir. Elle m'apparut au loin, émergeant lentement derrière la cime d'une colline terreuse. Kakimi était assis sur le siège du cocher, vêtu d'un veston serré couleur chocolat noir. En guise de coiffe, il portait un bonnet blanc qui s'agençait à merveille avec sa fine barbe de la même couleur, qu'il gardait toujours bien taillée. À son cou, il avait noué, comme à l'habitude, un gros et ample ruban blanc. Je pouvais même distinguer le scintillement des bagues qu'il portait aux doigts. Il en portait une sur chacun d'eux : toutes des plus rares et exotiques.

Cet homme avait un penchant pour les bijoux de grande valeur. Il en faisait le commerce à travers les provinces. Tout ce qu'il entreposait à l'intérieur de sa caravane valait une vraie petite fortune. Mais ses plus précieuses acquisitions, il préférait les porter sur lui, car il les croyait plus en sécurité ainsi.

La caravane de Kakimi était, à elle seule, une vraie merveille. Bâtie sur deux étages, elle paraissait plus haute que large, de manière à faire croire qu'elle n'était qu'une résidence mobile et non pas la caravane d'un riche marchand. Les murs étaient constitués du plus beau des bois et les extrémités de la toiture, en lattes de bronze, se recourbaient vers le haut à la façon typique du Drakanitt Oriental. Des lanternes de fer, suspendues aux quatre coins sur des supports métalliques, lui fournissaient un éclairage panoramique durant la nuit. Une double porte de fer prenait toute la place à l'arrière. Elle restait continuellement verrouillée. Kakimi ne l'avait d'ailleurs jamais ouverte devant nous.

Deux splendides chevaux tiraient cette caravane : une jument et un cheval. La jument se nommait Térann, une grande bête, puissante, de couleur brun clair. Ses pattes massives laissaient affleurer ses muscles en relief grâce à son pelage ras. Malheureusement, cette jument avait un sale caractère. Térann restait toujours docile avec son vrai maître, mais personne d'autre ne pouvait s'en approcher sans craindre d'être rué.

L'autre cheval, mon préféré, s'appelait Furon. Noir, élancé et moins massif que sa partenaire Térann, il était le plus rapide à la course. Ce cheval adorait que je le brosse les soirs où Kakimi allait se reposer à l'intérieur avec ma mère et ma sœur. Je profitais toujours de ces moments pour lui murmurer, comme à un ami silencieux, mes joies et mes peines.

Les quatre roues de fer grinçaient alors que la caravane s'approchait. Lorsque le cocher fut bien en vue, je m'appuyai sur la garde du perron et je lui fis un signe de la main. En retour, il souleva son bonnet du bout des doigts avant d'aller se garer juste à côté de notre maison. Kakimi se leva de son siège et descendit péniblement les trois marches qui le séparaient du sol. Cela lui semblait plus difficile qu'autrefois à accomplir ; son excès de poids devait en être la principale cause. Il aurait été difficile de le croire, mais quelques années auparavant, Kakimi avait été un gaillard costaud et bien bâti. Puis était venu un temps où son tour de taille avait commencé à s'épaissir et n'avait cessé de gagner en ampleur. À ce jour, nous le considérions comme un homme bien gras, mais n'ayant pas encore franchi le seuil critique de l'obésité. Mosarie m'expliquait que ce problème provenait certainement de son âge : cet homme venait de franchir la barre de la soixantaine. Moi, je le préférais ainsi. Il me semblait que ce petit bedon rond ajoutait au charme de ce bonhomme jovial et altruiste.

Kakimi contourna la maison d'une démarche dandinante, les mains appuyées sur l'abdomen. Arrivé à ma hauteur, il me contempla. Que j'aimais ce visage sudiste et ces yeux bridés plein de charme ! Cela donnait l'impression qu'il souriait en permanence.

—Quelle belle journée, Alégracia ! Tu as toujours une de ces frimousses ma petite ! Est-ce que ta mère se trouve à l'intérieur ?

Bien avant que je ne puisse placer un seul mot, Mosarie apparut juste derrière moi.

—J'attendais ton arrivée avec impatience, cher Kakimi. Heureusement, tu as pu faire vite. J'ai un urgent besoin de te parler.

Elle se pencha et me réitéra sa demande à l'oreille :

—Comme je te l'ai expliqué tout à l'heure, j'aimerais que vous nous laissiez seuls un moment. Est-ce que je peux compter sur toi, Aly ?

—Euh… oui, maman. Je vais aller dans mes jardins pour m'occuper des fleurs en attendant.

Kakimi s'adressa à moi, tout sourire :

—Tu n'as pas à t'en faire, Alégracia. J'irai te voir après notre entretien. J'ai un cadeau pour toi qui, à mon avis, te fera bien plaisir !

Devant cette surprise inattendue, je lançai des regards espiègles à ma mère. J'étais heureuse que Kakimi m'ait apporté un présent même si maman m'avait dit qu'il ne le ferait pas.

—Petite gâtée, me lança-t-elle en riant.

Toute souriante, je m'éloignai docilement. Je me rendis sans hâte vers mes jardins de fleurs. Je profitai du temps de leur entretien pour nettoyer mes jardins des dégâts de l'orage de la veille et pour purger la terre des herbes indésirables.

* * *

Après une heure interminable, je commençai à me languir de savoir ce que Kakimi voulait m'offrir. La discussion devait être vraiment importante pour que ce soit si long…

Quelques minutes de plus passèrent et je vis enfin Kakimi sortir seul de notre maison. Il monta dans sa caravane par la porte double de derrière et il en ressortit avec un petit sac de lin. Enfin, il monta la colline pour venir à ma rencontre. Je me levai en me frottant les mains pour enlever la terre. Une fois à mes côtés, il contempla mes jardins de fleurs.

—Oh, Alégracia, je vois que tu t'occupes à merveille de tes fleurs! As-tu découvert de nouvelles variétés dernièrement?

—Non. J'ai fouillé la forêt de fond en comble et je crois avoir réussi à y dénicher toutes les variétés qui s'y trouvaient. Mais j'en ai quand même beaucoup, n'est-ce pas?

—Oh oui!

Kakimi compta attentivement tous mes jardins et poursuivit:

—Onze variétés! Et de magnifiques fleurs entretenues à merveille. Félicitations ma petite!

Je rougis. J'aimais bien que Kakimi me complimente sur mon travail. Il s'accroupit, plongea son regard dans le mien et il commença à me raconter une de ses histoires.

—Tu sais, pendant un voyage au Drakanitt Oriental l'an dernier, j'ai rencontré un homme qui se nomme Dircamlain. C'est un grand sage qui œuvre dans la cité-temple de Zinentel.

«Cette ville, Zinentel, est en fait une cité importante, mais sa population est loin d'égaler celle de notre somptueuse métropole, Holbus. Les gens habitent principalement cet endroit pour vénérer la nature et la *Lumière* dans un temple grandiose. La majorité des touristes qui parcourent la ville sont des pèlerins en quête d'illumination. C'est pourquoi Zinentel s'est vu attribuer un statut de zone *privilégiée* par nous, les marchands, pour nous permettre de vendre nos marchandises aux nombreux visiteurs.

« Cette ville est très jeune. Elle n'existe en fait que depuis environ trente ans. Tous les résidants actuels sont des gens qui ont dû s'enfuir d'une ville qui a été détruite. Cette cité défunte, Lasuli, a été anéantie par des barbares sanguinaires qui l'ont incendiée. Ses habitants ont donc dû s'enfuir vers le sud pour survivre, près des berges du fleuve Jules-Jallerrio. C'est là qu'ils ont fondé la ville de Zinentel. »

Je tentais de comprendre le sens de son récit, mais en vain.

— Mais Kakimi, qu'est-ce que cette histoire a à voir avec mes jardins de fleurs ?

— C'est là où je veux en venir, ma petite, poursuivit-il. Le sage Dircamlain, dans cette nouvelle ville, a rencontré un herboriste en pèlerinage qui prétendait connaître une solution pour que sa nouvelle cité-temple ne vive pas le même désastre que Lasuli.

— Que lui a-t-il dit ?

— Le vieux sage herboriste lui apprit que les envahisseurs de Lasuli n'étaient pas vraiment des barbares, mais des créatures des *Ténèbres* déguisées en hommes, des démons, plus exactement, et qu'ils étaient instinctivement repoussés par l'arôme de certaines espèces de fleurs! Dircamlain prit en considération ce précieux conseil et dès lors, il ordonna à ses adeptes d'arranger d'immenses jardins de fleurs autour de la nouvelle ville. Depuis ce jour, Zinentel baigne dans le calme et la prospérité, les créatures des ténèbres n'osent plus s'en approcher.

—Ça alors! Et ces jardins de fleurs, ils sont grands comment?

—Ah, ma petite… encore plus grands que ton territoire. C'est tout un spectacle! Ces jardins de fleurs sont magnifiques! Je m'y suis rendu le mois dernier, c'était encore plus époustouflant que l'année précédente. Des milliers de fleurs de presque toutes les variétés sont agencées près d'immenses arches d'argent, qu'on a dressées grâce à de puissantes magies. L'été, les fleurs grimpantes ceinturent ces arches de feuilles verdoyantes et de boutons multicolores. On a même créé un réseau d'eau qui parcourt les jardins de long en large pour les approvisionner toute l'année.

Kakimi me fit un clin d'œil et continua:

—Mais rassure-toi, ces jardins sont bien moins inspirés que les tiens!

Je souris, même s'il ne s'agissait que d'une flatterie. Il approcha sa main d'une rose, il la cueillit en évitant les épines et il me la présenta.

—Mon enfant, dans ces fleurs règne une énergie spéciale et tu as cette énergie en toi, c'est évident. Tu as bien grandi, Alégracia. S'il était encore en vie, ton père serait certainement fier de toi.

Il fit une pause, s'accroupit près de moi et il poursuivit en murmurant:

—Et tu pourras parcourir le monde comme il le faisait à l'époque. Et ça, bientôt, très bientôt...

—Mais Kakimi, je n'ai pas envie de parcourir le monde. Je veux rester ici, avec maman!

Le marchand s'assit à mes côtés et il me parla d'une voix douce et basse:

—Alégracia, je sais que tu as beaucoup d'affection pour ta mère. Mais bientôt viendra le jour où, comme ta sœur, tu auras envie d'aller ailleurs, de voir des gens, de vivre de nouvelles expériences. Tu en auras enfin la possibilité, car je me suis entendu avec ta mère pour organiser ton départ.

—Non! Je ne veux pas partir!

—Tu n'auras pas vraiment le choix, petite.

—Mais pourquoi? Pourquoi devrais-je partir si je veux rester?

—Il est encore trop tôt pour tout t'expliquer. C'est la suite d'une longue histoire. Cela date de plusieurs années, avec ton père… Je pourrai tout te raconter dans quelque temps lorsque nous partirons, mais en attendant, il te faudra être patiente, jeune fille.

Ces paroles m'attristèrent. Tout ce mystère et cette confusion venaient d'embrouiller mon esprit. J'aimais ma mère et je ne pouvais envisager de m'en éloigner. Je regardai Kakimi dans les yeux avec inquiétude.

—Quand est-ce que je devrai partir alors?

—Ah! pas tout de suite. J'ai des engagements à respecter avant tout. Je dois me rendre à la Vallée-Rouge et aux Collines-aux-Aurores-Pourpres pour y régler des affaires. Ça pourrait me prendre des semaines…

Hésitant, Kakimi baissa le ton:

—Une fois que tout cela sera fait, je viendrai vous chercher, ta sœur et toi. Vous partirez avec moi, je vous conduirai au Drakanitt.

—Maman viendra avec nous?

—Non. Ta mère restera ici et vivra en paix comme elle l'a toujours souhaité.

Kakimi plongea sa main dans son sac et continua:

—Mais ne t'en fais pas. Ton voyage sera peut-être de courte durée. Tout cela ne dépendra que de toi. Et pour t'y préparer, je t'ai apporté un petit cadeau qui devrait te plaire.

Il sortit alors un splendide bijou de son sac. Il s'agissait d'un pendentif. Sa chaîne d'argent étincelait et elle s'ajustait parfaitement à mon cou. Au bas, les maillons se joignaient pour former un court segment qui soutenait une petite rondelle argentée sertie de marques sudistes. Kakimi m'expliqua en quoi cela consistait :

—Lorsque tu le porteras en sautoir, la petite rondelle d'argent se trouvera près de ton cœur. Et qu'arrive-t-il lorsqu'on l'ouvre ?

Il dégagea un loquet minuscule et l'ouvrit.

—On y trouve une petite boussole avec une aiguille en or. Mais ce n'est pas une boussole ordinaire ! Non ! Car elle pointera toujours dans la direction où ton cœur s'est senti le plus épanoui, le plus libre et rempli de bonheur. Et cet endroit, c'est sans aucun doute chez toi !

Fascinée, je pris la boussole et je l'observai. Même en la bougeant dans ma main, la flèche de l'aiguille restait pointée sur notre maison. Cela me rassura. Je sus dès lors que si je devais quitter Mosarie, je pourrais toujours, grâce à cette boussole, savoir quel chemin emprunter pour revenir auprès d'elle quand il me plairait. Je serrai Kakimi très fort dans mes bras et je le remerciai pour son précieux cadeau.

—De rien, ma petite.

Je mis le pendentif autour de mon cou sans attendre. Le marchand se releva et jeta un coup d'œil autour de lui.

—Où est ta sœur? Est-elle à la plage?

—Peut-être. Elle est sortie tout à l'heure en pestant contre maman. Nous ne savons pas où elle est allée, mais je suppose qu'elle a dû se retrancher dans sa caverne.

—Bon, alors je crois que je ferais mieux de la laisser seule.

Il s'apprêtait à regagner sa caravane. Je l'arrêtai.

—Tu t'en vas déjà?

—Oui. Je dois partir maintenant, Alégracia. Cette visite n'était pas prévue sur mon horaire et j'ai du retard à rattraper. Malheureusement, comme je te l'ai expliqué, je ne pourrai revenir qu'une fois mes affaires réglées, cela pourra prendre un certain temps. Tâchez de vous tenir tranquilles et si tu veux un conseil, évite de contrarier ta sœur d'ici là.

Je ne savais que penser. Kakimi s'en allait et déjà, j'avais hâte qu'il revienne. D'un autre côté, son retour allait signifier le jour du grand départ. Il perçut mon désarroi. Il revint tranquillement vers moi, puis il posa doucement sa main sur mon épaule.

—Ne sois pas triste, Alégracia. Tu as encore beaucoup de temps à passer avec ta mère. Elle sait, elle aussi, que ta sœur et toi allez inévitablement devoir partir. S'occuper de vous deux représente pour elle une très lourde tâche même si les apparences semblent laisser croire le contraire. Et n'oublie pas que lorsque tu seras partie, tu pourras revenir la voir aussi souvent que tu le souhaiteras, tu peux compter sur moi pour cela.

Kakimi me sourit, mais je restais rongée par l'inquiétude. Il ajouta :

—Lorsque je serai parti, reparles-en avec ta mère. Elle saura te donner davantage d'explications concernant ton départ, et cela, bien mieux que moi.

Le vieux marchand observa le ciel un bref instant.

—Il se fait tard, je dois vraiment m'en aller. À bientôt, jeune fille ! Prends soin de ta mère.

Kakimi m'embrassa sur la joue et il me fit un clin d'œil. Il repartit finalement en direction de sa caravane. Je restai debout, près de mes fleurs et je le regardai s'éloigner avec mélancolie. Il s'assura que les portes de derrière étaient bien verrouillées et il monta sur le siège du cocher. D'un mouvement sec, le vieux marchand donna le signal du départ à Térann et Furon. Les deux chevaux s'animèrent et lentement, le véhicule fit demi-tour et s'éloigna sur ses propres traces.

Kakimi nous quittait encore, nous laissant seules, une fois de plus…

Chapitre II

Le cadeau des vents

Deux interminables semaines passèrent. Depuis la visite de Kakimi, Sintara avait fait une trêve avec maman et elles semblaient avoir laissé tomber leur conflit. Elles avaient repris toutes deux leurs activités usuelles : Sintara allait dans les bois pour jouer aux aventurières intrépides tandis que maman passait son temps à peindre sur le balcon. Quant à moi, je restais toujours aussi mélancolique à l'idée de devoir abandonner le paisible sanctuaire où j'avais grandi. J'en perdis l'appétit. Pour tenter de désembrouiller mon esprit, je posais des questions à Mosarie jusqu'à épuisement.

—Pourquoi faut-il que nous partions ? Tu ne veux plus de nous ?

—Tu sais que c'est faux, Aly. J'aurais vraiment aimé que nous puissions rester unies encore bien des années. J'ai pleuré des heures en silence, seule dans ma chambre, mais je dois me rendre à l'évidence. Ta sœur et toi êtes différentes de moi. C'est ainsi et nous ne pouvons rien y changer.

—Différentes ? En quoi sommes-nous si différentes ?

—Votre père…

Qu'elle continue! Je me serais mise à genoux pour qu'elle ne s'arrête pas.

—Mon père? lui dis-je pour ouvrir le chemin.

—C'était un homme bien. Un peu trop même. Il avait un devoir à accomplir, il l'a rempli jusqu'au bout. Jusqu'au trépas. Rien n'aurait pu l'en empêcher.

Je buvais ses paroles comme de l'eau. Ma mère m'en disait rarement autant.

—Et là, vous êtes venues au monde. Ça faisait partie du *plan*. Je m'étais proposée et j'ai accepté le contrat aveuglément, sans réfléchir aux clauses inéluctables. Je voulais vivre la joie d'être mère. C'était mon seul désir et ton père le savait. On m'a avertie des centaines de fois que *ça* arriverait un jour. Que mon rêve ne durerait pas. Qu'il allait inévitablement se transformer en cauchemar.

«Aujourd'hui ce jour est sur le point d'arriver. Il faut agir avant que le pire ne survienne. Ta sœur a déjà amorcé les premiers rouages; vous ne pouvez plus rester ici. Vous devez partir bientôt… Je suis désolée.

—Mais maman, tu m'as demandé de te promettre de rester avec toi. J'ai promis. Alors pourquoi désires-tu que je parte?

—Je croyais que si Sintara s'en allait, toi, tu aurais pu rester. Mais les choses sont bien plus compliquées.

Rien n'est simple dans ce domaine. Vraiment rien.

—Je vais devoir briser ma promesse?

—Oui, tu le devras… Pardonne-moi ma chérie…

* * *

Cela faisait trois semaines que Kakimi nous avait quittées pour régler ses affaires aux Collines-aux-Aurores-Pourpres et à la Vallée-Rouge. Notre quotidien avait eu le temps de redevenir ce qu'il avait toujours été. Chaque jour qui passait ressemblait de plus en plus à celui de la veille. Cependant, depuis la visite de Kakimi, cette routine machinale m'opprimait. Je voulais bouger, me distraire et profiter des derniers moments que j'allais vivre avec ma mère, car après mon départ, je n'allais peut-être plus avoir la chance de la revoir avant maintes semaines, voire même des mois.

Pourtant, de son côté, Mosarie agissait comme si nous étions déjà parties depuis belle lurette. Chaque matin, elle descendait dans l'étroite cave sous sa chambre à coucher pour chercher un de ses chevalets de bois, des pots de peinture aux teintes variées, un torchon maculé de résidus d'acrylique, un attirail de pinceaux et une toile vierge un peu jaunie. Elle revêtait ensuite un long sarrau gris et elle allait s'isoler sur le balcon ouest où elle pouvait passer des journées entières à peindre.

Après m'être levée ce matin-là, je vis que Sintara sommeillait encore puisque la porte de sa chambre était verrouillée de l'intérieur. Je savais également que maman peignait dehors, car je la voyais du coin de ma fenêtre. En bâillant et en me frottant les yeux pour m'accommoder de la lueur du soleil levant, j'enfilai une tenue légère et je sortis la rejoindre.

Dehors, la brise était fraîche et dépourvue d'humidité. Elle créait de délicats remous sur la mer. Le soleil commençait tout juste à réchauffer la surface froide du balcon. Autour de la maison, le souffle du vent faisait voltiger les hautes herbes et propageait les cris aigus des insectes. Des masses poudreuses de sable fin s'envolaient en nuages pour retomber à quelques mètres de la mer. Un souffle plus glacé souleva ma chevelure, j'eus un frisson.

Sans faire de bruit, je me rendis sur le coin ouest du balcon pour observer Mosarie. Elle ne se rendit pas compte que je l'épiais, sans doute était-elle trop concentrée sur son travail.

Elle était assise sur son petit banc de bois grinçant, sa plaque à mélanges dans une main et un pinceau dans l'autre. D'où elle était, le support de sa peinture séparait sa vision en deux : d'un côté, il y avait la mer qui remuait à peine et de l'autre, la broussaille humide et agitée ainsi qu'une partie de notre boisé. Elle retouchait patiemment son œuvre du bout de son pinceau.

Quand Mosarie peignait, son visage se figeait comme si toutes ses pensées étaient strictement réservées à sa toile. Ses yeux demeuraient fixés sur son œuvre, même lorsqu'on lui parlait. Elle était toujours tellement concentrée et passionnée que ce ne pouvait être que le secret de son fabuleux talent.

Je tentais de comprendre ce que ma mère voulait représenter sur sa toile, mais je n'y arrivais pas. Des spirales de couleurs froides tourbillonnaient sans fin sur la toile, mais je ne distinguais rien de concret. Elle avait abusé des teintes bleutées, car son tableau en était saturé. À intervalles réguliers, elle trempait son pinceau dans le pot bleu, puis le ressortait rapidement pour aller ensuite le mêler à d'autres couleurs sur sa plaque à mélanges. Enfin, ma mère nettoyait son pinceau, elle le changeait pour un autre et elle retouchait son tableau de seulement quelques petits coups de pinceaux, avant de reprendre son rituel encore et encore.

Je n'arrivais pas du tout à comprendre pourquoi maman peignait cette toile. Je n'y voyais que des formes abstraites et entremêlées : un chaos dépourvu de sens et de direction. Les gestes précis de Mosarie laissaient pourtant croire qu'elle avait un objectif bien précis. Ses fins coups de pinceau semblaient réfléchis et calculés. D'ailleurs, elle passait de longues secondes à observer son travail avant d'appliquer ses couleurs avec soin.

—Qu'est-ce que c'est ? murmurai-je doucement du coin du balcon, à moitié découverte.

Ma mère, surprise, sursauta sans toutefois tacher son

œuvre. Elle se retourna vers moi, posa sa main frêle sur sa poitrine et elle reprit un air détendu. Une fois sa stupeur dissipée, j'avançai vers elle à petits pas et j'observai son travail, la tête appuyée contre son épaule.

—Que peins-tu aujourd'hui, maman? Ce que je vois ne ressemble à rien.

Mosarie observa de nouveau son travail d'un œil triste, appuya sa tête contre la mienne et me dit:

—C'est un rêve, Alégracia. Rien de plus qu'un rêve.

—Tu l'as fait cette nuit?

—Non ma chérie…

Ma mère fit une pause. Elle leva son visage vers le ciel.

—C'est un rêve que je fais *toutes* les nuits.

Mosarie semblait perdue dans ses pensées. Elle observait son travail d'un air triste et satisfait à la fois.

—Je n'arrive pas à comprendre ce que tu as peint.

—Moi non plus, Alégracia. J'ai pensé qu'il aurait été possible d'ajouter de la lumière aux visions nocturnes qui me hantent ces nuits-ci, mais les choses ne sont pas aussi simples.

Nous regardâmes ensemble son tableau, ce tourbillon

bleu, froid, incompréhensible et mystérieux.

Enfin, je crus en arriver à une conclusion. Ce tableau ne devait pas être vu avec les yeux, mais avec le cœur. À mon avis, Mosarie tentait de représenter le sentiment qui la dominait ces derniers jours. Dans ce tourbillon bleu grisaillé, j'entrevoyais sa peur, son inquiétude, le vide qui la hantait à l'idée que nous allions partir, ma sœur et moi. Des sentiments tourmentés que ma mère devait expulser de son âme afin de retrouver la paix.

Après en être arrivée à cette conclusion, j'observai les détails plastiques de l'œuvre, comme je l'avais toujours fait avec les précédentes et je remarquai autre chose :

—Que sont ces délicats points blancs, là, juste en bas ?

Intriguée, j'approchai mon visage pour y voir plus clair.

—On dirait de petits visages difformes… qui pleurent… est-ce que c'est ça ?

—Oui, Aly. Je les vois eux aussi, dans mes rêves.

Mosarie me montra ensuite un semis bleu clair, vibrionnant, qui dominait grossièrement l'œuvre.

—Et ça, ce sont leurs larmes.

Ces aveux m'effrayèrent. Mosarie venait de confirmer mon doute : son tableau représentait bien des visions de tristesse et d'appréhension. Cela ne lui ressemblait guère. Les œuvres qu'elle avait réalisées antérieurement montraient toujours des scènes gaies et agréables à contempler. En général, ma mère peignait de beaux souvenirs qui resurgissaient de son passé. En les regardant, je pouvais en apprendre un peu plus sur sa vie d'antan.

Cette toile me déroutait, je devais me changer les idées. J'eus envie de me rassurer en contemplant les œuvres plus gaies de ma mère, même si je l'avais déjà fait des centaines de fois auparavant. Je ne m'en lassais jamais. J'agrippai l'avant-bras de Mosarie et je lui demandai la clé de la cave.

—Ma clé? Mais bien sûr, ma chérie.

Elle fourra sa main dans la grande poche de son sarrau et en ressortit une clé dorée. Elle me la tendit du bout des doigts en me regardant droit dans les yeux.

—Mais n'oublie pas la règle d'usage…

Je la coupai et je récitai le reste de la phrase en même temps qu'elle:

—Ne jamais tenter d'ouvrir le coffre de métal.

Je demeurai silencieuse un moment.

—C'est bien clair? C'est important pour moi. Je ne voudrais pas avoir à t'interdire pour toujours l'accès à ma cave.

—Oui, maman, je n'ouvrirai pas le vieux coffre de métal. Je te l'ai déjà promis des centaines de fois.

—Je le sais, Alégracia, mais c'est capital. Ce que ce coffre contient ne concerne que moi.

—Tu peux me faire confiance.

Je quittai alors le balcon, laissant ma mère seule pour qu'elle puisse terminer sa toile tranquille.

* * *

Avant de me rendre à la cave, je fis un bref détour par ma chambre pour aller y chercher ma lanterne magique. J'entrai dans la chambre de Mosarie sur la pointe des pieds pour éviter de réveiller ma sœur qui dormait juste à côté. Il faisait clair à l'intérieur, les rideaux n'avaient pas été rabattus sur les fenêtres.

La chambre de ma mère n'était guère plus grande que la mienne ou que celle de Sintara. La clarté du jour y pénétrait par deux fenêtres, l'une au-dessus du lit et l'autre sur le mur à ma gauche.

Les meubles étaient semblables aux nôtres, mais en plus vieux et en plus usés. Ils avaient été achetés alors que la maison venait tout juste d'être construite. Nos meubles, à Sintara et à moi, nous avaient été offerts au fil des années par notre ami Kakimi. Cela expliquait pourquoi nos chambres étaient décorées à la façon plus exotique du Drakanitt, car le vieux marchand avait un fort penchant pour ce style. Bon nombre de ses articles provenaient d'ailleurs du Drakanitt.

Le lit de Mosarie était assez spacieux pour y accueillir deux personnes. Elle devait y dormir aux côtés de mon père avant qu'il ne meure. Cependant, maman y passait maintenant ses nuits seule, à l'exception des soirs où nous la rejoignions pour fuir nos cauchemars. Ce lit était recouvert d'un édredon jaune et de trois épaisses couvertures grises suffisamment chaudes pour combattre les soirées fraîches de l'hiver.

Un portrait de ma sœur et moi ornait le mur. Mosarie l'avait peint l'an passé. Même si Sintara ne souriait guère au moment où elle avait posé pour cette œuvre, ma mère lui avait tout de même peint un petit sourire espiègle.

J'avançai dans la pièce jusqu'à la trappe à côté de la malle à vêtements. Le bruit de mes pas sur le plancher créait un faible écho sous mes pieds ; les lattes de bois du plancher servaient également de plafond pour l'entrepôt dissimulé sous la chambre. Pour ouvrir la trappe, j'insérai la clé dorée dans la fente du verrou rouillé. Je dus tourner la clé plus d'une fois pour que le loquet se libère. Je déposai ma lanterne pour soulever la trappe et je descendis l'échelle.

En bas, une odeur de renfermé et de poussière m'emplit les narines. La trappe que j'avais laissée ouverte projetait sur moi un faisceau de lumière blafarde. Le seul autre éclairage de la pièce provenait du flux lumineux qui s'échappait d'entre les planches du plafond. Cette maigre clarté ne suffisait pas à rendre l'environnement pleinement visible. Je formulai donc les mots magiques et ma lanterne magique s'alluma. La cave dévoilait enfin ses trésors...

À ma gauche, il y avait une étagère de bois rustique où maman classait ses accessoires d'artiste. Elle y avait pris plusieurs articles en matinée, avant de sortir pour peindre. Il ne restait que quelques pots de peinture encore jamais ouverts, de vieux pinceaux aux poils usés et raccourcis, des plaques de bois pour les mélanges et des morceaux de tissus tachés. À côté de l'étagère, trois chevalets de tailles variées étaient adossés contre le mur. Par terre, une petite huche de bois terne servait à stocker de grandes toiles blanches au tissage fin. Mosarie devait en faire des réserves limitées, car elles jaunissaient à l'humidité. Kakimi se chargeait de lui en fournir de nouvelles régulièrement.

Le reste de la cave servait de galerie aux œuvres que ma mère avait peintes au fil des ans. Malheureusement, le jour était venu où il ne resta plus d'espace pour en accrocher davantage. Depuis ce temps, seules les toiles préférées de ma mère étaient restées accrochées au mur. Les autres avaient été entassées au fond, là où la lumière du plafond ne pouvait les atteindre.

Ma lanterne à la main, j'avançai vers la droite où étaient accrochées, à mon avis, les toiles les mieux réussies.

Je m'arrêtai devant une œuvre intitulée *Eiro-Van*. Elle représentait une scène de vie commune au sein d'un patelin paisible. Devant les maisons rustiques, une dizaine de villageois allaient et venaient dans les minces rues de terre battue. Certains faisaient leurs courses, un panier en osier à la main, des mamans marchaient avec leurs enfants et des amoureux se tenaient par la main. La plupart discutait entre eux, tranquillement. Ils étaient vêtus d'habits souples, élégants et colorés et coiffés d'un large chapeau de paille qui ombrait leur visage et leurs épaules.

Le contraste des couleurs utilisées pour peindre cet environnement était accentué volontairement, de façon à ce que l'on ait l'impression que le soleil répandait une chaleur enveloppante. La végétation qui entourait ce village devait tirer un grand profit de cette lumière, car elle semblait surnaturellement épanouie. D'ailleurs, les parterres soigneusement entretenus qui entouraient les habitations verdoyaient de vie. Des fleurs orangées et rouges poussaient dans les arbres tous méticuleusement taillés. Derrière, un petit ruisseau bleu azur coulait à travers les arbres et les maisons.

Mosarie m'avait dit que le village d'Eiro-Van était celui où elle avait vu le jour. Elle y avait vécu pendant une dizaine d'années, jusqu'à la mort de son père. À la suite de ce décès, la mère de Mosarie n'avait pas tardé à se remarier avec un homme corpulent de la Contrée-Bleue, Ofenior Moranoir. Elles ont donc dû déménager à Atorstatte, lieu de son domicile.

Ma mère m'avait avoué qu'elle haïssait son beau-père. Cet homme possédait de nombreuses terres sur lesquelles il cultivait le blé et des épices durant les saisons chaudes. À l'époque, il obligeait Mosarie et sa mère à travailler au labour, à la semence et à l'entretien des terres. Il se foutait bien que maman déteste ce dur labeur. Parfois, elle réussissait à éviter ce travail pénible et prolongé en allant se cacher, dans un vieil entrepôt désaffecté. Elle y pratiquait son art préféré, la peinture, en toute quiétude. Malheureusement, lorsque son beau-père s'en était rendu compte, il l'avait châtiée rudement. Mosarie s'était fait confisquer et même briser son matériel à chaque fois qu'il l'avait surprise ainsi.

Elle avait passé des années interminables à se mortifier et à s'éreinter au travail sur les terres de cet homme sévère qui la frappait pour un rien. Il ne cessait de répéter à maman que l'art était une pratique oiseuse et qu'il était hors de question qu'elle perde son temps à peindre. Or, il lui était impossible d'être heureuse lorsqu'elle ne pouvait pratiquer son art. Heureusement, elle avait fini par trouver un moyen d'échapper à cet homme avare et égocentrique.

Après avoir longuement observé cette première œuvre, je longeai le mur pour faire face à une nouvelle toile, un portrait de Kakimi, à l'époque où il était un bon ami du *vrai* père de Mosarie. À cette époque, sa chevelure était noire aux reflets ambrés. Et ses épaules, quelle carrure! Il devait peser autant à l'époque, sauf que son poids devait provenir de ses muscles volumineux et non pas de son ventre rond.

Je me déplaçai encore vers la gauche et une nouvelle peinture m'éblouit. Elle représentait l'immense capitale du Continent-Coloré, la fabuleuse cité d'Holbus. Le palais d'Holbus, au centre de la toile, était vraiment impressionnant. Cet énorme château de pierres blanches et grises, doté d'une série de toits pointus et métalliques, avait été érigé beaucoup plus en hauteur qu'en largeur. Les cimes de ses nombreuses tours frôlaient les nuages. Le palais était cerné d'une haute barricade de roc sculpté, sillonnée d'une passerelle où les soldats royaux exécutaient leur patrouille. Plusieurs soldats gardaient l'entrée principale ; ils décidaient des allées et venues au château.

Le point de vue que la peinture donnait ne permettait pas d'imaginer quelles activités se déroulaient exactement autour de l'imposant château, au cœur d'Holbus. On remarquait que la plupart des maisons s'entassaient, toutes construites de pierres gris foncé et qu'elles s'élevaient sur plus d'un étage. Dans les rues dallées, les hommes d'armes abondaient, certains à pieds, d'autres sur des chevaux dignement harnachés. Dans le coin inférieur droit, un riche couple discutait dans une calèche noire à grandes roues, conduite par un cocher à la posture très droite, richement habillé d'un veston rouge et d'un pantalon beige.

Même si toute trace de végétation avait dû être effacée pour construire cette cité, j'espérais pouvoir contempler ces splendeurs de mes propres yeux, un jour.

Je continuai de longer le mur et délaissai les œuvres

qui attiraient moins mon attention. Mon regard s'arrêta sur une dernière toile fort intrigante.

Cette peinture représentait l'intérieur d'un vieil entrepôt poussiéreux. L'endroit était obscur, même si quelques rayons de soleil y pénétraient par des petits hublots près du plafond. Des poutres massives et rainurées s'élevaient jusqu'à la toiture pour lui fournir un soutien sans lequel elle se serait sans doute effondrée. Sur le sol, des dizaines de caisses de bois et des barils renforcés de bandes de fer terne étaient empilés dans un ordre absolument aléatoire.

J'avais longuement questionné Mosarie à propos de cette œuvre. Je lui demandais pourquoi elle avait perdu son temps à peindre un décor si terne... pourquoi cette bâtisse vieillotte, délabrée et sans intérêt avait été assez spéciale à ses yeux pour qu'elle prenne le temps de la peindre. Elle n'avait daigné me répondre que l'an dernier. Elle m'avait enfin avoué que cet endroit était son atelier secret où elle pratiquait son art sans craindre d'être perturbée par son beau-père. Mais plus encore, c'était là qu'elle avait fait la rencontre de mon père. Je l'avais alors écoutée sans broncher. Elle ne me parlait que rarement de mon père...

Ce jour-là, comme bien d'autres jours, maman peignait seule dans cet endroit sombre et malpropre. En silence, un homme était entré par la porte de devant. Ce vagabond avait infiltré cette bâtisse en douce pour échapper aux griffes des soldats royaux qui le pourchassaient. Immobile, le dos appuyé contre la porte, il avait guetté par la fenêtre les soldats qui abandonnaient les recherches et qui quittaient définitivement la ville. Lorsqu'il avait été sur le point de s'en aller, il avait entendu le bruit du pinceau de Mosarie qui venait de tomber sur le sol. Curieux, le vagabond s'était attardé un peu plus longtemps au lieu de s'éclipser, comme il en avait d'abord eu l'intention. En se dissimulant dans l'ombre à l'aide de sa cape noire, il s'était faufilé entre les caisses et les barils, et il avait aperçu la jeune artiste qui peignait dans l'ombre.

Mosarie n'avait jamais voulu m'en raconter davantage. J'eus beau insister des dizaines, voir même des centaines de fois, rien n'y fit.

Éclairée par la lumière de ma lanterne magique, je continuai ma visite. Je me retrouvai soudainement face à l'objet le plus mystérieux qu'il ne m'ait jamais été donné de voir de toute ma vie : le coffre *interdit* de Mosarie. Il était fait d'un métal clair, mais très sale, et il devait mesurer près d'un mètre de long. Le couvercle était verrouillé par un énorme cadenas d'acier.

Je n'avais jamais tenté d'ouvrir ce vieux coffre, car je respectais docilement les consignes de ma mère. Elle devait y garder quelque chose de bien précieux pour que même nous, ses filles, ne puissions y jeter le moindre regard.

Sintara avait tout fait pour découvrir le secret du

coffre. Elle avait déjà expérimenté diverses façons de libérer le loquet. Elle avait, entre autre, essayé de l'ouvrir grâce à la clé dorée qui ouvrait la trappe de la cave, mais elle ne convenait pas à cette serrure. De plus, j'étais persuadée que ma sœur avait déjà fouillé secrètement la maison de fond en comble pour trouver *la* clé qui ouvrirait le cadenas, mais elle n'avait encore jamais réussi à la découvrir. Mosarie devait l'avoir vraiment bien dissimulée.

Un bruit sourd derrière moi me fit sursauter. Me retournant, je vis ma sœur qui se relevait dans un nuage de poussière. Elle avait sauté du haut de la trappe. Pour elle, emprunter l'échelle devait être trop facile !

—Tu fouilles dans les affaires de Mosarie maintenant ? me lança-t-elle en me pointant du doigt. Qu'est-ce que tu cherches au juste ?

—Je ne cherche rien, Sin. Je suis simplement venue observer les peintures, rien de plus.

—Menteuse ! Tu es déjà venue la semaine dernière.

Sintara s'approcha de moi. Elle me regarda curieusement de haut en bas, d'un air de conspiratrice. Elle pointa le coffre de métal que je tentais maladroitement de cacher avec ma robe.

—Tu cherches la clé du coffre *interdit*, n'est-ce pas ? me demanda-t-elle en murmurant à mon oreille. L'as-tu trouvée ?

—Non ! et je ne l'ai pas cherchée ! Tu peux garder tes idées tordues pour toi !

Ma sœur se mit à rire sourdement. Elle me poussa hors de son chemin, puis elle s'accroupit devant le coffre. Elle marmonna juste assez fort pour que je puisse l'entendre :

—C'est normal que nous ne puissions pas trouver la clé, Alégracia, car il n'en existe aucune. Le seul moyen de débloquer le verrou, c'est d'appuyer simultanément sur les deux boutons, là, juste en dessous.

Clic ! L'anneau d'acier fit un bond et le coffre se déverrouilla. Je réagis aussitôt et fonçai sur ma sœur. Je la renversai et replaçai le cadenas comme il devait l'être. Irritée, je criai à ma sœur :

—De quel droit ouvres-tu ce coffre ? Mosarie nous l'a interdit des centaines de fois !

Les joues de Sintara s'empourprèrent, mais elle parvint par je ne sais quel miracle à garder son sang-froid.

—Chut ! Elle pourrait nous entendre de dehors. Les murs de la maison sont épais, mais le son de nos voix les traverse facilement.

—Ça m'est totalement égal. Je vais aller te rapporter

et elle te punira encore !

—Non, Alégracia ! Ne fais pas ça, s'il te plaît. Je n'ai pas envie d'avoir encore à affronter maman alors que nous sommes si près de notre départ. Tu peux comprendre ça, non ?

Elle semblait sincère, même si je savais qu'elle pouvait être une grande actrice. Je fis mine de rien et embarquai dans son jeu.

—Oui, bien sûr, je comprends... Mais cela ne te donne pas davantage le droit d'ouvrir ce coffre. Mais dis-moi, comment as-tu trouvé la façon de l'ouvrir ?

—Facile ! La semaine dernière, je suis venue me cacher pendant que tu regardais les toiles. Tu étais si concentrée que tu ne m'as ni vue ni entendue, ce qui est assez surprenant, n'est-ce pas ?

En effet, je le *sentais* toujours quand ma sœur était dans les parages.

—C'est drôle parce que j'étais certaine que tu me trouverais. Mais je prenais soin de rester loin de toi. Tu es finalement sortie et j'ai passé la journée à attendre. Ce soir-là, comme je l'avais prévu, Mosarie est venue fouiner dans son coffre. De ma cachette, j'ai pu voir très distinctement comment elle déverrouillait son cadenas. Et tu sais ce qu'il y a dans le coffre ?

—Non ! lui criai-je pour l'interrompre. Je ne veux

pas le savoir ! C'est à maman et rien qu'à elle. Si elle refuse que l'on sache ce qu'elle y cache, c'est son droit !

—Tant pis pour toi alors. De toute façon, je n'ai pas pu bien voir ce qu'il y avait d'inscrit sur ces *vieux livres* et j'ai dû m'éclipser avant que Mosarie ne me découvre. Je t'aurais offert d'y jeter un œil maintenant, mais puisque tu ne veux rien savoir, je devrai revenir plus tard quand tu n'y seras pas.

—Je ne te laisserai jamais faire une telle chose. Je te surveillerai sans relâche.

—C'est dommage... tu me déçois, mais je m'en doutais. Je devrai donc attendre que tu aies le dos tourné pour revenir.

Nous nous regardâmes un moment en silence. Notre conversation était terminée, mais nous continuions à nous affronter du regard, comme si cette forme de menace pouvait faire plier l'autre. Je voulais lui tenir tête. Il fallait qu'elle abandonne avant moi, mais Sintara était beaucoup plus forte à ce petit jeu.

Après quelques secondes de ce petit manège, Sintara soupira. Elle me fit une proposition en souriant, comme si elle avait déjà tout oublié.

—Bon, très bien. Comme tu veux. Allons jouer dans les bois, veux-tu ? Ça nous changera les idées.

Normalement, j'aurais immédiatement refusé cette

offre, mais, à bien y réfléchir, j'en conclus que nous divertir allait être la meilleure solution pour mettre un terme à notre dispute.

—D'accord. Mais pas longtemps, car l'heure du dîner approche.

Sintara acquiesça. Nous remontâmes alors et je remis la clé dorée à Mosarie. Elle n'avait pas encore terminé son œuvre. Bien que l'envie de parler me rongeât, je ne lui dis pas que Sintara avait trouvé un moyen d'ouvrir son coffre. Je me contentai de suivre ma sœur dans le boisé derrière la maison, là où la nature avait le pouvoir de faire disparaître nos rancunes.

* * *

Sintara et moi jouions à cache-cache depuis plus d'une heure dans la forêt. Ma sœur ne se lassait jamais de ce jeu; elle avait un certain talent. Ses aptitudes à se fondre dans les broussailles et à se déplacer en silence lui conféraient un sérieux avantage. Lorsque je la cherchais et que je me rapprochais de sa position, Sintara pouvait même cesser de respirer. De plus, elle changeait fréquemment de cachette, ce qui rendait ma tâche encore plus difficile.

Malgré toutes les ruses qu'elle employait, je parvenais à la retrouver grâce à un don tout particulier. Je pouvais la *sentir*, peu importe où elle était. Je n'avais qu'à me tenir debout entre les arbres et à tourner lentement sur moi-même pour savoir dans quelle direction chercher.

Je ressentais d'étranges frissons lorsque je faisais face à l'endroit où Sintara se dissimulait. Ma sœur avait ainsi perdu la partie de nombreuses fois. Cela l'agaçait, car elle prenait grand soin de bien choisir ses cachettes, mais je pouvais la retrouver en quelques secondes grâce à ce pouvoir particulier.

L'heure du dîner arriva. Sintara et moi avions convenu de jouer encore quelques minutes avant de rentrer. C'était encore à mon tour de la chercher.

Pour laisser à ma sœur le temps de se trouver une bonne cachette, je gravis une haute butte de terre sèche et de pierre et je m'y assis. Je fermai les yeux et je commençai à compter à voix haute.

De là-haut, je sentais le vent chaud me dorloter. Ma robe légère ondulait sous son souffle, au même rythme que les branches des arbres. Je laissais mes jambes pendre le long du gros rocher et je les balançai doucement pendant mon décompte. Vers la fin, j'ouvris les yeux et j'admirai les alentours. De cette hauteur, je pouvais contempler toute l'étendue de la forêt jusqu'à la rivière, au nord. Dans la direction opposée, je voyais notre maison, la plage blanche et la mer qui miroitait.

Le vent chaud du nord souleva ma chevelure. Le soleil brillait de tous ses éclats. Je sentais ses rayons sur ma peau brunie. Le grand rocher m'avait presque brûlé les cuisses. Le ciel, d'un bleu éclatant, dominait les paysages lointains qui s'estompaient sous l'humidité. Je respirai une bonne bouffée d'air et je me levai.

Avant de redescendre de ma butte pour partir à la recherche de ma sœur, je regardai le ciel encore un instant et je pris une autre profonde respiration. Une agréable sensation de bien-être envahit alors mon corps. Je ne m'étais pas sentie ainsi depuis longtemps. Mes idées noires s'enfuyaient, laissant ainsi respirer mon âme. Même après tous ces jours tourmentés, j'arrivais à reprendre des forces. Pour la première fois, depuis longtemps, je me sentais… libre.

Mon regard ne se décrochait pas de l'azur. J'en avais oublié de redescendre pour partir à la recherche de Sintara. Je prolongeai ce bain de chaleur et je saisis chaque seconde de cette euphorie, consciente qu'elle allait bientôt passer.

Tout à coup, quelque chose accrocha mon regard. Je ne pouvais pas dire de quoi il s'agissait. Un point brillant virevoltait, comme une poussière lumineuse emportée par la brise. Il semblait voler vers moi.

Je me levai et je mis la main sur mon front pour mieux voir. Le point lumineux cheminait vers moi, comme si les vents voulaient me l'offrir. Il se rapprochait en tournoyant, puis, à quelques pas de moi, il se mit à perdre de l'altitude et il descendit lentement les courants d'air en sillonnant. Lorsqu'il fut à portée de mains, je fis un petit bond pour l'empoigner à bout de bras. Le vent disparut alors complètement.

J'approchai mes mains refermées et je les ouvris calmement. Mon visage s'illumina d'une plaisante lueur bleutée et je vis alors ce que je venais d'attraper. Il s'agissait d'un pétale de fleur d'une variété inconnue. D'une teinte céruléenne translucide aux reflets pourpres, ce pétale était aussi long que mon petit doigt et étrangement froid au toucher. Je n'en avais jamais vu un de si original. Il me charmait, me captivait. Il semblait surnaturel. Et il ne s'agissait là que d'un simple pétale ! J'avais peine à imaginer la fleur sur laquelle il avait été accroché avant d'avoir pris son envol. Elle devait être magnifique. Je l'entendais presque qui m'appelait, d'où elle grandissait, entre les arbres. Elle voulait que j'aille la cueillir afin que je l'ajoute à mes jardins.

Je voulais avertir ma sœur de cette étonnante découverte :

—Sin ! Viens voir ce que j'ai trouvé !

Elle ne répondit pas. Je n'entendais que le gazouillement des oiseaux et les feuilles des arbres s'agiter sous l'effet d'une nouvelle brise.

—Sin ! Je ne dis pas ça pour savoir où tu te caches ! J'ai vraiment trouvé quelque chose ! Viens voir !

—Qu'est-ce que c'est ? me lança-t-elle d'une voix éloignée et ennuyée.

—Viens voir par toi-même ! C'est d'une pure beauté.

Je vis alors quelques branches se secouer et Sintara apparut. Elle grimpa sur ma butte.

—Qu'as-tu trouvé, alors?

—Regarde, lui chuchotai-je en ouvrant les mains près de son visage.

À la vue du pétale brillant, les yeux de ma sœur se mirent à briller.

—Wow! Il est d'une rare beauté! Où l'as-tu trouvé? Et où se trouve la fleur? Tu ne l'as pas ramenée avec toi?

—J'ignore où elle se trouve. Les vents m'en ont fait cadeau à l'instant.

—De quelle direction provenait-il? continua-t-elle en sautillant et en regardant de tous les côtés.

—Du nord, mais de plus loin encore que la rivière. Probablement plus loin que les limites de notre territoire...

Après un silence songeur, ma sœur se retourna.

—Nous pourrions nous y rendre et cueillir cette magnifique fleur, tu sais. Moi, je n'aurais pas peur d'y aller, mais toi…

—Non, Sin! Je ne veux pas me rendre hors du territoire! C'est interdit.

—Alégracia, tu cherches depuis des années de nouvelles variétés de fleurs à faire pousser dans tes jardins. Je n'ai jamais vu une de tes fleurs posséder un pétale aussi spécial que celui que tu tiens entre tes mains. Pourquoi ne pas aller la chercher?

—Je ne sais pas. Kakimi viendra nous prendre dans peu de temps. Je ne vois pas pourquoi il faudrait risquer de nous aventurer hors de nos terres. Maman dit que c'est dangereux…

—Voyons Alégracia! Kakimi peut ne se pointer que dans deux ou trois semaines. C'est bien plus de temps qu'il n'en faut pour retrouver cette fleur. Et il me semble que tu m'as dit un jour que Kakimi te complimentait sur la beauté de tes jardins. Imagine sa réaction s'il voit que tu as réussi à cultiver une variété aussi splendide que celle-ci. Ne crois-tu pas qu'il serait fier? Ne crois-tu pas que nous pourrions lui prouver ainsi que nous savons nous débrouiller, seules, pendant quelques heures? Et de toute façon, moi, je n'ai pas peur du danger… froussarde!

—Je n'ai pas peur, tu sauras! Et pour le reste, je veux bien croire ce que tu dis, mais il nous faudrait tout de même désobéir aux règles pour nous rendre si loin dans les bois!

—Quelle importance si Mosarie n'est pas au courant? Nous n'aurons qu'à lui faire croire que tu as trouvé cette fleur dans les zones permises. Nous devons simplement rester discrètes. Regarde… rentrons à la maison pour le dîner. Cet après-midi, nous dirons à Mosarie que nous retournons jouer à cache-cache, mais nous partirons plutôt à la recherche de ta fleur. Nous la trouverons et nous serons de retour bien avant l'heure du souper. Elle n'en saura rien et toi, tu auras douze variétés de fleurs dans tes jardins. Qu'est-ce que tu en dis ?

Je ne répondis pas tout de suite. Je poussai un long et profond soupir et je fermai les yeux. Je ne souhaitais pas désobéir à ma mère, mais la vision fantasmatique de cette fleur restait gravée dans mon esprit. Je la désirais tant… elle m'incitait à considérer l'offre de Sintara. Cette fleur devait à tout prix se trouver une fois entre mes mains avant mon départ. Ce désir terrassait ma volonté. Il *devait* être comblé, même au prix de la désobéissance. J'ouvris les yeux et j'acquiesçai malgré moi à sa proposition.

—Génial ! me répondit-elle en sautillant, comme un jeune enfant à qui on vient de donner une gâterie. Donc, après le dîner, j'irai te rejoindre dans ta chambre et nous préparerons notre expédition.

Ainsi, nous quittâmes ensemble la forêt pour rentrer à la maison. Je regardai une dernière fois le pétale et je le glissai dans ma manche. Je voulais cette fleur, je la voulais…

* * *

Sintara et moi mangeâmes rapidement notre assiette

de légumes fraîchement cueillis du potager. Ma mère, par contre, n'avait pas beaucoup d'appétit. Elle avait à peine pris quelques bouchées de son repas que, déjà, sa faim avait disparu. Son tableau inachevé devait en être la cause.

Mosarie était toujours ainsi : si elle n'avait pas terminé une de ses œuvres et qu'elle devait interrompre son travail pour manger ou faire toute autre activité, ses pensées demeuraient prisonnières. Elle resta silencieuse pendant le repas. Elle ne demanda pas ce que nous avions fait ce matin et elle ne s'intéressa pas non plus à nos projets pour l'après-midi. Son esprit bouillait sous son regard vide. Il n'allait s'adoucir qu'après le dernier coup de pinceau.

Ma sœur et moi étions impatientes de pouvoir partir. Nous lavâmes la vaisselle à la hâte et nous attendîmes avec grand peine que Mosarie retourne sur le balcon pour se remettre à sa peinture. Nous en profitâmes enfin pour nous faufiler en douce dans ma chambre.

Sintara se précipita à ma fenêtre et elle ferma les rideaux d'un coup sec. Elle me dit qu'elle voulait éviter que maman nous surprenne en train de comploter, puis elle s'assit à son aise sur mon beau lit tout propre.

—Bon ! Voyons voir. De quoi aurons-nous besoin ?

—Il nous faut d'abord des accessoires pour éviter de nous perdre. Sais-tu t'orienter dans les bois, Sin ? Comment ferons-nous pour revenir si jamais nous

nous perdons ?

—C'est simple ! Nous n'aurons qu'à utiliser la boussole que Kakimi t'a offerte. Tu la portes déjà à ton cou.

Ma boussole ! Je l'avais presque oubliée. Je ne sentais plus son poids, mais elle était bel et bien là. Ce pendentif restait accroché à mon cou en tout temps, même lorsque je dormais. L'enlever sans raison valable m'aurait paru comme un sacrilège.

Je la pris soigneusement et je pressai le petit bouton pour l'ouvrir. L'aiguille semblait désorientée. Elle tournait sur elle-même à des vitesses irrégulières, sans doute parce que je me trouvais déjà dans notre demeure. Je la refermai.

—Je vais apporter ma lanterne magique aussi. Elle pourrait nous être utile.

—Mais pourquoi ? Nous serons de retour bien avant l'heure du souper ! L'obscurité ne sera pas tombée.

—Je sais, mais si le ciel se couvre… il fera bien plus sombre dans la forêt dense, non ?

Incertaine, ma sœur se gratta la tête et approuva finalement :

—Bon ça va, apporte-la. De toute façon, moi, je vois déjà très bien dans le noir.

Je la pris donc. Son métal était encore chaud.

—Avons-nous besoin d'autres choses?

—Je ne crois pas. As-tu toujours ton pétale?

—Oui, il est dissimulé dans la manche de ma robe. Il est toujours très froid.

—C'est bizarre qu'il reste aussi brillant. Regarde! On peut même le voir à travers le tissu de ta robe!

—C'est vrai! Ah! Sin, j'ai vraiment hâte de voir cette fleur! Je dois absolument la montrer à Kakimi. Elle sera la plus belle de mes jardins, j'en suis convaincue.

—Moi, j'ai surtout hâte de voir à quel endroit elle pousse. Alors, tu es prête?

J'acquiesçai et nous quittâmes toutes deux ma chambre. Le silence régnait toujours dans la maison et toute la vaisselle propre du midi avait été laissée sur le comptoir.

Je suivis Sintara dehors en dissimulant ma lanterne dans mon dos pour éviter que Mosarie ne la voie. Nous entreprîmes ensuite notre ascension vers la forêt. Ma mère n'avait même pas remarqué que nous étions sorties. Elle était trop concentrée à peindre l'étrange tourbillon bleu.

La forêt baignait dans le calme. L'air glissait entre

les branchages en produisant un son clair qui apaisait mes craintes. L'air était chaud et bien plus humide que ce matin. Je sentais qu'il allait pleuvoir ce soir ou tard dans la nuit, mais pour le moment, le soleil était ardent. Ses rayons traversaient les feuillages et plongeaient jusqu'à nous pour nous effleurer, telle une main diaphane nous palpant du bout des doigts. Mes longs cheveux ondoyaient à mesure que nous trottions entre les troncs des feuillus. Lorsque le vent changeait de direction, ils revenaient sur mon visage et je les écartais du revers de la main.

Le haut monticule de terre se trouvait maintenant à une certaine distance derrière nous. À partir de là, nous avions abandonné les sentiers battus pour nous plonger profondément dans la forêt, jusqu'à la rivière. Ma sœur me dirigeait. Elle savait très bien s'orienter dans la forêt, elle nous guidait en se fiant à nos ombres. Sintara avançait d'ailleurs très vite, j'avais de la difficulté à la suivre ; elle ne se rendait pas compte que les branches qu'elle écartait de son chemin me fouettaient sans cesse le visage.

Nous atteignîmes alors la rivière. Comme toujours, cet endroit inspirait le calme, mais aucun oiseau ne s'y baignait. Même l'écoulement de l'eau n'émettait aucun son.

Près de la berge, je dus convaincre ma sœur d'attendre que je puisse me reposer quelques secondes, car j'avais déjà une crampe à la jambe. Elle m'ignora complètement et elle avança dans la rivière pour traverser.

Lorsqu'elle eut de l'eau jusqu'au nombril, elle se retourna et elle me cria d'un ton impatient :

—Alégracia ! Ne reste pas sur la berge, dépêche-toi de traverser !

Je me trempai alors les pieds dans la rivière. La froideur de l'eau opaque me montait le long des mollets comme une plante grimpante et épineuse. J'y enfonçai toute une jambe, puis l'autre, en essayant tant bien que mal d'épargner mes vêtements, mais le niveau de l'eau devint trop haut et je dus y plonger en entier.

Une fois de l'autre côté, je me retrouvai complètement trempée. Mes cheveux et ma robe me collèrent à la peau. Je tentai de les tordre, puis je réalisai que j'avais perdu le pétale qui était caché dans ma manche. Mon cœur fit un bond. Sintara vit mon désarroi, mais elle le balaya d'un geste de la main :

—Ce n'est pas grave, Aly. La fleur ne doit plus être loin maintenant.

Je l'espérais. Je l'espérais vraiment.

* * *

La forêt devenait de plus en plus sombre. Les arbres se resserraient entre eux et me donnaient l'impression que je me faisais broyer vivante. Les branches gênaient nos déplacements. Nous continuions à marcher dans les hautes herbes sèches et granuleuses, et leurs résidus fibreux s'accrochaient à ma robe humide.

Je n'étais venue ici qu'une ou deux fois ; nous étions vraiment tout près des limites de notre territoire. Les oiseaux chantaient à tue-tête derrière moi, comme s'ils me criaient de rebrousser chemin. On aurait dit qu'ils tentaient de me dire que j'agissais de façon sotte et téméraire. L'angoisse m'envahit atrocement et mes jambes ne répondaient plus à mes ordres. Ma sœur s'en rendit compte. Agacée, elle me cria :

— Qu'est-ce que tu fais ? Dépêche-toi ou nous ne pourrons jamais être de retour à l'heure prévue !

— Je fais de mon mieux, Sin… mais je ne me suis presque jamais aventurée jusqu'ici. J'avais l'habitude de bien m'orienter dans les sentiers que je connaissais par cœur. Mais maintenant, c'est autre chose. Je ne me sens plus en sécurité.

— Pourquoi as-tu peur ? Peu importe où nous serons dans la forêt, ce sera la même chose. Il y aura toujours la même terre, les mêmes arbres... Elle a toujours été des plus tranquilles. Tu n'as aucune raison d'avoir peur. Tu as ta boussole de toute façon. Allez, suis-moi !

J'obéis, malgré mes craintes. Les arbres semblaient devenir de plus en plus gros et hauts, rendant l'environnement froid et ténébreux. Une mousse verte et huileuse poussait sur leur écorce.

Derrière, nous pouvions entendre des oiseaux criards, peut-être des corbeaux ou des aigles mais devant, rien du tout. Le silence dominait comme un vieux roi enraciné dans son trône. Le bruit des brindilles qui craquaient m'apparaissait aussi fort que le son assourdissant de tambours.

Nous marchâmes encore jusqu'au moment où nous vîmes quelque chose de nouveau. À une vingtaine de pas, la forêt s'éclaircissait autour d'un long muret de pierre peu élevé. Il longeait la forêt dans une trajectoire perpendiculaire à celle que nous avions empruntée, sillonnant les arbres de gauche à droite comme un serpent géant endormi. Il était si long que nous ne pouvions en discerner les extrémités.

Ce muret ne se composait que de grosses pierres rondes et ternes, empilées les unes sur les autres et maintenues ensemble avec du ciment effrité. Ses dimensions étaient inégales; ce n'était pas l'œuvre d'un maître architecte. À certains endroits, il ne dépassait même pas la hauteur de ma taille et de longs segments s'étaient déjà écroulés.

Curieuse, je demandai à ma sœur:

—Tu crois que c'est papa qui a construit ce mur, tout comme la maison?

—Peut-être. Ça doit délimiter la fin de notre territoire.

—C'est dangereux de s'aventurer de l'autre côté?

—Il n'y a qu'une seule façon de le savoir. Allez, viens!

Ma sœur se hissa au-dessus du mur à l'aide de ses mains. Je fis de même en prenant soin de ne pas abîmer la lanterne. Lorsque nous fûmes de l'autre côté, pour la première fois hors de notre territoire, nous reprîmes notre marche.

L'obscurité était encore plus forte et pesante. Je gardais les mains près de mon visage pour me protéger des brindilles pointues et des feuilles humides. À chaque pas, je m'enfonçais de quelques centimètres dans la boue et lorsque je faisais une enjambée pour avancer, une succion retenait mes pieds. Je m'épuisais très rapidement. Sintara ne semblait pas en être affectée : elle avançait très rapidement sans m'attendre.

Une cinquantaine de pas plus loin, nous vîmes des tiges de fer enfoncées dans le sol. Elles étaient alignées pour délimiter notre territoire, tout comme le mur de pierre que nous avions croisé un peu plus tôt. Il devait y avoir une tige de fer plantée à tous les cinq mètres et elles s'élevaient jusqu'à la hauteur de mes épaules. Des gravures incompréhensibles recouvraient la surface du métal, et la pointe de chacune des tiges se terminait par une petite boule luminescente.

—Qu'est-ce que c'est?

—Je n'en sais rien, répondit Sintara avec lassitude. Quelqu'un s'est amusé à planter des bâtons de métal.

Il en avait du temps à perdre !

— Tu crois que c'est encore une œuvre de notre père ? Il s'agit peut-être d'une forme d'avertissement ou des composantes d'un sortilège de protection.

— Alégracia, cesse de me poser des questions. Je ne le sais pas plus que toi et la sorcellerie, ce n'est pas mon truc. Tu le demanderas à Kakimi quand il reviendra. Lui, il le saura.

Je m'approchai de l'une des tiges et j'observai la faible lumière qui brillait à la pointe. Elle vacillait, comme la flamme d'une chandelle sous l'effet d'un courant d'air. En me concentrant, j'avais l'impression de voir une image dans le halo.

C'est bizarre, on dirait que…

Sintara tapa du pied et elle m'interrompit :

— J'espère que tu te rends compte à quel point tu joues avec ma *patience* !

J'avais la pointe lumineuse de la tige juste devant les yeux. De plus près, je pus distinguer une image floue tout au centre. C'était difficile à voir, il fallait que je m'approche à un tel point que mon œil frôlait presque la pointe de la tige. La vision s'éclaircit. Il s'agissait de la plage et de la mer qui la caressait de ses douces vagues. Cette représentation ne produisait aucun son. La plage ressemblait étrangement à celle en bas de chez nous, mais le sable n'avait pas exactement la même couleur. Je reculai la tête et je criai à Sintara :

— Viens voir, je vois la plage !

Ma sœur fut surprise un moment. Elle croyait que je plaisantais, mais elle s'approcha tout de même d'une autre tige pour l'examiner.

— C'est vrai ! Je peux voir la mer, moi aussi.

Elle releva la tête, songeuse, puis elle ajouta :

— C'est certainement une tige magique ! J'ai envie d'en rapporter une à la maison.

— Non, n'y touche surtout pas. Elles doivent être là pour une raison précise. Tu ne dois y toucher sous aucun prétexte.

— Qu'est-ce que j'en ai à faire ! Et de toute façon, si c'était si important, il y a longtemps que Mosarie nous en aurait parlé !

— Oui, peut-être, mais le contraire peut aussi être vrai. Pourquoi est-ce que Mosarie prendrait le temps de nous expliquer ce genre de phénomène en sachant que nous n'avons pas le droit de nous rendre jusqu'ici ? Ça n'aurait fait qu'amplifier notre curiosité. Si tu prends une tige, Mosarie saura que nous sommes venues ici. N'oublie pas que nous ne sommes pas censées les avoir vues.

—Bon ça va, je la laisse là.

Sintara paraissait vexée, elle regardait le sol d'un air sinistre. J'attendis patiemment qu'elle se calme, puis elle se retourna et elle grogna :

—Reprenons la route, nous perdons notre temps.

D'un pas brusque, elle reprit sa route. Je la suivis sans dire un mot.

* * *

Les minutes s'écoulaient et toujours aucune trace de la fleur bleue. La forêt se faisait encore plus compacte, à tel point que l'obscurité nous enveloppait comme s'il faisait nuit. Le feuillage et les broussailles réduisaient notre champ de vision et, du même coup, nos chances de retrouver cette fleur mystérieuse. J'avais pris froid et je reniflais sans arrêt. Malgré tout, je sentais que j'approchais du but. Pas question d'abandonner après avoir parcouru toute cette route.

J'aperçus enfin un éclat bleuté sur l'écorce des arbres. La source de cette lumière ne se trouvait pas loin, mais impossible de la distinguer clairement entre les arbustes feuillus. Je criai à Sintara d'arrêter et je m'approchai de la source de lumière. J'écartai un buisson et je fus complètement charmée par ce que je découvris.

La fleur que je recherchais se trouvait enfin devant

moi, seule, sur une tige haute de près de cinquante centimètres. Ses pétales, identiques à celui que j'avais perdu, formaient une fleur ample qui s'élevait en hauteur puis se rabattait vers l'extérieur comme un vase antique. Les pétales brillaient d'un bleu aussi clair que le ciel de midi et de fines veines pourpres les sillonnaient. Ils avaient d'ailleurs une transparence cristalline. La tige de cette fleur était bien droite et ornée d'une douzaine de feuilles vertes avec des veinures bleues qui ressemblaient à des crayonnages d'enfants.

De la vapeur de givre s'échappait du pistil et retombait le long de la tige dans des mouvements bouillonnants qui se dissipaient au niveau du sol.

Cette fleur est éblouissante ! Toutes les autres de mon jardin auront l'air médiocre aux côtés de cette pure merveille.

Sintara me rejoignit.

— Va la chercher, qu'est-ce que tu attends !

À genou, je m'approchai de la fleur. Je sentais toute sa froideur sur la peau de mon visage. Je dégageai minutieusement la terre autour de la tige. Il me fallut un certain temps, car je prenais soin d'éviter d'endommager les racines. Une fois extraite du sol, je réalisai que la tige n'était pas flexible, mais qu'elle était dure comme du bois sec. Si je la pliais, elle casserait.

—Nous avons enfin trouvé ce que nous cherchions. Partons maintenant, sinon nous serons en retard. Je commence d'ailleurs à avoir faim.

—D'accord, allons-nous-en. Les balbales nous attendent !

—Je vais utiliser ma boussole pour nous diriger.

De ma main libre, je sortis alors mon pendentif du collet de ma robe et je l'ouvris. À l'intérieur, la flèche de la boussole pointait vers le sud. Je pris les devants pour le chemin du retour. L'aiguille d'or allait nous ramener chez nous.

* * *

Cela faisait déjà un bon moment que nous marchions. De la vapeur givrée s'échappait toujours de la fleur bleutée. Une fleur *vraiment* étrange. Même après l'avoir extraite du sol, la vie ne semblait pas vouloir l'abandonner, car elle gardait toujours sa froideur et sa dureté au toucher. Ce que je tenais dans ma main n'avait rien de naturel. Cette tige restait si ferme et si droite… comme une vieille flèche taillée à la main. J'avais hâte que Kakimi me révèle le nom de cette variété ou du moins, qu'il me dise s'il en avait déjà vu une semblable auparavant…

En cours de route, j'avais bien essayé de humer les émanations glacées qui s'exhalaient des pétales pour y reconnaître un parfum, mais la vapeur me gelait l'intérieur des narines et engourdissait tout mon front. Cette sensation avait été si désagréable que je ne me réessayai pas de nouveau.

Soudain, mon cœur bondit dans ma poitrine et je fus prise d'un violent frisson. Mon corps tout entier se mit à trembler et mes genoux me lâchèrent.

—Alégracia ? Tu t'es fait mal ?

—Non…

Je restai silencieuse quelques secondes tout en m'assurant que la fleur était intacte.

—… mais nous ne sommes plus seules !

J'avais ressenti un frisson identique à ceux qui me parcouraient quand je jouais à cache-cache avec Sintara, mais celui-là était d'une violence extrême. Cette fois, j'étais la proie. La peur m'envahit comme si des charbons ardents emplissaient mes veines ; je me sentais observée et traquée. Je scrutai les alentours, mais les broussailles et la noirceur bloquaient entièrement ma vision. L'épais feuillage ne permettait plus à la lumière du soleil de nous atteindre et la lueur de la fleur était trop faible pour qu'elle me permette de voir quoi que ce soit.

—Ne bouge plus, me répliqua ma sœur en se collant contre moi. Je crois que j'ai entendu quelque chose.

Visiblement énervée, elle se retourna et elle tendit l'oreille.

—Les bruits proviennent de l'arrière. Nous sommes suivies.

Suivies ? Mais par qui ?

Je grelottais toujours.

—Comment crois-tu que je le saurais ? Peut-être que c'est un animal…

—Il y a des animaux dangereux, Sin. Tu ne me rassures pas.

—Qu'est-ce que tu en sais ? Tu ignores quels dangers peut receler cette forêt.

—Comme si tu le savais toi-même, alors cesse de te prendre pour la reine des bois !

—Oui, je le sais moi, car je suis déjà venue ici…

—Tu as fait ça ? Tu…

—Chut !

Ma sœur stoppa tout mouvement et elle se pencha vers moi. Elle semblait entendre quelque chose. Elle murmura :

—Tu entends ces bruits ?

—Non, je n'entends rien. Qu'est-ce que c'est ?

—Des pas ! Des pas qui s'approchent ! *Ils* savent où nous sommes ! *Ils* viennent vers nous !

J'avais si peur que mes yeux s'emplirent de larmes.

—Pourquoi *ils* ? Tu en entends plusieurs ?

—Oui.

Je ne percevais aucun bruit dans cet environnement sinistre. Je me disais que ma sœur jouait peut-être la comédie pour m'effrayer. Cela ne m'amusait pas du tout. Je tremblais d'effroi, je n'arrivais plus à garder une respiration normale. Ma sœur me répétait sans cesse d'arrêter tout ce vacarme, mais je ne pouvais rien y faire. Elle me prit par le bras et elle m'aida à me relever.

—Nous allons rentrer lentement chez nous, d'accord ?

—Oui, soufflais-je entre deux soupirs de panique. Rentrons chez nous !

À peine avions-nous fait deux pas que nous entendîmes les broussailles de derrière s'écraser et rompre le silence. Mon cœur faillit s'arrêter, mes jambes flanchèrent et je tombai à genoux dans la boue. Ma vision devint floue et je frissonnais terriblement. *Cette chose* approchait à grande vitesse. Je sentais les pulsions des pas sur le sol et j'entendais leur respiration bestiale. Ma sœur tenta de me relever, mais je tremblais si fort que cela en était douloureux.

—Debout, Aly ! Debout !

Ma sœur n'eut même pas le temps de me relever qu'une créature immonde surgit d'entre les branches. Elle avait une forme humaine, mais ses traits s'apparentaient à ceux d'un chat sans fourrure qui se tiendrait debout sur ses pattes arrières. Ce monstre mesurait plus de deux mètres. Il avait une taille svelte et il s'habillait de peaux d'animaux assemblées par des lanières de cuir tressées maladroitement. La pupille terne de ses grands yeux jaunes s'étirait comme ceux de son cousin félin. Une crinière de longs poils gras passait entre ses deux oreilles pointues et recouvrait son visage de mèches noires et épaisses. Une dizaine de fétiches en bois aux allures tribales y étaient attachés sans schéma apparent. Le monstre avait la gueule entrouverte, il montrait ses dents pointues et lustrées. Trop de dents.

Le monstre poussa un cri affreux et il s'élança vers nous.

—Courons ! me cria Sintara avant de me lâcher pour s'enfuir entre les arbres.

En la voyant déguerpir ainsi, la créature sauta pardessus moi pour la rattraper. Plus il accélérait, plus il gémissait comme un chat torturé.

Dans sa course, Sintara se retourna pour regarder derrière et elle frappa accidentellement un amas de branches sèches de plein fouet. Au moment où elle reprit son équilibre, le monstre l'atteignit. Il saisit ma sœur par les poignets et il la hissa au-dessus du sol. Elle hurlait de détresse et elle se débattait comme un lièvre pris entre les crocs d'un loup. La bête immonde reçut un solide coup de pied sous le menton et il la lâcha, étourdi de douleur.

Libérée, ma sœur se remit aussitôt à courir vers moi en geignant aussi fort que le monstre. Elle avait de la difficulté à se tenir debout et elle tombait sur les mains à chaque pas.

Mais son poursuivant avait repris ses sens.

Il lança une grosse pierre droit sur ma sœur et l'atteignit à la tête. Sintara tomba à la renverse sous la force de l'impact. Voyant qu'elle ne bougeait plus, le monstre courut vers elle. Il sortit un grand sac de paille de son dos et il y inséra ma sœur, inconsciente.

Durant tout ce temps, je n'avais pu reprendre mes esprits pour me trouver une cachette ; le spectacle macabre qui s'offrait à moi me paralysait d'effroi.

Dès qu'il en eut fini de ma sœur, le monstre me chercha du regard, car il avait prévu que je serais sa prochaine victime. Mes mains s'étaient resserrées involontairement autour de la fleur de givre, je faillis la briser. «Cours !», me répétai-je pour me ressaisir, mais je ne bougeais pas.

La créature restait immobile et elle avait fixé son regard sur le mien. Je crus un instant qu'elle allait me laisser tranquille, mais je sentis trop tard la présence d'un deuxième monstre derrière moi. En me retournant, je le vis qui brandissait un gourdin de bois pour m'assommer. Je hurlai et la bête me répondit d'un rugissement abominable. La nuit s'empara de mon âme bien avant que la bête ne me frappe.

Chapitre III

Shnar

La réalité me revint peu à peu. Toutes les parties de mon corps me faisaient horriblement souffrir, particulièrement ma tête. Je me retrouvais liée par les mains et par les chevilles à un mur de bois froid et sec. J'étais attachée si serré qu'il m'était impossible de bouger. Même les yeux grands ouverts, l'obscurité voilait encore toute ma vision. Où me trouvais-je ? Je n'en avais pas la moindre idée…

À demi consciente, je tentai de me libérer des liens qui me retenaient. Mes forces s'avéraient insuffisantes, bien que j'usai de toutes celles qui me restaient. Je relâchai mes muscles en proie au désespoir et je laissai tomber ma tête sur ma poitrine en versant des larmes froides. Le son qu'elles produisirent en touchant le sol retentit clairement à mes oreilles, imitant le son de la pluie qui coule à travers une toiture fissurée.

Une voix frêle baignée d'échos traversa le néant et se rendit à mes oreilles. Je mis plusieurs secondes à réaliser qu'il s'agissait de Sintara qui chuchotait :

— Alégracia ? Tu es là ?

Je voulais lui répondre de façon claire, mais ma faiblesse était telle que même ma volonté se trouvait à plat. En conséquence, je ne pus que bredouiller de façon incompréhensible.

—Alégracia! Il faut trouver un moyen pour sortir d'ici! Ces hommes-chats nous ont fait prisonnières et j'ignore ce qu'ils veulent de nous. Ces liens sont trop serrés pour que je les brise moi-même, je ne pourrai pas m'en défaire.

L'enflure derrière ma tête me transmettait des ondes de douleur jusqu'à mon cou. J'ouvris la bouche et je bafouillai :

—Où… sommes-nous? Que nous ont fait ces monstres?

—Je ne sais pas. J'ai seulement repris conscience quand ils nous ont sorties de leurs grands sacs. Les hommes-chats nous ont sauvagement ligotées au mur, puis ils sont repartis. Ça doit faire deux heures que nous sommes ici.

—Je veux rentrer à la maison…

—Ne pleurniche pas, Alégracia! Nous devons nous échapper. Mais pour cela, je dois briser ces liens.

J'essayai encore de me détacher, sans y arriver. Je poussai un long et pénible soupir en pleurant. D'abondantes larmes sillonnaient mon visage et vinrent me mouiller le bout du menton.

—Cesse de pleurer! Ce n'est pas en pleurnichant qu'on va s'enfuir. Reprends-toi et aide-moi à trouver une solution!

J'entendais ma sœur remuer sans toutefois réussir à la voir. Elle se débattait avec une vigueur surhumaine, si fort que les murs en tremblaient et une panoplie d'objets de bois se renversa sur le plancher. Sintara usa de tant d'énergie qu'elle en grogna, puis à la fin, elle s'immobilisa en retenant toute sa respiration.

—Zut! Ils m'ont entendue. Je les entends s'approcher…

La porte s'ouvrit. Les reflets de la lune pénétrèrent dans la pièce et j'en fus presque aveuglée. Deux monstres entrèrent à la hâte en échangeant des grognements sauvages. Le dernier laissa la porte entrouverte et l'autre s'avança vers moi d'une démarche maladroite. Je ne pouvais discerner que les contours estompés de sa silhouette baignée de pénombre et un éclat vert-gris au milieu de ses grands yeux jaunes. Il émettait des sons indéfinissables; impossible de savoir s'il s'agissait d'un langage primitif ou de cris bestiaux. Devant ce monstre, je demeurai bouche bée. J'avalai ma salive deux fois. Sintara resta figée également.

La créature me tâta le dos du bout de ses longs doigts pour vérifier si mes attaches de cuir tenaient toujours. L'autre, qui était resté derrière, s'avança près de son congénère et lui grogna à l'oreille. Ces bêtes savaient apparemment communiquer, mais ils avaient peine à rester calmes. Leur ton ne cessait de s'élever et bientôt, ils commencèrent à se chamailler en se donnant de violents coups de pattes.

Devant ce spectacle, je me remis à pleurer. Les monstres m'entendirent et ils cessèrent tout mouvement. Leurs yeux jaunes me fixaient en vacillant comme des ballons qui flottent sur une eau tumultueuse. La peur me tenaillait, elle devint insoutenable.

Un des monstres cessa de soutenir mon regard et il observa le plancher, tout près de mes pieds. Il s'accroupit, tâta le sol et agrippa un objet métallique. Il s'agissait de ma lanterne magique. Elle devait avoir glissé du sac quand ils m'avaient attachée. Le monstre l'observa curieusement en grognant, il la renifla et il alla même jusqu'à y goûter d'un coup de langue rapide. Il retournait l'objet dans tous les sens comme s'il y cherchait des écritures dissimulées.

La deuxième bête, un peu jalouse, tendit la main pour s'en emparer, mais l'autre l'empoigna encore plus fort pour la retenir. Ils voulurent se l'arracher. Nous les entendîmes grogner et cette chamaillerie se transforma rapidement en une bagarre sauvage. À force de tirer dessus, les monstres firent tordre le métal de la lanterne, la vitre cassa et l'huile éclaboussa les monstres. Ils se mirent aussitôt à lécher leurs corps pour nettoyer ce dégât.

Sans réfléchir, je murmurai les mots magiques :

—Lumini Firina !

Les bêtes immondes me regardèrent en se moquant, mais leur humeur changea lorsqu'une enveloppe de flammes brûlantes explosa sur leur peau. Ils bondirent aussitôt en poussant les cris les plus puissants et les plus aigus que j'aie jamais entendus.

Il aurait pu être drôle de voir ces deux boules de feu rebondir sur les murs, mais bien vite je me rendis compte que la pièce s'incendiait alors que ma sœur et moi étions toujours attachées. Sintara s'agita et tira encore sur ses liens le plus fort qu'elle le put.

Pendant ce temps, les créatures enflammées se débattaient en hurlant de douleur. Le feu me frôla la figure. Les monstres tentaient de fuir dans tous les sens et l'un d'eux franchit miraculeusement la sortie. Ses hurlements s'estompèrent peu à peu à mesure qu'il s'éloignait, puis, plus rien. Quant à celui qui n'avait pas réussi à sortir, il cessa de crier et il tomba lourdement sur le sol. L'odeur de la chair calcinée se mêla à celle de la mort. Bientôt ce serait notre tour, si nous ne bougions pas...

Les tourbillons de flammes grimpaient sur les murs jusqu'au plafond et noircissaient tout sur leur passage. La moitié du mobilier pétillait sous le brasier, une armoire se renversa et éclaboussa le plancher d'un tapis de cendre rouge. Je voyais enfin, grâce à toute cette lumière, que nous nous trouvions dans une salle sculptée à l'intérieur d'un érigeois, une variété d'arbres géants. Sintara m'apparut aussi sous le scintillement orangé des flammes ; elle s'acharnait toujours à arracher les liens de cuir qui retenaient ses mains et ses chevilles au mur.

Je fus soudainement envahie par une poussée d'adrénaline et tous mes sens ressuscitèrent. L'incendie régurgitait des masses de fumée qui envenimaient l'air que nous respirions. Nous devions à tout prix nous libérer pour éviter une mort horrible, soit par asphyxie ou encore pire, par immolation.

En tournant la tête, je vis que le lien de cuir qui entourait ma main droite avait été partiellement fissuré pendant l'échauffourée des monstres. Je tirai longuement dessus en hurlant, l'attache s'étira puis se rompit. J'avais enfin une main libre. Du bout des doigts, je défis lentement le nœud qui retenait mon bras gauche. Je tombai lourdement sur les mains, les chevilles toujours retenues au mur. Un éclat de vitre de ma lanterne m'érafla un doigt. Je m'en emparai et je sciai le cuir qui retenait mes pieds. Une fois libre, je courus vers ma sœur et je la délivrai de la même façon.

La chaleur de l'antre devint insupportable. Ma peau, exposée à l'air brûlant, grillait pratiquement. Les flammes avaient envahi la quasi-totalité de la pièce. Le chemin de la sortie se retrouvait inondé par les flammes. Impossible de le franchir sans risquer de brûler vives.

—Qu'allons-nous faire? hurlai-je à ma sœur.

—Il faut tenter notre chance et courir dans les flammes!

Elle voulut s'élancer à la hâte, mais je la retins par le bras.

—Non, Sin! C'est du suicide… Nous devons trouver autre chose.

La peau de mon visage cuisait comme si j'avais inséré ma tête dans un four. Plutôt que de rester debout et d'avaler toute cette fumée, je me mis à ramper au sol et je vérifiai s'il y avait une autre sortie. En me voyant faire, Sintara m'imita. Nous longions les murs encore intacts sans toutefois réussir à trouver un moyen de nous évader. Au bord du désespoir, j'eus enfin une idée.

—Ma fleur de givre! Il me faut ma fleur de givre!

—Où est-elle?

—Quand les hommes-chats m'ont attrapée, je l'avais encore sur moi. Elle ne devrait pas être bien loin.

Je repris mes forces et je reculai vers l'endroit où ils m'avaient attachée. Les grands sacs de paille gisaient toujours là et les pétales de la fleur de givre émergeaient de l'un d'eux. Une vapeur froide en émanait encore en tourbillonnant et elle repoussait les flammes qui osaient s'en approcher. On aurait dit une armée des glaces acharnée à défendre son territoire contre des envahisseurs rutilants. J'allongeai le bras et je saisis la fleur par la tige.

—Regarde, la fleur semble combattre les flammes. Je crois que ça vaut la peine d'essayer.

Je me relevai, le visage à nouveau exposé à l'air brûlant et aux essaims de tisons tournoyants, et j'agitai la fleur de givre devant moi. Les petits nuages bleus qu'elle crachait flottaient dans l'air et repoussaient les flammes. Une fois au sol, la vapeur s'infiltrait dans les braises ardentes pour en réduire l'intensité. Malheureusement, cela ne suffisait pas pour nous dégager un chemin sûr vers l'extérieur.

—Ça ne marche pas, criais-je à Sintara. Il en faudrait beaucoup plus.

Une bourrasque de flammes jaillit d'un monticule de braise et souffla ma main en l'air. Je lâchai accidentellement la fleur de givre, qui vola au-dessus du feu pour s'écraser cinq ou six mètres plus loin. Sous l'impact, la fleur se brisa en mille morceaux et libéra un brouillard bleu, opaque et scintillant. Ce nuage bouillonnant enveloppa toutes les surfaces solides adjacentes et les recouvrit d'une fine couche de glace reluisante. Toutes les flammes s'éteignirent dans la zone.

—Maintenant !

Nous courûmes ensemble, main dans la main, jusqu'à la porte. La glace accrochée aux parois fondait et bouillait sous la chaleur, puis toute la pièce se remplit d'une vapeur d'eau suffocante. Je faillis tomber à genoux, mais ma sœur me prit par-dessus son épaule et me traîna jusque sous le ciel de la nuit, avant que l'entrée de l'arbre ne recrache le feu comme un dragon en furie.

De l'extérieur, nous vîmes le feu faire éclater les panneaux de bois qui recouvraient les fenêtres. Le brasier se propagea à l'extérieur et s'enroula autour de l'arbre comme une ceinture. Peu après, le tronc se couvrit d'une robe de flammes qui s'élevaient incessamment vers le feuillage.

Sintara et moi cherchions une cachette pour nous mettre à l'abri de ceux qui auraient pu remarquer notre fuite. Des humanoïdes aux traits félins, semblables aux deux autres, couraient en tous sens dans des élans de panique et de folie sans nous porter la moindre attention. L'incendie menaçait de mettre en cendres les maisons du voisinage. Pourtant, au lieu de chercher à éteindre les flammes, les monstres couraient en zigzag, grognaient et criaient en agitant les bras dans les airs. Soit ils manquaient de courage pour combattre le feu, soit ils étaient dépourvus de toute intelligence rationnelle.

Dans un élan, Sintara m'agrippa le collet et elle m'entraîna dans un buisson dense pour nous dissimuler des bêtes. Accroupie, je voyais l'arbre enflammé. Il s'élevait sur une quarantaine de mètres; je n'avais jamais vu un érigeois aussi grand. Le feu y montait sans relâche et bien vite son feuillage s'embrasa en produisant des crépitements si intenses que Mosarie devait les entendre de sa chambre. La luminosité des flammes atteignit une ampleur digne d'un soleil de midi. Une fumée brunâtre montait vers le ciel nocturne dénudé d'étoiles. Les créatures couraient de maison en maison, fourraient tout ce qu'ils pouvaient dans de grands sacs et déguerpissaient dans les ténèbres, désertant ainsi leurs semblables et leur village. Peu après, il ne resta plus aucune trace de ces monstres dans les environs.

Sachant que nous étions hors de vue sous ces arbustes, j'appuyai ma tête contre l'épaule de ma sœur et je fermai les yeux. Sous l'effet d'un épuisement physique et émotif, je m'endormis sans m'inquiéter des dangers potentiels. Sintara veilla un moment puis, voyant que la zone était bel et bien désertée, elle s'endormit tout contre moi en soupirant.

* * *

Le soleil se levait déjà. Je sentais sa chaleur apaisante sur ma peau. L'unique son audible était la respiration paisible de Sintara encore endormie. Il n'y avait aucun vent, aucun monstre, aucun feu crépitant, rien pour perturber ce silence régénérateur. Le silence…

Mes vêtements étaient complètement imbibés d'eau. Des orages devaient s'être abattus sur nous durant la nuit, mais je n'en avais pas eu conscience. Les feuilles du buisson soutenaient quelques gouttelettes fraîches. Quand je me levai, Sintara reçut une fine pluie au visage mais cela ne la réveilla pas pour autant.

Une fois exposée à l'air libre, je vis à quoi ressemblait la ville maintenant désertée des monstres : les dizaines d'habitations, sculptées à l'intérieur d'arbres géants étaient munies de portes vieillottes et de fenêtres tordues. J'observai l'arbre qui avait brûlé la veille. Il donnait un air encore plus macabre à la ville sauvage ; les flammes l'avaient noirci de haut en bas. Un tapis de cendre grise et pâteuse cernait le tronc. On y voyait toujours les empreintes des monstres. Les averses de la nuit précédente n'avaient pas complètement apaisé les braises. Une fumée blanche s'élevait des branches dévêtues et se dissipait dans l'air.

J'étais aussi dans un état lamentable. Ma robe était en lambeaux : en plus des nombreuses éclaboussures de boue et des perforations, une des épaules avait cédé. Je dus y faire un nœud pour qu'elle tienne en place.

Je me rendis auprès de ma sœur et je lui secouai le bras pour la réveiller.

—Nous devons partir, Sin ! Les monstres peuvent revenir !

Ses yeux s'ouvrirent l'un après l'autre, lentement. Elle se leva, s'étira puis murmura d'une voix à moitié engourdie par le sommeil :

—A… allons-nous-en alors !

J'ouvris ma boussole d'un doigt et j'observai la flèche en or qui pointait vers le sud. Ensemble, nous franchîmes les dernières maisons du village.

À la limite de la clairière, j'eus un violent frisson identique à celui de la veille.

—Sin, arrête-toi! Un homme-chat doit être tout près!

Mes dents claquaient déjà; j'en avais vraiment assez de me faire pourchasser.

Nous scrutions les alentours et, soudain, nous vîmes quelque chose bouger dans les hautes herbes, droit devant. Sintara alla silencieusement se dissimuler dans un fossé vaseux et je la suivis péniblement.

—Inutile de nous enfuir, ces monstres sont plus rapides que nous, m'expliqua-t-elle. Restons cachées et attendons qu'il soit passé. Avec de la chance, il nous ignorera.

Je me fis toute petite et ma sœur observa les bosquets tout autour.

—Je ne le vois plus! Il doit être parti.

Au même moment, une voix rauque retentit par derrière.

—Parti? Mais voyons, je suis juste ici!

Nous eûmes tellement peur que nous criâmes ensemble en nous poussant contre le flanc du fossé. Je vis une silhouette toute noire qui cachait le soleil. Il s'agissait d'un humain aux traits indistincts, mais je discernais sa longue cape aux reflets pourpres. Il se pencha en nous tendant la main.

—Je peux vous aider à sortir de ce trou. Je n'ai pas l'intention de vous faire du mal.

—Qui êtes-vous? demandais-je paniquée.

—Qui je suis? Allons, vous ignorez vraiment qui je suis? Vous devez plaisanter.

—Je l'ignore. Vous êtes dos au soleil, je ne vous vois pas.

—Ah! voilà. Je suis Shnar, prince d'Holbus et futur héritier de la couronne royale. Je suis présentement en expédition dans les Bois-Verts, accompagné de mes troupes. Notre campement est à une bonne distance au nord.

—Comment… pourquoi êtes-vous venu jusqu'ici?

—Eh bien, ma curiosité a été bien éveillée ce matin quand j'ai vu des flammes dans une forêt qui me semblait vierge. Je suis donc venu pour m'assurer que ce feu n'avait pas été allumé par des espions insouciants au service des Collines-aux-Aurores-Pourpres. Quelle surprise ai-je eu en apercevant deux fillettes loin de chez elles, probablement à des dizaines de kilomètres du village le plus près, et par-dessus tout, au centre d'une commune de Grignôles laissée à l'abandon! Et elles sont miraculeusement vivantes, dans la région la plus sauvage et hostile de tout le Continent-Coloré! Mais dites-moi, est-ce vous qui avez déclenché ce feu?

En parlant, il souriait beaucoup, heureux de reconnaître en nous une force familière. Il n'hésitait pas à détailler ses propos au maximum, comme si nous étions déjà des initiées dévouées à sa personne.

—D'une façon, oui, c'est nous, répondis-je, méfiante.

—Je vois. Vous savez, vous êtes intelligentes, très intelligentes, mes petites filles. Les Grignôles sont des créatures sans peur, excepté pour deux petits détails: le feu et l'eau. Ils fuient ces éléments comme la mort en personne. Quand il pleut, ces bêtes courent se réfugier dans leurs habitations étanches pour ne pas entrer en contact avec l'eau. Si l'un d'eux ne parvient pas à se mettre à l'abri à temps et que la pluie s'abat sur lui, il tombe, hurle et meurt d'effroi. C'est pareil pour le feu. Vous incendiez leur habitat et une seule idée leur vient à l'esprit: fuir! Mais n'ayez crainte, ils ne reviendront pas. L'orage de cette nuit les aura sans doute achevés, et c'est tant pis pour eux… Les survivants, s'il y en a, se bâtiront une ville nouvelle et ils la fuiront de nouveau lorsqu'ils ne s'y sentiront plus en sécurité. C'est seulement un cycle qui se répètera encore et encore.

—Comment savez-vous tout cela?

—Tu sais fillette, pour être prince, il faut posséder un savoir extraordinaire. Et justement, il y a une chose que je voudrais bien connaître immédiatement : que faites-vous si loin de chez vous ? De quelle ville êtes-vous ? Pur-Dufonio ? Smilorana ? Xatrona ?

Avant de lui répondre, je saisis la main qu'il me tendait et je me laissai hisser hors du fossé. Sintara monta également. Je voyais maintenant à quoi ressemblait le prince : un homme apparemment dans la fin vingtaine, grand et maigre, au visage d'une pâleur qui contrastait avec sa chevelure dense, aussi noire que la nuit. Ses yeux foncés lui donnaient un air sévère et sa petite bouche s'ouvrait à peine lorsqu'il parlait. Son habillement se composait d'un veston en velours indigo parsemé de broderies dorées, et sur son dos une longue cape pourpre tombait jusqu'aux talons de ses bottes de cuir serrées et fraîchement cirées, sans doute du matin même.

—Nous n'habitons pas dans un village, lui précisa ma sœur. Nous demeurons au sud, dans une maison ennuyeuse et isolée, au bord de la mer. Nous restons là, toutes les deux avec Mosarie, notre mère.

Sintara prit soudainement des airs inquisiteurs.

—Vous pourriez peut-être venir faire un tour chez nous, non ? Nous n'avons jamais pu rencontrer des étrangers et maman est toujours seule. Je suis certaine qu'elle s'ennuie éperdument. Vous me paraissez bien sympathique.

—Chut! lançai-je à ma sœur sans cacher mon mécontentement. Mosarie ne souhaite recevoir aucune visite, tu le sais bien!

Cet étranger n'avait pas gagné ma confiance, d'ailleurs personne n'aurait pu l'avoir. Nul autre que Mosarie, Sintara, Kakimi ou moi ne pouvaient mettre les pieds sur nos terres. Ma mère avait souhaité la tranquillité absolue en s'installant là-bas et je voulais qu'elle demeure en paix.

—Je ne peux refuser une invitation si distinguée! répondit-il en ignorant mon objection. Mais j'aimerais d'abord que vous vous présentiez.

—Je suis Alégracia, répondis-je gravement.

—Mon nom est Sintara. Nous sommes des sœurs jumelles… Alors, vous allez vraiment venir avec nous?

—Bien sûr! De toute façon, je ne suis guère pressé et mes hommes peuvent aisément se passer de ma présence durant quelques heures. S'aventurer dans ces bois est toujours périlleux; je ne vous aurais pas laissé rentrer sans protection. Les forêts du sud-ouest, particulièrement celle-ci, grouillent des *pires* dangers !

Je remarquai alors qu'il portait une rapière à poignée d'argent terne, sertie de motifs étranges et rangée dans un fourreau de cuir.

—Ne tardons pas! Votre mère doit s'inquiéter! Puisque votre maison se situe en bordure de la mer, nous devrions la retrouver facilement. C'est au sud? Partons dans cette direction et nous trouverons la plage. Qu'en dites-vous?

Ma sœur possède une boussole qui pointe vers notre maison. Montre-la-lui!

Sin…

Je ne voulais pas lui montrer mon pendentif, car je considérais cet objet comme un bijou personnel, mais je le sortis tout de même, à contrecœur. Shnar examina les ornements gravés sur la rondelle d'argent et il s'exclama:

—Ce pendentif est serti de marques sudistes! Il a sans aucun doute été conçu par un artisan du Drakanitt. Ce type d'objet vaut une vraie fortune au Continent-Coloré, tu sais! Tu pourrais t'enrichir en le vendant.

—Mon pendentif n'est pas à vendre! C'est un cadeau de Kakimi et je le garderai pour toujours!

—Kakimi? songea-t-il en frottant son menton. Ce nom me dit quelque chose. Oui, monsieur Moveïf…

Je me rendis compte trop tard que j'en avais trop dit. Shnar reprit la parole:

—Très bien, si tel est ton choix, fillette.

Il posa sa main sur l'épaule de ma sœur.

—Rendons-nous chez vous sans tarder. Ne faisons plus attendre vos parents !

—Nous n'avons plus de père, grognai-je. Il est mort depuis longtemps.

—Je suis navré, fillette. J'avais oublié que vous viviez seulement avec votre mère. Si je me rappelle vos dires, jeune Sintara, son nom est bien Mosarie, n'est-ce pas ?

Pendant que le prince discutait avec Sintara, nous prîmes ensemble le chemin du retour. Je dirigeais la marche en me guidant de l'aiguille dorée de ma boussole. Shnar et Sintara restaient à bonne distance derrière moi et ils bavardèrent durant tout le trajet.

* * *

Sur le chemin du retour, j'eus connaissance que ma sœur divulguait des informations personnelles à Shnar. Cela ne le regardait pas du tout ! J'entendais le prince répondre à Sintara des répliques semblables à « Ah ! Votre mère est peintre alors ! » ou bien « Vous me dites que c'est votre père qui a bâti votre demeure ? » ou encore « C'est inusité qu'on vous interdise de sortir d'un territoire aussi restreint. » De toute évidence, Sintara venait de se faire un ami de haute naissance et ce dernier la vouvoyait déjà en signe de respect.

Moi, je ne faisais pas confiance à ce *Shnar*. Je souhaitais qu'il nous quitte la minute même où nous allions arriver à la maison. Toutefois, il semblait expliquer à Sintara qu'il allait demander un entretien privé à Mosarie. Le prince désirait savoir pourquoi elle vivait isolée avec ses filles, et surtout, comment elle avait fait pour survivre toutes ces années au centre d'une des provinces les plus sauvages du Continent-Coloré. «Elle sera furieuse! grognai-je intérieurement. En plus d'avoir franchi les limites de nos terres, nous revenons avec un étranger un peu trop curieux… »

Nous marchâmes presque une heure dans les bois. La forêt s'éclaircissait peu à peu et je me sentis plus à l'aise en constatant que nous approchions des terres connues. Mosarie me manquait, je ne pouvais plus attendre de la serrer dans mes bras et de lui montrer que par miracle, j'étais toujours en vie. J'avais si honte de ma désobéissance!

Nous vîmes enfin la série de tiges de fer plantées à la limite de notre territoire. Un bon signe : cela voulait dire que nous arrivions enfin chez nous. Je les franchis en même temps que ma sœur, mais Shnar resta de l'autre côté et il s'exclama en souriant :

—Bon, alors que nous sommes sur la plage, votre maison ne doit pas être bien loin! Par où devons-nous aller? À l'est? Ou est-ce à l'ouest? Est-elle visible de notre position?

Il nous regarda d'un air réprobateur.

—Mais que faites-vous dans l'eau? Ce n'est vraiment pas le moment de faire une baignade. Votre mère doit se mourir d'inquiétude à l'heure qu'il est. Ça demande réflexion, ne croyez-vous pas?

—La plage? lui répondit Sintara. Mais nous ne sommes pas sur la plage, elle se trouve au sud à encore une bonne distance. Ici, c'est la forêt!

—Vous avez des hallucinations ou quoi, monsieur? ajoutai-je un peu exaspérée de ce curieux comportement.

Ma sœur saisit Shnar par l'avant-bras et le tira de force au-delà de la ligne formée par les tiges. Il se laissa diriger avec une certaine réticence, mais à la minute où il l'eut traversée, Shnar observa l'environnement avec complaisance, comme un gamin qui entre dans une boutique de confiseries pour la première fois. Il se retourna, fixa les tiges de fer en fronçant les sourcils, puis il murmura:

—Des bâtons d'illusion… Astucieux, très astucieux…

—Qu'y a-t-il, monsieur Shnar? lui demanda ma sœur un peu inquiète.

—Rien, mademoiselle. Je trouvais seulement que le moyen que vous employez pour vous protéger des Grignôles est des plus ingénieux. L'utilisation des bâtons d'illusion est une technique couramment utilisée pour voiler des espaces vastes. Elle est d'ailleurs très coûteuse. Mais ne nous attardons pas, nous devons aller vers le sud.

Ma sœur et moi ne comprenions pas sa réaction. Sans en demander davantage, nous continuâmes à marcher avant d'enfin apercevoir le vieux muret de pierre qui annonçait l'entrée du territoire. À sa vue, je me retournai aussitôt vers le prince pour lui dire :

—Voilà nos terres ! Acceptez nos sincères remerciements, monsieur, pour nous y avoir escortées. J'espère maintenant que vous n'aurez aucun problème à rejoindre votre campement !

—Je ne repars pas tout de suite, fillette. Tout à l'heure, votre adorable sœur m'a courtoisement invité à passer quelques heures à votre domicile. J'en profiterai pour rencontrer votre mère et lui offrir mes hommages, si toutefois elle le désire.

—Je ne crois pas, non…

—Tut, tut, tut, fillette. Allons-y.

Visiblement, ce Shnar s'imposait et je ne pus faire autrement que de le laisser nous suivre jusqu'à la maison. De toute façon, une fois là-bas, Mosarie allait être libre d'en faire ce qu'elle voulait, car après tout, nous n'étions pas sans défense. Mais pourquoi ce prince s'intéressait-il tant à nous ? Notre vie ordinaire n'aurait pas dû préoccuper un homme de ce rang. Quelque chose m'échappait…

Nous dûmes faire une autre halte devant la berge de la rivière où j'avais l'habitude de danser. Le courant s'y déversait avec plus de force qu'à l'habitude, puisqu'il avait plu la nuit précédente.

—N'existe-t-il donc aucun pont pour traverser? demanda le prince les mains appuyées sur les hanches.

—Il n'en existe aucun, répondis-je. Nous devrons nous tremper.

—Si personne n'a pensé construire un pont ici, je compte bien en ériger un moi-même. Cette tenue de randonnée m'a coûté une vraie fortune. Elle a été confectionnée par Adèle Schernivale, la propriétaire de Lira-Cari, une prestigieuse maison de confection de Kærine. Hors de question que je l'abîme dans cette eau crasseuse!

Shnar s'avança vers un arbre dont le tronc faisait près d'un mètre de diamètre. Il apposa ses mains des deux côtés et se mit à pousser fermement vers la gauche pour tenter de le faire basculer par-dessus la rivière. J'eus envie de rire en le voyant agir de la sorte; je savais qu'il était impossible de déraciner un arbre de cette circonférence même pour l'homme le plus fort du monde. Et à en juger par la carrure du prince, ma sœur aurait visiblement eu plus de facilité à réussir cet exploit. Il continua à pousser sans toutefois réussir à accomplir ce qu'il voulait faire.

—Nous ferions mieux de traverser dans l'eau, vous ne croyez pas ? proposa ma sœur devant les efforts inutiles de Shnar.

Toutefois, ce dernier faisait la sourde oreille et il continuait à pousser de toutes ses forces sur le tronc.

Le sol se mit alors à trembler.

L'arbre pencha lentement vers la rivière en agitant lourdement son feuillage, puis toutes ses racines s'arrachèrent une à une de la terre humide. Le prince donna une dernière poussée et le tronc s'échoua sur le gravier de l'autre rive, en produisant un bruit fracassant qui retentit à travers toute la forêt comme un puissant coup de canon. Une nuée d'oiseaux noirs s'envola vers le nord, apeurés par tout ce vacarme.

Ma sœur et moi étions complètement hébétées devant cette impressionnante démonstration de force.

—Il y a un pont maintenant. Puisque je suis un gentilhomme, veuillez traverser d'abord, mesdemoiselles.

D'un geste de la main, il nous montra le tronc.

* * *

Nous émergeâmes du bois tout juste à la lisière de mes jardins. Mes fleurs avaient été rafraîchies par la pluie nocturne. L'arôme d'un fin nectar flottait dans l'air humide de cette fin de matinée. De là, le prince pouvait contempler l'ensemble de notre petit coin de paradis, de la frontière des bois jusqu'à la mer brillant d'un bleu azur en passant par notre maison douillette et isolée. Il s'exclama :

—Ma foi ! Vous vivez bel et bien dans un havre de paix, fillettes ! Regardez-moi toutes ces fleurs multicolores et odorantes, cette mer bleue et étincelante bordée par une plage propre et dorée, ces champs tranquilles et cette maison… cette maison si loin de tout.

—C'est notre maison, précisa ma sœur. Ici, c'est le jardin d'Alégra…

—Maman doit nous attendre, la coupai-je. Moi, je pars la rejoindre immédiatement. Tu viens, Sin ?

—Je t'accompagne, fillette, ajouta le prince avant que ma sœur ne me réponde. Il me tarde de rencontrer votre chère mère. Conduis-moi à elle.

Je fis la sourde oreille. Je les dépassai et je dévalai le sentier humide en courant. Je voyais Mosarie de l'endroit où j'étais ; elle avait le nez collé à la grande fenêtre du salon, rongée jusqu'aux os par l'inquiétude. Lorsqu'elle m'aperçut, elle sortit en courant.

—Alégracia ! Où étais-tu passée ? Je me suis fait un mal fou à t'attendre.

Elle vit alors mes vêtements en lambeaux.

—Ma foi! Que t'est-il arrivé? Est-ce que Sintara est avec toi?

À ces mots, Sintara et Shnar sortirent des hautes herbes. Maman observa le prince d'un air affolé; il était évident qu'elle n'appréciait pas la présence d'un intrus en ces lieux.

—Qui êtes-vous et comment avez-vous fait pour vous rendre jusqu'ici?

Shnar s'arrêta et Sintara l'imita. Il déclara d'un ton solennel:

—Permettez-moi de me présenter, madame. Mon nom est Shnar, futur héritier du trône d'Holbus. Je vous ramène vos filles qui s'étaient égarées dans les bois depuis hier.

Maman ravala sa salive. Son visage pâlit:

—Prince Shnar? Le fils d'Izmalt?

—Je vois que vous êtes informée, madame, même perdue aux limites des Bois-Verts du Sud-Ouest. Et avant toute chose, ayez l'obligeance de m'accorder un petit entretien. Cela ne prendra que quelques minutes, je m'en irai ensuite. Promis.

—Euh… oui, je le peux, bredouilla-t-elle d'un air très troublé. Veuillez entrer par la porte avant, je vous rejoins dans un instant.

Je m'apprêtais à rentrer aussi quand ma mère m'arrêta :

—Excuse-moi, Alégracia… Tu pourrais… rester dehors quelques minutes ? C'est d'une importance capitale, je dois absolument parler à ce monsieur.

—Encore ! Mais pourquoi ne puis-je jamais assister à tes entretiens ?

—Parce que nous parlons de choses que tu n'es pas encore prête à entendre. C'est important, Aly.

Elle me demanda en me regardant droit dans les yeux :

—Sois franche, Aly, est-ce que cet homme vous a fait mal d'une quelconque façon ?

—Non, il a toujours été très gentil et courtois. Je trouve seulement qu'il s'intéresse trop à nous, tu ne trouves pas ?

—Je suis de ton avis, Aly. Je ferai en sorte qu'il reparte aujourd'hui même… pour ne plus jamais revenir.

Mosarie m'embrassa sur la joue, puis elle fit un signe à Sintara, avant de disparaître à l'intérieur, avec le prince. Avant que la porte ne soit complètement refermée, j'entendis Shnar commencer son interrogatoire :

—Alors madame, il semblerait que…

Puis je me retrouvai seule dehors. Là, à cause du prince, je devais me passer de l'étreinte réconfortante de ma mère que j'avais tant souhaitée.

Je restai figée devant la porte. On aurait pu me confondre avec une orpheline errante qui supplie qu'on la laisse entrer pour passer la nuit à l'abri d'un orage. Ma sœur grimpa les marches derrière moi et me susurra par-dessus l'épaule :

— Shnar est vraiment sympathique ! J'espère que tous les gens de l'extérieur sont comme lui. Il a été plus respectueux envers moi que Mosarie ne l'a jamais été.

— Je ne lui fais pas confiance, Sin. J'espère qu'il s'en ira sans faire d'histoires.

— Alégracia, tu devrais abaisser ta garde, sincèrement. Pourquoi est-ce que Shnar nous voudrait du mal ? Il est prince, et les princes sont gentils dans les contes !

— Je sais, mais je préfère suivre mon instinct plutôt que d'avoir foi dans les histoires que Kakimi nous a racontées. Je suis méfiante depuis la première minute où cet homme est apparu, et maintenant, je veux qu'il parte !

— Bon... Alors, que comptes-tu faire en attendant ?

— Rien de spécial... je vais aller m'étendre sur la plage, mon corps a *vraiment* besoin de repos. Cette expédition m'a tellement épuisée. Mes jambes ont peine à tenir debout et mes genoux sont aussi mous que de la purée de balbales. J'espère dormir quelques heures et qu'à mon réveil, nous soyons à nouveau trois ici.

Je quittai ma sœur et je descendis à la hâte en direction de la plage. Là, je me façonnai un petit nid dans le sable chaud et je m'allongeai sur le dos, face au soleil de midi. Bercée par le chant des vagues, le sommeil me gagna en moins de temps qu'il n'en faut pour le dire.

* * *

À mon réveil, le soleil déployait un éventail de rayons rouges à l'horizon. Une vague me frôla le bout des orteils ; la marée avait monté. Je commençais à avoir froid et je décidai de rentrer pour me changer. À peine avais-je franchi le seuil d'entrée qu'une odeur de balbale me chatouilla les narines.

Après avoir revêtu une robe propre et m'être rafraîchie, j'allai dans la cuisine. Mosarie s'y trouvait. Elle faisait rôtir une dizaine de balbales sèches sur le feu.

—Tu as parlé longtemps avec Shnar, maman ?

—Pas trop, une heure tout au plus. J'ai bien fait comprendre à cet homme que je ne désirais pas m'éterniser. Il voulait savoir tellement de choses… des choses qui ne le regardent pas du tout. Je lui ai dit ce qu'il fallait. Maintenant, il est parti.

Mosarie s'avança vers moi avec un visage sévère :

— Ne refais plus jamais ça, Alégracia. Tu entends ? En ramenant des étrangers ici, tu mets en péril nos vies et notre tranquillité.

— Mais ce n'est pas ma faute, maman. C'est Sin qui a invité Shnar à nous accompagner.

— Qu'importe, vous n'auriez pas rencontré cet homme si vous n'étiez pas sorties du territoire. Et en guise de punition, il vous sera désormais interdit de vous rendre dans les bois, et ce, jusqu'au retour de Kakimi.

— Mais…

— Silence ! Ce sera ainsi, un point c'est tout.

Elle retourna à la préparation du souper et ajouta :

— De toute façon, Kakimi peut arriver d'un jour à l'autre. Il ne faut prendre aucun risque. Et si jamais vous revoyez cet homme sur nos terres, prévenez-moi au plus vite.

— C'est d'accord.

Je restais là, sans bouger ni parler, à attendre qu'elle me dise quelque chose qui aurait pu me rassurer. Mes yeux s'emplirent de larmes. Je courus sauter dans les bras de ma mère et je la serrai très fort.

—J'ai eu si peur à l'extérieur, tu sais. J'ai cru que je ne te reverrais jamais. Est-ce que tu me pardonnes ma mauvaise conduite ?

—Bien sûr ma chérie, me chuchota-t-elle en me caressant doucement le dos. Tu sais que je t'aimerai toujours et que peu importe ce que tu feras, tu seras toujours pardonnée.

—Je vais tellement m'ennuyer… tu sais… quand je serai partie.

—Ma chérie… tu pourras revenir me voir quand il te plaira, tu le sais bien.

Je serrai Mosarie encore plus fort contre ma poitrine et j'éclatai en sanglots.

—Pourquoi ne pourrais-je pas rester ici pour toujours ?

—Aly, tu sais que c'est impossible. Tu ne peux rester prisonnière toute ta vie. Tu devras voir le monde, faire de nouvelles connaissances et peut-être, si la chance te sourit, rencontrer l'homme de ta vie. Tu auras des enfants et tu les verras grandir tout comme je l'ai fait moi-même. Et même si votre père est mort depuis longtemps, je peux me réjouir de pouvoir étreindre mes deux charmantes filles dans mes bras, et cela, c'est la plus belle récompense qu'une mère puisse espérer de la vie.

—Je t'aime maman.

—Je t'aime aussi, Alégracia.

Nous restâmes enlacées ainsi pendant de nombreuses minutes. Quand nous nous séparâmes, Mosarie alla préparer nos assiettes.

—Étant donné que vous n'étiez pas ici pour le souper d'hier, je vous ai gardé ces balbales pour ce soir, dit-elle avant d'appeler Sintara qui s'occupait dans sa chambre.

Ma sœur nous rejoignit à table et nous mangeâmes ensemble un succulent repas de balbales rôties.

* * *

Il en restait bien peu de ce temps vide comme le papier blanc. Il défilait à la vitesse d'un escargot paresseux qui grimpait le long d'une pousse d'arbre. Deux autres jours passèrent, sans rien laisser d'excitant dans mes tiroirs à souvenirs. Mosarie avait mit la touche finale à sa peinture bleue. Une fois sèche, cette toile alla rejoindre les autres dans la cave.

Ma mère n'entama pas une autre œuvre. Elle préférait profiter pleinement de notre compagnie avant le grand départ. En attendant, elle réfléchissait en entretenant notre potager, qui offrait déjà ses derniers légumes de la saison.

Moi, je passais le temps à ma façon en jouant avec Sintara, sans oublier d'entretenir mes jardins de fleurs.

Chaque fois que je mettais les mains dans la terre pour déraciner les mauvaises herbes, le souvenir de la fleur de givre réapparaissait dans mon esprit. J'aurais tant aimé la rapporter. Malgré ce regret qui m'obsédait, je me réjouissais d'être toujours en vie.

Cet après-midi-là, je me trouvais dans ma chambre, assise à mon petit bureau. Je m'affairais à dessiner la fleur de givre sur du papier neuf. Ce dessin demandait plus d'attention que tous les autres. J'avais l'intention de le montrer à Kakimi à son arrivée pour qu'il identifie la variété et surtout, pour savoir où il aurait été possible d'en dénicher d'autres spécimens identiques.

Mon dessin était à moitié terminé quand j'entendis un bruit suspect en provenance du couloir qui menait à nos chambres. Un bruit de pas furtifs. Quelqu'un rôdait dans la maison sans vouloir se faire remarquer. Le bruit s'arrêta devant la chambre de Mosarie et là, je crus entendre la porte grincer puis se refermer.

« Il n'y a pas deux minutes, maman arrosait le jardin, me rappelai-je un peu confuse. Ces derniers jours, elle a toujours frappé à notre porte lorsqu'elle passait devant pour s'assurer de notre présence dans la maison. »

Je m'avançai à ma fenêtre et j'ouvris les rideaux d'une main, je vis ma mère dehors en train de rapporter trois seaux vides du potager.

« Qui pourrait bien vouloir se cacher ainsi ? Shnar ? »

Guidée par la curiosité, je me glissai jusqu'à la chambre de Mosarie et j'entrouvris la porte en prenant grand soin d'étouffer tous mes bruits. Au moment où elle fut assez dégagée pour me permettre d'y entrer, je vis la trappe du cellier près du lit se refermer. L'intrus venait tout juste de s'y infiltrer, je n'avais pas eu le temps de l'identifier. Silencieusement, je traversai la pièce jusqu'à la trappe et je vérifiai le loquet. Il n'était pas verrouillé.

J'entendais l'intrus d'en haut. Il s'avançait jusqu'au fond de la cave, peut-être attiré par une des œuvres entreposées là. En silence, j'ouvris la trappe, descendis l'échelle et en me retournant, je la vis clairement :

— Sintara ! Qu'est-ce que tu fais là ?

Elle était penchée devant le coffre de métal que Mosarie nous interdisait d'ouvrir, et elle s'apprêtait tout juste à poser ses mains sur le couvercle. Grâce à mon intervention, elle dut interrompre son mouvement.

— Alégracia ! Pourquoi te trouves-tu toujours sur mon chemin quand je suis si près du but ? Laisse-moi tranquille, pour une fois !

— Jamais ! C'est le respect de notre mère qui est en jeu.

— Alégracia, écoute ! Je vais ouvrir ce coffre que tu le veuilles ou non !

—Tu devras d'abord me passer sur le corps, Sintara !

Le visage de ma sœur devint rouge de colère. Elle bondit sur moi et elle me cloua au sol avant que j'aie eu le temps de la voir venir.

—Tu n'es pas de calibre, Alégracia. Je suis bien plus forte que toi, tu ne peux pas gagner à ce jeu.

De mes pieds, je la propulsai au mur et je me relevai. Sintara fonça à nouveau sur moi et me projeta avec elle dans une collection de chevalets de bois. Dans le tumulte, plusieurs se brisèrent.

—Laisse-moi ouvrir ce coffre, tu entends ?

—Jamais !

La bousculade reprit de plus belle. Nous renversâmes accidentellement l'étagère blanche et nous en fîmes tomber tous les pinceaux et chiffons qui y étaient entassés. Ma sœur s'apprêta à me donner un coup sur l'épaule quand tout à coup elle retint son geste en marmonnant :

—Silence ! J'entends quelqu'un qui approche.

—Moi aussi, je l'ai *senti*.

Cessant les hostilités, nous nous accroupîmes sur le sol, immobiles. Des pas s'approchaient dans le couloir jusqu'à la chambre et deux personnes entrèrent. Je distinguais clairement leur ombre entre les lattes du plafond. L'un d'eux prit la parole et je reconnus la voix atténuée de ma mère.

—Je vous avais pourtant demandé de ne jamais remettre les pieds ici, et si ma mémoire est bonne, vous y aviez consenti. Vous n'avez pas respecté votre parole !

La voix rauque qui répliqua semblait être celle du prince Shnar.

—Ce sont vos yeux doux qui m'ont fait revenir chez vous, chère Mosarie. Une si gentille et adorable dame mérite d'être traitée à sa juste valeur.

—Cela n'explique pas cette visite inattendue. Expliquez-vous ou partez d'ici !

—Douce Mosarie, sachez que je suis revenu pour vous faire une proposition. À mon avis, notre petite discussion d'il y a deux jours n'était pas tout à fait terminée…

—Je vous assure pourtant qu'il n'y avait rien à ajouter. Vous n'aurez *jamais* la garde de mes deux filles. C'est ma décision finale et elle est définitive. Elles sont trop importantes, autant pour moi que pour le salut du Continent-Coloré.

—Je crois que vous me comprenez mal, chère Mosarie. Sachez que je suis entré en contact avec votre ami Kakimi Moveïf. Quand je lui ai offert de faire voyager vos filles à travers le continent à sa place, il en a été plus que ravi. Ses ennuis aux Collines-aux-Aurores-Pourpres ne font d'ailleurs que commencer. Il aura encore beaucoup de travail à accomplir dans les prochaines semaines. Cette idée lui plaît, croyez-moi, et elle devrait vous plaire à vous aussi.

— Vous mentez ! Kakimi n'est pas du genre à briser ses promesses. De toute façon, il n'accepterait jamais de mêler mes filles à vos affaires.

— Je regrette de vous l'apprendre, chère Mosarie, mais le simple fait que vos filles *existent* les mêle directement à cette *affaire*. Prouvez-moi le contraire. C'est pour compromettre le déluge qu'elles ont été mises au monde, non ?

Notre mère soupira longuement en signe de capitulation.

— Et ce n'est pas tout, chère Mosarie. J'ai pris soin de vous dénicher une douillette petite maison de campagne sur le Drakanitt. N'est-ce pas l'endroit de vos rêves, à proximité de Roc-du-Cap, la grande ville des arts ?

— Même si j'avais une résidence sur le Drakanitt, il me serait impossible de m'y rendre. Les traversées de l'Océan-d'Écaille-de-Jade sont hors de prix.

— Peut-être, à moins que quelqu'un paie à votre place.

Maman demeura silencieuse. Sintara et moi étions encore accroupies dans la cave. Nous retenions notre respiration pour éviter d'être repérées. Du plus profond de mon cœur, je souhaitais que Mosarie refuse l'offre abjecte du prince, mais je fus bouleversée en entendant ces mots :

— Il est vrai que depuis ma plus tendre enfance, mon grand rêve a toujours été lié à Roc-du-Cap. Ce nom est toujours au centre des histoires d'amour passionné et des œuvres étincelantes de romance. On dit que c'est dans cette ville que tous les artistes se réunissent pour exercer leur art en toute liberté. J'ai même entendu parler une fois de son grand théâtre, le plus grand du monde, de sa scène de marbre et ses tribunes de cent étages. Chaque voyageur qui a eu la chance d'admirer cette ville me la décrivait avec la même lueur pétillante dans le regard. Pour la plupart des artistes qui vivent sur les Terres du Croissant de Lune, vivre près de Roc-du-Cap relève de l'utopie.

— Ce que je vous propose, chère Mosarie, c'est de réaliser votre rêve. Vous devriez considérer le pour et le contre. Vous avez assez donné, non ?

— Comprenez, prince Shnar ! Même si j'accepte désormais que mes filles devront me quitter tôt ou tard, j'aimerais rester sur le Continent-Coloré pour garder un œil sur elles, pour les revoir, ne serait-ce qu'une fois par année… si, bien sûr, leur état ne s'aggrave pas.

— Nous pouvons nous rendre sur la plage pour en discuter davantage, si vous le désirez. Prenez une décision réfléchie, à l'air libre, et quand vous me la ferez connaître, je la respecterai.

—D'accord, mais ne nous attardons pas trop. Je ne voudrais pas que mes filles surprennent notre conversation.

—Je comprends bien cela.

À ces mots, il frappa le plancher du talon de ses bottes de cuir juste au-dessus de nos têtes. Nous sursautâmes sans toutefois crier.

—Veuillez donc me suivre, acheva-t-il avant d'entraîner Mosarie à l'extérieur.

—Tu as entendu ça? s'écria ma sœur. Maman va se débarrasser de nous!

—C'est faux, Sin! Tu es la seule ici qui fasse confiance au prince. Il ment! Kakimi ne nous laisserait jamais en d'autres mains que les siennes. Maman l'a dit: il ne brise pas ses promesses, lui!

—Alégracia… tu ne te rends pas compte de ce que le prince vient d'offrir à Mosarie. Ce n'est rien de moins que son plus grand rêve! Souviens-toi, elle s'est isolée ici pour pouvoir peindre en toute tranquillité. Elle nous a protégées durant toutes ces années et maintenant que nous sommes assez grandes, je crois que notre mère mérite aussi sa liberté! Le bonheur ne lui est pas interdit et, si se rendre au Drakanitt constitue un moyen de l'atteindre, qu'elle y aille!

—Peut-être, mais moi je sais une chose : jamais, au grand jamais, maman ne nous abandonnerait à un inconnu.

—Elle le fera ! Mosarie s'est occupée de nous pendant trop longtemps, elle mérite ce voyage et elle acceptera l'offre généreuse de Shnar.

—Je refuse d'y croire ! Maman restera ! Nous ne partirons que quand Kakimi reviendra !

Il est difficile de persuader une personne de quelque chose qu'on n'arrive pas à croire soi-même. En vérité, je craignais que Mosarie n'accepte l'offre du prince. Certes, j'aurais été bien heureuse pour ma mère en sachant qu'elle aurait réalisé son rêve en allant vivre au Drakanitt près de Roc-du-Cap, la ville des arts. Mais à quel prix !

—Attendons son retour, nous verrons bien ! grognai-je avant de me relever.

Je remontai et je courus m'isoler de nouveau entre les murs de ma chambre. J'en profitai pour refouler ma frustration en terminant le dessin de la fleur de givre, me convainquant que ce dessin, j'allais bel et bien le montrer à Kakimi dès que je partirais avec *lui*.

* * *

Pas plus d'une demi-heure plus tard, quelqu'un entra dans la maison. Je n'avais pas encore quitté ma chambre ; mon dessin n'était pas encore terminé. Je tendis l'oreille pour discerner qui venait d'entrer. Ce ne devait pas être Mosarie, car j'entendais un bruit de bottes sur le plancher. Elle n'en portait jamais. Ce qui m'inquiétait le plus, c'est que cette personne marchait seule. Ce ne pouvait être que Shnar. Je cassai accidentellement mon crayon en y pensant.

L'intrus s'avança en silence de la cuisine jusqu'au salon, puis il s'écria de sa voix rauque si désagréable :

— Sintara ? Alégracia ? Vous êtes là ?

Je laissai tomber mes morceaux de crayons et je sortis discrètement de ma chambre. Ma respiration était saccadée, comme si un tueur me menaçait. Ma sœur courait déjà dans le couloir en souriant pour aller le rejoindre. En chemin, elle agrippa la manche de ma robe et je la suivis bien malgré moi. Shnar nous regarda en souriant doucement, puis il se pencha et dit :

— Mes petites filles, j'ai une triste nouvelle à vous annoncer… ça concerne votre mère.

— Qu'y a-t-il ? bredouillai-je au bord des larmes.

— Votre mère vous a quittées. Elle a décidé de partir vivre au Drakanitt.

— Ah ! cria ma sœur. Qui est-ce qui a raison maintenant ? Je te l'avais bien dit qu'elle s'en irait !

—Mais monsieur, continuai-je désespérée, c'est impossible. Maman ne serait jamais partie sans même nous dire au revoir, sans nous donner un baiser d'adieu.

—Je l'admets, fillette. Mais votre mère croyait que vous faire ses adieux lui aurait été… trop pénible. Elle a préféré se rendre directement à Smilorana sur un de mes chevaux et une fois là-bas, elle embarquera sur un bateau qui traverse l'Océan-d'Écaille-de-Jade vers le Drakanitt. Je dois malheureusement vous annoncer que ce voyage est un aller simple.

—Vous mentez! lui lançai-je le visage tordu de colère. Maman ne nous abandonnerait pas comme ça! Où est-elle?

—Je viens de vous le dire, fillette. Votre mère est partie et de plus, elle m'a permis de vous prendre en charge. Je vous escorterai à ma résidence secondaire dès demain. Je crains qu'il n'y ait pas d'autres choix qui s'offrent à vous.

—Mensonges! Vous ne dites que des mensonges!

Je courus en pleurant dans ma chambre, laissant Sintara et le prince seuls derrière. Après avoir fermé et bloqué solidement ma porte, je me laissai tomber sur mon lit et je plongeai la tête dans mon oreiller en hurlant. Je refusais de croire les paroles de Shnar. Il fallait quitter la maison alors que ma mère était déjà embarquée sur un bateau; sa décision demeurait inacceptable et inexplicable.

—Vous sortirez lorsque vous vous serez calmée, jeune Alégracia, me dit le prince à travers la porte. Je serai avec votre sœur pour l'aider à préparer ses affaires.

Je ne lui répondis pas, il m'était impossible de parler. J'avais l'impression de vivre un horrible cauchemar. La vie paisible dans mon paradis s'envolait en fumée, une autre allait inévitablement commencer dès le lendemain, et mon corps entier tremblait à cette seule idée.

Chapitre IV

Un héritage enseveli

—Le déjeuner se prendra à sept heures, le dîner à midi et le souper à dix-sept heures trente. Vous devrez être au lit à vingt et une heures et mes domestiques iront vous réveiller à six heures du matin…

Shnar nous imposait déjà un horaire très strict alors que nous marchions dans les bois, vers sa demeure. Je transportais un grand sac sur mon épaule. Il ne contenait que mes vêtements, les seules possessions que je comptais emporter dans ma nouvelle vie, hormis, bien sûr, mon pendentif d'argent.

Je me morfondais en songeant à tout ce que je laissais derrière. La veille, j'avais fait de déchirants adieux à la mer azur, à la douce plage, à notre douillette maison, à mes jardins de fleurs éblouissants et aux oiseaux multicolores de la rivière. Je chérissais ces moments qui allaient bientôt n'être plus que de précieux souvenirs lointains. J'avais tant aimé *ces* lieux, j'avais tant aimé *en* ces lieux. Comment pourrais-je désormais être heureuse si loin de mon havre serein ? Si loin de ma mère, qui nous avait laissées entre les mains d'un inconnu au titre princier. Elle, qui s'était enfuie sans nous avoir fait ses adieux, nous abandonnant au profit de sa propre liberté.

Pendant notre marche, Shnar continuait de monologuer :

—Abandonnez-moi ces airs rembrunis, Alégracia. Vos appréhensions s'envoleront bien vite dès que vous goûterez à la nouvelle vie qui vous attend. La pauvreté, dont je vous ai libérées, est maintenant une chose du passé. Vous aurez maintenant la chance de goûter aux enivrants privilèges de la noblesse.

—Les privilèges de la noblesse ? demanda ma sœur.

—Vous verrez qu'il est possible de ne pas avoir à travailler pour gagner votre pain. Vous n'aurez plus à choisir vous-mêmes vos vêtements et vous vivrez dans l'abondance et la prospérité sans jamais vous inquiéter du lendemain.

—Nous vivions déjà dans de telles conditions, ajoutai-je. Ce que vous nous offrez ne m'apparaît guère plus convenable que tout ce que nous avons dû abandonner aujourd'hui.

—Votre idée ne tardera pas à changer, fillette. J'en mettrais ma main au feu.

Sintara souriait. J'ignorais ce qui pouvait lui plaire à ce point excepté sa sympathie inexplicable pour le prince. Elle le connaissait à peine mais elle voyait déjà en lui un héros, sans doute parce qu'il l'avait libérée d'une vie d'ermite dont elle rêvait d'échapper à tout prix.

—Prince Shnar? commença ma sœur. Je suis heureuse de me retrouver sous votre tutelle, mais j'aimerais bien savoir pourquoi vous désirez nous garder ainsi.

—C'est une question importante, jeune Sintara. En vérité, je pourrais avoir besoin de votre aide dans un avenir rapproché. Mon équipe de recherche et moi-même, nous trouvons devant des questions importantes dont les réponses nous échappent. Face à ces problèmes, j'ai la conviction que vous et votre sœur pourriez nous prêter votre concours.

—J'en suis ravie. Mais pourquoi *nous* et pas deux autres filles prises au hasard dans le voisinage?

—Simplement parce que selon les dires de votre mère, vous posséderiez des talents extraordinaires qui, apparemment, vous sont inconnus. Dans quelques jours, vous mettrez ces talents à la disposition de mon équipe de recherche et en échange, je vous apprendrai à en faire usage pour votre profit personnel. Mais inutile d'en ajouter davantage. Vous devez être fatiguées toutes les deux: nous marchons dans les bois depuis trois heures. Il serait malsain de vous ennuyer avec des explications qui ne seront compréhensibles pour vous qu'avec un esprit dûment reposé et un corps rafraîchi.

Mon sac ankylosait mon épaule. J'avais peine à avancer avec mes jambes ramollies. Je me sentais d'ailleurs complètement exténuée. Heureusement, les branches et les arbustes ne gênaient plus notre marche. La forêt s'éclaircissait toujours à mesure que nous avancions vers le nord.

—Allons-nous arriver bientôt? demandai-je à Shnar.

—Oui, fillette, je reconnais cet endroit. Nous devrions croiser le sentier qui fait communiquer les mines et notre domaine dans peu de temps. Regardez! Il est visible d'où nous sommes.

Shnar pointait vers une zone visiblement terreuse et dégagée, un petit sentier qui parcourait la forêt d'est en ouest. Quand nous y posâmes les pieds, je remarquai plusieurs traces de chaussures imprimées sur la terre humide, de même que de multiples empreintes de sabots et de roues de chariots.

—D'ici, nous pouvons atteindre les deux zones principales de notre territoire enclavé des Bois-Verts. En allant à droite, nous nous dirigerons vers les mines et à gauche, vers les résidences. Puisqu'il est inutile de nous rendre aux mines aujourd'hui, je vous escorterai à ma demeure.

Shnar tourna donc vers la gauche.

Ce secteur de la forêt m'apparaissait plutôt calme. Peu d'oiseaux y chantaient et quand il m'arrivait d'en entendre un, au loin, le son de son chant rebondissait dans les collines du nord et ne m'atteignait qu'en échos saccadés. Le vent faisait plier la cime des arbres les plus élevés et y arrachait quelques feuilles rouges et orangées. L'automne arrivait à grands pas. D'épais nuages gris bouillonnaient dans un ciel mat. J'avais froid et mes poils se hérissaient à tout moment.

Shnar fit halte.

—J'entends quelqu'un qui approche derrière, murmura-t-il.

Je l'avais *senti* au même moment. Après nous être retournés, nous vîmes un homme monté sur un cheval brun tacheté de blanc trotter dans notre direction.

—C'est Bimosar, mon second. Il est temporairement superviseur des équipes de forage. Il doit s'amener pour me présenter un compte rendu des opérations.

L'homme à cheval se rapprochait toujours. Il était vêtu d'une veste de cuir brun recouverte d'une longue cape indigo qui tombait sur un pantalon gris éclaboussé de terre sèchée. Il me dévisageait avec un regard noir comme la nuit, à moitié dissimulé derrière de longs cheveux bruns et sales qui lui descendaient jusqu'aux épaules.

—Bien le bonjour, mon prince, s'exclama-t-il une fois sa monture immobilisée.

Il nous regarda, ma sœur et moi. Il continua :

—Vous nous rapportez de bien jolies demoiselles aujourd'hui. Comment s'appellent-elles ?

—Voici demoiselle Sintara, dit Shnar en la désignant, et l'autre se nomme Alégracia. Ce sont ces fillettes qui pourront nous aider à retrouver le Serpent d'Argent, comme je vous l'ai expliqué avant-hier.

—Ah! Les jolies Kajuvârs! Votre père sera fou de rage d'apprendre que vous avez mis la main sur ces jeunes filles… sans lui en avoir parlé.

Ils continuèrent leur conversation, curieusement, sans trop se préoccuper de notre présence.

—Mon père n'a nul besoin de le savoir, poursuivit Shnar. À mon souvenir, il m'a donné carte blanche pour accomplir mes opérations et j'agirai comme je l'entends. Et vous, Bimosar, êtes le seul homme, hormis moi-même, qui sachez vraiment qui sont ces jeunes filles. N'en parlez à personne. Si on vous questionne à leur sujet, dites que ce sont mes nouvelles dames d'honneur.

—Bien, mon prince. Mais dites-moi, sont-elles dangereuses?

—Pas à leur âge. Elles sont encore trop jeunes pour avoir développé tout leur plein potentiel. Mais c'est une bonne chose; leurs esprits seront peut-être encore réceptifs à l'énergie du Serpent d'Argent.

—Voilà une excellente nouvelle. Alors, quand comptez-vous les conduire aux mines?

—Pas avant la semaine prochaine. Ces jeunes filles ont d'abord besoin de manger et de se reposer, bref, de se sentir chez elle. Je compte les amener dans ma demeure et les installer immédiatement.

—Très bien. Je vous laisserai donc seuls en espérant que les fruits de l'arbre que vous plantez seront bien juteux.

Bimosar fit demi-tour avec son cheval, mais Shnar l'arrêta.

—Bimosar, y a-t-il eu des développements sur les recherches depuis mon absence ?

Le superviseur se retourna à peine et il grinça des dents :

—Non, vraiment rien.

—Je vois. Vous savez, on dirait que vous n'êtes pas vraiment meilleur que l'ancien superviseur qui était là avant vous.

—Vous m'avez demandé de le remplacer, pas de faire mieux.

Il repartit sur le sentier vers l'est et disparut derrière les arbres. Shnar nous prit les épaules et nous reprîmes notre chemin.

—Nous ne sommes plus bien loin de la maison. Pressons le pas, voulez-vous ? Nous pourrons ainsi nous reposer plus vite.

Pendant que je pivotai sur la pointe des pieds, mon regard s'arrêta sur un oiseau étrange perché sur la branche d'un arbre à proximité. Il s'agissait d'un cardinal, mais plutôt que d'avoir un plumage rouge comme les autres de son espèce, il reluisait d'un vert vif et étincelant. L'oiseau me fixait et quand il réalisa que je le regardais, il prit rapidement son envol vers le nord, comme un espion qui fuit parce qu'on l'a démasqué. Je voulus suivre sa trace, mais je la perdis lorsqu'il franchit les collines à l'horizon.

* * *

Le vent se calma et peu à peu, les sons environnants s'en trouvèrent graduellement adoucis. Les feuilles sèches qui étaient tombées durant l'après-midi crissaient sous nos pas. Le ciel s'obscurcissait. L'heure du souper devait déjà être passée depuis un moment et la faim me donnait des maux de ventre.

Droit devant, le sentier de terre battue se divisait en deux autres, plus étroits. Celui de droite donnait accès à une agglomération de résidences en bois, semblables à notre ancienne maison. On en voyait une dizaine, mais les boisés en camouflaient au moins trente autres. À gauche, le chemin plongeait au creux de la forêt. Une haute grille de fer noire en bloquait l'accès.

—Ma demeure se trouve au-delà de cette longue barrière. Hormis Bimosar, je suis le seul à pouvoir l'ouvrir.

Il sortit une clé argentée de sous sa ceinture et il déverrouilla l'entrée. De l'autre côté, il ne manqua pas de bien verrouiller la grille à nouveau.

Des deux côtés de l'allée, les arbres s'écartaient pour dévoiler une somptueuse résidence située au centre d'une clairière circulaire. Le revêtement des murs de cette maison bâtie en forme de «L» était constitué principalement de planches blanches alignées à la verticale.

La somptueuse demeure s'élevait sur deux étages. On retrouvait des fenêtres à volets sur tous les côtés et elles étaient toutes munies de barres d'appui métalliques. Un grand balcon garni d'arbres miniatures en pots ornait le premier étage. Des bardeaux d'argile noire recouvraient toute la toiture et celle-ci était décorée d'une demi-douzaine de lucarnes étroites et d'une cheminée de pierres grises. On avait aussi pris grand soin d'embellir le périmètre : les arbres étaient taillés en forme ovale, un élégant escalier de marbre menait au seuil d'entrée et les deux portes massives en bois d'érable poli étaient garnies d'impostes lustrées.

Shnar nous invita à l'intérieur de la maison sans plus tarder. Nous pûmes constater l'aspect grandiose de sa demeure, allant du plancher de bois franc aligné en coupe de pierre jusqu'au plafond équipé de lampes et de mini-lustres à l'aspect majestueux. Des bandes de tapisserie indigo ornées de dessins abstraits longeaient les murs sous la frise. Et nous n'étions que dans le hall d'entrée…

Alors que nous venions juste de poser le pied sur le tapis à l'intérieur, la porte sur notre gauche s'ouvrit. Une dame âgée, vêtue d'une robe indigo et d'un tablier blanc, vint nous accueillir.

—Bien le bonjour, prince Shnar. Vous vous êtes absenté longtemps! Je tenais à vous assurer que, durant votre absence, Pasco et moi avons eu le temps de compléter la totalité des tâches assignées. Mais dites-moi, qui sont ces ravissantes jeunes filles?

—Ma chère Atanie, voici demoiselle Sintara et sa sœur, Alégracia. Ce sont elles qui viendront demeurer avec nous. Alors vous me dites que leurs chambres sont tout à fait prêtes?

—Elles sont prêtes depuis ce matin, mon prince. Nettoyées et meublées, comme il le convient pour ces jolies demoiselles. De plus, j'ai pris soin de vous préparer un copieux souper pour combler votre faim: côtelettes de veau avec sauce aux balbales.

—Je suis persuadé que Sintara et Alégracia s'en régaleront! dit Shnar en nous regardant d'un œil taquin.

«Des balbales? pensai-je. Ce repas va être délicieux… mais comment a-t-il fait pour savoir que nous les aimons tant? C'est sûrement Mosarie qui l'en a informé.» Cela me paraissait être une bonne chose, car si Shnar souhaitait respecter notre mode de vie d'autrefois, j'allais peut-être me sentir moins dépaysée. Et m'offrir des balbales… hum! Il n'aurait pas pu mieux commencer.

—Désirez-vous manger tout de suite, demanda Atanie, ou préférez-vous leur faire visiter leurs nouvelles chambres?

—Allons d'abord les installer à l'étage, nous mangerons ensuite votre bon repas.

Atanie retourna à la cuisine et Shnar nous escorta. Nous traversâmes un énorme salon éclairé par une imposante fenêtre en mezzanine qui occupait presque toute la superficie d'un des murs. Près d'un passage clos, on retrouvait une bibliothèque vitrée débordante de livres aussi épais que colorés. Cinq portraits aux dimensions identiques étaient alignés sur le mur opposé. Ils représentaient des personnes âgées aux traits sévères. À l'autre bout, on avait disposé deux divans de velours indigo près d'une table basse en merisier, elle-même placée sur un tapis aux tons froids. Juste derrière, une ouverture en forme d'arche donnait accès à la salle à manger.

Shnar nous dirigea dans le couloir sombre, près de la bibliothèque. Il y avait deux portes à gauche et tout au fond, un escalier menait à l'étage supérieur.

—Ces portes, dit Shnar en adoptant un air plus sérieux, sont celles de ma chambre et de mon bureau personnel. Il n'y a qu'Atanie et moi qui pouvons y entrer, et cela doit demeurer ainsi. C'est compris?

Sintara et moi répondîmes affirmativement, puis nous montâmes les escaliers pour atteindre le couloir du premier étage. De grandes fenêtres à rideaux doubles offraient une vue splendide sur le balcon et sur le boisé qui entourait le domaine. Shnar nous montra cinq portes en expliquant :

—Ces deux portes donnent sur les chambres des domestiques Atanie Léoliot et son fils, Pasco. Celle du fond mène au débarras et les deux autres sont vos nouvelles chambres. Sintara, vous aurez celle qui donne une vue sur le balcon et Alégracia, ce sera l'autre plus au fond.

—Pouvons-nous aller les voir tout de suite ? demandai-je.

—Bien sûr. Lorsque vous serez installées, vous viendrez me rejoindre à la salle à manger. Le souper sera servi dès votre arrivée.

Shnar nous laissa seules et ma sœur s'enferma aussitôt dans sa chambre. J'entrouvris la porte de la mienne et je regardai d'abord l'intérieur d'un air craintif. Contrairement à l'idée que je m'étais faite, je fus éblouie par la vision. Jamais il ne m'a été donné de revoir une chambre d'apparence si douillette. La décoration avait été ajustée à mes goûts personnels. Une grande fenêtre en guillotine recouverte de minces rideaux de dentelle blanche surplombait un grand lit moelleux aux couvertures épaisses, décorées de broderies florales. Deux tables de nuit étaient disposées de chaque côté du lit. Sur le mur de droite, on avait placé une grande penderie à rideau pour mes vêtements et juste en face, une grande armoire blanche équipée de quatre tiroirs aux poignées dorées. Un bureau de bois poli et une chaise recouverte de velours bleu constituaient les dernières pièces du mobilier. Un doux tapis de soie aux motifs semblables à ceux brodés sur l'édredon recouvrait toute la superficie du plancher. Finalement, un magnifique lustre entouré d'un diffuseur cristallin, aux angles effilés, pendait du plafond.

Je sautai sur mon nouveau lit et je m'y allongeai sans attendre. J'étirai tous mes membres pour me remettre de mon long et pénible voyage. Si j'avais fermé les yeux à ce moment, je me serais immédiatement endormie. Aucun autre lit ne m'avait déjà procuré un tel confort! Rien à comparer avec mon ancienne couche rembourrée de paille.

Avant de succomber au sommeil, j'ouvris la fenêtre au-dessus du lit puis je laissai retomber ma tête sur l'oreiller. Les yeux entrouverts, je regardai flotter les rideaux de dentelle qui ondoyaient sous la brise du soir. Je souhaitais tant dormir. Toutefois, la faim m'opprimait bien davantage. Pas question de manquer le repas de balbales qui m'attendait en bas! Je quittai alors ma chambre et Sintara sortit de la sienne au même moment.

—Tu as vu cette chambre! me dit-elle toute excitée. Elle est splendide! Je n'aurais jamais cru pouvoir être gâtée à ce point !

—La mienne aussi est superbe et elle est déjà arrangée selon mes goûts. J'ignore comment il a fait.

—Allons, Alégracia, les princes sont plein de ressources. Ils n'ont qu'à claquer des doigts pour obtenir tout ce qu'ils veulent, comme c'est maintenant le cas pour nous !

Sintara me dépassa et courut jusqu'à l'escalier pour descendre. Je la suivis non loin derrière. Dans la salle à manger, Shnar nous attendait, assis à la table. Ma sœur prit place juste à sa droite, mais moi, je choisis une chaise un peu plus éloignée. Atanie sortit de la cuisine pour nous apporter trois plats. Avec le même sourire énigmatique, elle les déposa devant nous en nous souhaitant bon appétit.

Je commençai à manger tout juste après l'avoir remerciée. Habituellement, les plats composés de viande me repoussaient seulement par leur odeur, mais celui-ci était nappé d'une épaisse sauce aux balbales. Je ne pus m'empêcher de le dévorer à grandes bouchées. Sintara se goinfra sans la moindre gêne et elle termina son plat bien avant nous.

—Ètes-vous rassasiée, jeune Sintara ? Je peux demander qu'on vous serve une autre assiette, si tel est votre désir.

—S'il vous plaît.

Shnar sourit et il demanda sans attendre à sa domestique qu'on lui apporte une portion additionnelle. Aussitôt, Sintara eut devant elle une nouvelle assiette, pleine à ras bord, qu'elle dévora avec autant d'enthousiasme que la première.

—Êtes-vous amplement rassasiées?

Entre deux bouchées, nous fîmes signe que oui. Il continua donc :

—Je crois maintenant que vous méritez une bonne nuit de sommeil, vous m'apparaissez exténuées. Le coucher de soleil de ce soir semble annoncer une journée magnifique pour demain. Il serait dommage d'en manquer les premières heures, non? Allez, venez…

Shnar nous accompagna jusqu'à nos chambres et il nous souhaita bonne nuit avant de redescendre.

* * *

On frappa à la porte.

—Il est six heures, jeune fille, il faut vous réveiller!

Nous étions déjà le lendemain. La veille, le sommeil m'avait emportée si rapidement que je n'avais pas eu conscience d'avoir passé autant de temps au lit. Un sommeil profond et sans rêve.

Un jeune homme blond et musclé se glissa dans ma chambre. Il portait des vêtements propres sur l'avant-bras.

—Je vous apporte votre tenue matinale. Le petit-déjeuner ne tardera pas à être servi.

—Qui êtes-vous donc? demandai-je entre deux bâillements.

—Shnar ne vous a pas avertie? Je suis Pasco Léoliot, le fils d'Atanie qui vous a accueillies ici. Je suis un de vos domestiques. Hier, je m'affairais dans les jardins de l'arrière-cour quand vous êtes arrivées. Nous n'avons pu nous rencontrer. Êtes-vous Sintara?

—Non, Sin est dans l'autre chambre. Je suis Alégracia.

—Vous avez un très joli nom. Il me rappelle une langue que j'ai déjà étudiée. Avez-vous un nom de famille?

—Non, nous n'en avons pas.

—Je vois. C'est chose courante aujourd'hui de ne pas en avoir. Il n'y a que les familles de haut rang qui, par respect des traditions ancestrales, accordent une grande importance à la préservation d'un nom de famille. En général, deux personnes qui portent le même nom ont des valeurs et des idéaux identiques. Quand l'enfant d'une famille *nommée* décide, à l'âge adulte, d'emprunter un autre chemin que celui des membres de sa famille, il perd habituellement ce nom.

Il n'y a qu'une exception à la règle : la descendance royale d'Holbus. Le roi Izmalt et ses deux fils n'ont aucun nom de famille.

—Ses deux fils ? Shnar a un frère ?

—Effectivement ! Pendant longtemps, ce jeune garçon a été l'héritier du trône, jusqu'au jour où il a perdu la tête et où il a dû quitter le royaume. Certains disent qu'il s'est joint secrètement aux rebelles des Collines-aux-Aurores-Pourpres, mais ce ne sont que des rumeurs. Cela fait déjà plusieurs années que personne n'a aperçu le prince Riuth.

—Il se nomme Riuth, alors. Mais expliquez-moi, comment a-t-il perdu la tête ?

—Ah ! ça, c'est une trop longue histoire. Une histoire bizarre. Il aurait cru un jour que son père projetait de détruire le Continent-Coloré... un truc du genre... une idée complètement insensée. On l'aurait entendu proférer des accusations semblables contre son père, et ce, en grand public, au cœur même de la cité d'Holbus si mes souvenirs sont exacts.

« Pour ma part, je crois qu'Izmalt est un bon roi, dévoué à un peuple qui lui est fidèle. Mais après que le jeune prince eut propagé de telles rumeurs contre lui, Izmalt n'a eu d'autre choix que de l'obliger à s'excuser devant le peuple et à démentir ses accusations. Riuth a refusé. Le roi s'est donc trouvé contraint de le condamner à mort pour trahison.

«Malgré qu'on le jugeait un peu fou, Riuth a été assez astucieux pour s'évader du palais d'Holbus le jour précédant son exécution. Selon les autorités, un criminel nommé Bachior Arioo l'aurait assisté dans son évasion. Ils sont toujours recherchés aujourd'hui, vous savez.»

—Izmalt doit être bien cruel pour avoir voulu tuer son propre fils.

—Vous savez, Alégracia, dans le monde de la royauté, l'image que l'on projette face au peuple est plus importante que tout, même l'attachement qu'on a pour ses enfants. Je sais qu'Izmalt aimait son fils Riuth. Mais si ce dernier s'acharnait à essayer de convaincre toute une nation que le roi s'apprêtait à leur faire du mal… quel autre choix avait-il?

—Je ne comprends pas.

—C'est tout à fait normal, Alégracia. Vous êtes jeune… vous avez de la chance de ne pas être confrontée à ce genre de choses. Toutefois, il y a *une* chose que vous devez saisir immédiatement, c'est que le petit-déjeuner sera bientôt prêt. N'oubliez pas que Shnar déteste les retards à table! Enfilez vite votre tenue et rejoignez-le en bas. Moi, je m'en vais réveiller votre sœur.

Pasco illumina mon matin de son sourire, aussi chaleureux que celui de sa mère. Il déposa mes vêtements au bout du lit avant de sortir. J'allai jeter un coup d'œil à la tenue qu'on me proposait. Il s'agissait d'une longue robe blanche munie d'un gros ruban indigo qui se nouait autour de la taille. Une fois habillée, je descendis au rez-de-chaussée. Shnar attendait dans la salle à manger. Dès que Sintara arriva, le repas fut servi. Nous mangeâmes un plat de céréales croquantes accompagné de fruits frais.

—Aujourd'hui, commença Shnar après avoir terminé son petit-déjeuner, nous allons faire des jeux dans l'arrière-cour.

—Des jeux? Quelle sorte de jeux? demandai-je.

—Des jeux pour tester vos habiletés, pour voir quelles sont vos forces, vos faiblesses et vérifier votre potentiel réel. Rien de bien difficile, mais nous en aurons sans doute pour toute la journée. Nous devons seulement attendre l'arrivée de Bimosar pour pouvoir commencer.

Une voix grave retentit de l'autre côté de l'arche qui séparait la salle à manger du salon.

—Vous m'attendiez, mon prince?

En me retournant, je vis l'homme que nous avions croisé la veille, toujours voilé de sa cape indigo à capuchon et chaussé des mêmes bottes de cuir, cette fois cirées et luisantes. Il souriait, mais ses yeux restaient toujours sombres.

—Bimosar! cria Shnar en sursautant. Vos manières furtives, bien qu'impressionnantes, ne sont pas admises dans cette demeure. N'entrez pas une fois de plus sans frapper!

—Je n'ai pu m'en empêcher, mon prince, car j'aime bien provoquer la surprise.

—Prenez garde, Bimosar, car la prochaine fois, vous risquez d'en jouir dans les cachots du palais d'Holbus.

L'expression sur le visage de Bimosar resta de marbre devant cette menace, comme s'il attendait que Shnar achève une phrase incomplète.

—Avez-vous préparé le matériel pour les tests? demanda le prince.

—J'ai garé le chariot derrière. Tout est prêt.

—Bien. Allez nous y attendre, nous irons vous rejoindre dans quelques minutes.

Bimosar rebroussa chemin tout en faisant virevolter sa cape dans les airs pendant que nous quittions la table.

—Allez dans vos chambres, nous informa Shnar, vos uniformes d'entraînement vous y attendent. Pasco les a choisis spécialement pour vous.

* * *

La température était agréable à l'extérieur. Bien qu'un vent frisquet se fisse sentir, le soleil brillait de tout son éclat dans un ciel pur et sans nuage. Les oiseaux chantonnaient pendant que nous contournions le manoir vers l'arrière-cour. Bimosar attendait, accoudé contre une vieille charrette de bois recouverte d'un épais voile blanc et sale.

—Par quoi devons-nous commencer, mon prince?

—Rien de bien difficile. Le test d'endurance à la course. Pendant ce temps, nous préparerons le matériel pour les activités suivantes.

Shnar se retourna vers Sintara et vers moi.

—Vous allez maintenant courir autour de ma maison. Inutile de vous presser, l'important est de faire le plus de tours possible. Lorsque vous n'en pourrez plus, arrêtez et venez m'en avertir, nous passerons alors aux autres tests.

Nous obéîmes à la consigne, sans vraiment nous questionner sur son but, et nous commençâmes à courir autour du manoir. Dès le premier tour, je dépassai ma sœur de quelques mètres, mais à la fin du huitième, une crampe dans la jambe m'obligea à ralentir. Sintara prit une avance considérable à ce moment. Après le dixième tour, ma respiration devint saccadée et j'abandonnai au milieu du douzième. J'allai rejoindre Shnar tel qu'il l'avait demandé pendant que ma sœur courait toujours. Elle termina sa course au trente-quatrième tour. Shnar s'approcha de Bimosar et lui souffla :

— Alégracia est plus rapide, mais Sintara bénéficie d'une endurance plus solide.

— Sintara représente davantage le portrait des Kajuvârs, lui répondit-il tout bas.

— Même si je sens davantage cette force en elle, cela demeure une déduction hâtive. Il reste encore bien des tests.

Shnar revint vers nous.

— Nous allons maintenant voir laquelle de vous deux saute le plus loin.

Il se rendit au centre de l'arrière-cour et il allongea une grosse corde sur le sol.

— Vous allez courir jusqu'ici et vous sauterez avant d'atteindre cette ligne. Faites du mieux que vous le pouvez.

Nous lui obéîmes, courûmes puis sautâmes. Bimosar vint ensuite prendre les mesures.

— Un mètre soixante pour Sintara… et quatre mètres trente-six pour Alégracia !

— Une différence considérable, lui murmura Shnar. C'est époustouflant !

—Je suis certain qu'elle est un ange.

—Il n'est pas encore temps de tirer des conclusions, Bimosar. Les jeux doivent continuer.

Le prince revint nous voir et il nous demanda :

—Savez-vous tirer à l'arc ?

—Un peu. Kakimi nous l'a déjà enseigné, mais il y a longtemps de cela…

—Bon, ça suffira. Familiarisez-vous avec ceux-ci pendant que Bimosar dresse la cible.

Shnar nous tendit des arcs de bois ajustés à notre petite taille. J'en pris un et je tirai sur la corde pour vérifier la tension. Il émit une note grave.

—Prenez ces flèches.

Il nous en donna trois chacune. À l'autre bout du terrain, Bimosar avait monté une cible couverte de cercles rouges et blancs.

—Vous allez maintenant, à tour de rôle, décocher une flèche sur la cible. Commencez, Sintara.

Ma sœur se plaça, mit la flèche dans l'arc et le tendit avec aisance. Elle visa un moment puis décocha. Elle rata complètement la cible.

—À votre tour, Alégracia.

Je pris alors position, je bandai l'arc avec la flèche, mais cette prouesse m'était si ardue que mon bras en tremblait. Puisque je n'arrivai pas à tendre la corde davantage, je la lâchai et le projectile s'envola pour se planter sur la cible, non loin du centre.

—Félicitations, fillette.

Nous tirâmes encore deux flèches chacune et Sintara manqua toujours l'objectif. Quant à moi, mes projectiles se rapprochaient du centre un peu plus à chaque fois.

—Alégracia a un bon tir, dit Shnar à son second.

—Les Kajuvârs ne savent pas viser. Les anges, oui. Vous êtes certain qu'elles sont bien des jumelles de naissance ?

—C'est ce que leur mère m'a confirmé. Elle n'aurait eu aucune raison de me mentir sur ce point !

—Bien, alors si c'est comme cela, je vérifierai moi-même.

Bimosar plongea ses mains dans la charrette et il en extirpa deux gros cailloux gris et une table en fer. Il nous invita à nous approcher et déposa un des cailloux sur la table.

—Vous allez détruire ce caillou d'un coup de poing !

—Mais c'est impossible, dis-je.

—Taisez-vous et contentez-vous d'obéir !

—Du calme, Bimosar ! lui ordonna Shnar en le repoussant du bras.

Bimosar se tut et il attendit que je frappe. Exaspérée, je levai haut le poing et je frappai le caillou de toutes mes forces sur les jointures. Je ne parvins même pas à en détacher la moindre petite parcelle. En voyant le résultat, Bimosar saisit ma main et l'examina.

—Aucune blessure, même pas une éraflure. Ce n'est pas normal, j'avais utilisé un caillou concassé et écorché.

Il leva sa cape indigo, dégaina un long coutelas affilé et m'en assena un coup sur l'avant-bras, à la grande surprise de Shnar.

—Lâchez votre arme immédiatement ! lui hurla le prince.

Et en constatant que Bimosar ne lui obéissait pas, il se rua sur nous et il nous sépara en propulsant son second au tapis d'un simple coup de coude.

—Vous allez devoir vous expliquer ! Laissez tomber cette lame !

Shnar se pencha et observa mon bras à l'endroit où

Bimosar m'avait frappée. Nous ne vîmes qu'une longue égratignure blanche et granulée.

—Est-ce que vous avez ressenti de la douleur, fillette?

—Bimosar a essayé de me tuer! Il est complètement fou!

—Cela, je le sais depuis longtemps. Mais vous devez répondre à ma question: son coup vous a-t-il fait mal?

—Non. Ce genre d'égratignure ne me fait jamais mal.

Bimosar laissa enfin tomber son coutelas sur le sol, stupéfait par ma réponse.

—Vous voyez, mon prince. Vous voyez ce que je vous disais, non?

—Oui. Je crois que vous aviez malheureusement raison, Bimosar…

Ils se retirèrent brièvement et discutèrent ensemble un moment, hors de portée d'écoute. Après un moment, je tournai spontanément la tête et j'aperçus le même cardinal vert étincelant que j'avais remarqué la veille. Cette fois-ci, il était perché sur la branche d'un des arbres du parterre. Il s'envola encore rapidement au moment où nos regards se croisèrent.

Une fois leur discussion terminée, Shnar et Bimosar nous rejoignirent. Le prince s'adressa à ma sœur.

—Bien, nous pouvons continuer les tests. C'est maintenant à votre tour de frapper la pierre, jeune Sintara.

Ma sœur prit une grande respiration et frappa le caillou de toutes ses forces. Sous la puissance du coup, il vola en éclats et la table de fer plia en deux, puis se cassa.

* * *

Nous passâmes le reste de la journée à accomplir une batterie de tests qui prouvaient que ma sœur avait la capacité d'accomplir des prouesses physiques presque surhumaines et que ses sens auditifs et visuels étaient bien plus aiguisés que les miens, mais aussi que mon agilité surpassait la sienne de plusieurs crans. Bimosar repartit avant l'heure du souper, peu après avoir rangé tout le matériel dans le chariot. Quant à Shnar, il s'absenta pendant la soirée pour exécuter sa visite quotidienne aux mines. Lorsqu'il revint au manoir, Sintara et moi avions déjà gagné le lit. Cette journée d'efforts nous avait complètement exténuées.

Trois jours paisibles passèrent. Durant tout ce temps, nous devions respecter la consigne de ne pas quitter l'enceinte autour de la maison. J'en profitai pour discuter longuement avec les domestiques Atanie et Pasco sur des sujets qui leur paraissaient sans doute banals, mais qui étaient d'une importance capitale pour moi qui avait vécu en réclusion totale depuis ma naissance.

Il nous était impossible de parler avec le prince Shnar, puisqu'il passait la majorité de son temps aux mines. Il ne revenait à la maison qu'en soirée et bien après l'heure de notre coucher.

En cet après-midi paisible d'automne, je me promenais avec Sintara, sur le parterre qui entourait la maison.

— La situation ne s'est guère améliorée, expliquai-je à ma sœur. Avec Mosarie, nous étions cloîtrées sur un territoire de plus d'un kilomètre de rayon, mais aujourd'hui, nous sommes prisonnières d'une zone de pas plus de cent mètres de largeur.

— Ça m'est égal. Ici au moins, j'ai tout ce que je désire.

— Pas moi. Shnar pourra m'offrir tout le confort du monde. Ça ne remplacera jamais mes jardins et la mer.

— Moi, je trouve que ça me suffit. Depuis le temps que nous vivons dans ce manoir, je ne me suis jamais sentie aussi libre.

— Libre ? Mais comment peux-tu prétendre être libre ? Nous sommes encore plus restreintes qu'avant !

— Pas en ce qui me concerne ! Tu vois, le prince Shnar croit vraiment en mon potentiel. Il sait qu'un jour, je deviendrai quelqu'un d'important, un être puissant. Il ne cesse de me gâter et de me donner de précieux conseils. Le soir, quand tu dors, Shnar vient faire un tour dans ma chambre et nous discutons pendant des heures. Ce prince et Mosarie n'ont vraiment rien en commun, car lui, il sait s'occuper de moi et je me sens importante. C'est pourquoi j'ai le sentiment d'être libre !

—Je peux comprendre que notre mère ne se souciait guère de toi : tu passais tout ton temps à l'injurier ! Tu profitais de la moindre occasion pour la faire pleurer ! Tu incarnais la méchanceté même en sa présence !

—Elle le méritait ! Nous avions le droit d'en savoir plus. Elle a préféré se taire et nous garder dans l'ignorance.

Nous entendîmes la grille d'entrée grincer et nous cessâmes aussitôt notre conversation. Shnar s'approchait par le sentier qui débouchait sur le terrain.

—Bonjour, fillettes. Que faites-vous à l'extérieur ? Vous profitez du beau temps ?

—Nous discutions.

—C'est bien. Permettez-moi alors d'interrompre votre conversation pour vous montrer quelque chose.

Shnar fourra sa main dans sa poche et il en ressortit une petite pierre grise à texture rugueuse, marbrée de lignes olivâtres.

—Qu'est-ce que c'est ? demandai-je.

—Ça, fillette, c'est de l'émaglorole, une pierre rare de grande valeur, presque autant que l'or.

—Elle n'est pas très belle, répondit Sintara. On dirait

un caillou ordinaire.

—Oui. En effet, elle a une apparence bien banale, mais cette pierre est dotée d'une propriété unique : elle vibre en présence d'émanations magiques.

—Des émanations magiques ? questionnai-je.

—Vous avez bien compris, fillette. Tous les objets magiques qui existent en ce monde dégagent des émanations. Les plus usuels ne dégagent qu'une toute petite aura, mais les plus puissants en produisent des quantités faramineuses. Si on approche cette pierre d'émaglorole d'un objet magique, la pierre vibrera. Si au contraire, l'objet est ordinaire, rien ne se produira.

—Cette pierre permet donc de détecter si un objet est envoûté ou pas.

—Exactement. Il permet aussi de mesurer l'ampleur des émanations, car plus elles sont fortes, plus la pierre vibre. Regardez, je vais essayer avec votre boussole.

Je détachai le pendentif de mon cou et je le présentai à Shnar. Il colla sa pierre d'émaglorole sur la surface de la rondelle. Elle vibra contre la surface du métal.

—Voilà la preuve que votre pendentif est bien magique, mais d'intensité faible, car la pierre n'a pas vibré beaucoup.

Shnar porta sa main sous sa cape et dégaina sa

rapière noire, en prenant soin de dissimuler les motifs du pommeau derrière sa main. Il colla le fragment d'émaglorole sur la lame. La pierre vibrait tellement qu'elle en devint floue. Il rengaina ensuite.

—Maintenant, vous savez que mon arme est envoûtée d'un pouvoir bien plus important que celui qui anime votre boussole.

Shnar souleva sa cape et nous montra un autre instrument intéressant accroché à sa ceinture : une baguette de bois munie d'une petite sphère vitreuse. Il l'approcha tout près de nous.

—Mes hommes se servent de cet outil pour détecter la magie en travaillant. La sphère de vitre est remplie d'eau, mais elle contient aussi un minuscule fragment d'émaglorole. Lorsqu'on l'approche d'un objet magique, la pierre vibre dans l'eau et cette réaction produit un son.

Shnar approcha la sphère de mon pendentif. Elle émit une résonance cristalline, comme lorsqu'on frotte les rebords humides d'une coupe de verre.

—Quelle est l'utilité de mettre ces pierres dans une sphère de vitre remplie d'eau, si l'on peut sentir ses vibrations dans la main ?

—Pour une raison bien précise. Vous sentez peut-être la pierre vibrer dans votre main ; elle ne vibre pourtant pas toujours de la même manière. Les pierres d'émaglorole réagissent différemment à deux types d'énergie : la magie de la *Lumière* et celle des *Ténèbres*. Vous ne pourriez sentir la différence entre ces deux vibrations simplement en tenant la pierre dans votre main. Toutefois, le son qu'elles produisent grâce aux sphères est bien distinctif.

Shnar dégaina à nouveau sa rapière et y approcha l'instrument. Au lieu de produire un son cristallin, elle bourdonnait comme une guêpe qui vole près de notre oreille.

—Ma rapière dégage de la magie des *Ténèbres*, puisque je l'utilise pour combattre mes adversaires. La majorité des armes envoûtées dégagent une aura de la même nature.

Il rengaina.

—J'ai plusieurs autres choses intéressantes à vous montrer aujourd'hui. Je compte même vous faire visiter nos mines. Ces mines constituent la seule raison qui explique pourquoi nous campons ici depuis trois ans et demi.

—Pourquoi dites-vous que vous campez ? Ce manoir n'est pas votre domicile ?

—Non, évidemment. Ma vraie demeure restera toujours le palais royal d'Holbus. Ce manoir n'est en fait qu'une résidence temporaire, le temps que nous trouvions ce que nous recherchons depuis tant d'années.

—Qu'est-ce que vous recherchez au juste?

—C'est ce que je vous expliquerai durant la visite.

Shnar souriait bizarrement, comme s'il savait que ces mines nous réservaient une désagréable surprise. Il me tendit la baguette.

—Tenez, transportez-la pour la durée du trajet. Maintenant suivez-moi.

J'attrapai le détecteur et nous suivîmes Shnar vers les mines.

* * *

La froideur automnale se faisait davantage sentir pendant que nous marchions dans le sentier. Le vent traversait facilement le mince tissu de mes habits. J'en grelottais. Il nous arrivait de croiser des hommes silencieux, qui portaient des capes indigo par-dessus des chemises aux manches blanches. En nous croisant, non seulement ils ne s'arrêtaient guère pour nous saluer, mais ils n'osaient même pas jeter le moindre regard sur nous. Shnar nous expliqua que ces hommes œuvraient dans les mines pour son compte.

—Ils ont leur travail à cœur, c'est pourquoi ils ne veulent pas perdre leur temps avec nous.

Nous marchâmes au moins un kilomètre et demi sur la route et plus nous avancions, plus l'atmosphère se saturait de poussière grise. Une odeur désagréable de terre sèche et de poudre de pierre envahit l'air que nous respirions.

J'entendis soudainement le détecteur de magie, que je tenais entre mes mains, bourdonner faiblement. Son vrombissement augmentait à mesure que nous avancions vers les mines.

—Ce n'est pas normal, déclarai-je. Le détecteur de magie produit des sons, mais il n'est à proximité d'aucun objet magique.

Shnar s'arrêta en m'entendant. Il sourit en me regardant :

—Alégracia, vous venez de dire la même chose qu'un chasseur perdu exactement à cet endroit, il y a un peu plus de quatre ans.

Il commença à nous raconter une histoire bien étrange :

—Ce chasseur se nommait Atérûne Zérinam. Il chassait l'ours noir pour sa fourrure et il en fabriquait des manteaux et des bottes chaudes. Atérûne était un artisan hors pair. Ses articles valaient très cher dans les marchés de la ville de Pur-Dufonio, puisque les peaux d'ours se faisaient de plus en plus rares. Malheureusement pour lui, le jour vint où il alla chasser dans les bois sans réussir à rapporter aucune fourrure ; les bêtes avaient étrangement disparues. C'est ce qui arrive lorsqu'on pratique des chasses abusives.

« N'ayant plus accès à ses ressources, Atérûne épuisait son inventaire et il risquait de perdre son commerce. Toutefois, avant de fermer boutique pour de bon, il retourna dans les bois une dernière fois.

« Atérûne s'enfonça plus profondément dans les bois qu'à l'habitude et il découvrit des empreintes d'ours dans la boue. Elles se dirigeaient vers le sud-ouest, au cœur de la région la plus sauvage des Bois-Verts. Le chasseur comprit alors que les ours qu'il chassait s'étaient retranchés dans cette région pour échapper aux flèches de son arc.

« Ne se laissant pas vaincre aussi facilement, il pré-para une longue escapade pour aller traquer les ours qui lui avaient échappé. Il remplit un grand sac d'une quantité suffisante de vivres, il s'équipa de son arc, d'un attirail de flèches et il emporta avec lui d'autres objets utiles dont un détecteur de magie, comme celui que vous tenez dans vos mains. Atérûne tenait à emporter son détecteur, car il savait que cette forêt avait la réputation d'engloutir les aventuriers qui s'y risquaient. On racontait d'ailleurs que des créatures abominables habitaient la région, les Grignôles, par exemple. Atérûne voulait dépouiller les cadavres de ces aventuriers grâce à son détecteur, s'il pouvait tomber sur l'un d'entre eux bien sûr.

« Le chasseur fit un long voyage et il atteignit le sud-ouest des Bois-Verts. Il chercha désespérément les ours, mais ne parvint qu'à dénicher des dépouilles à moitié dévorées. Néanmoins, Atérûne n'abandonna pas. Désireux de rapporter des fourrures de qualité chez lui, il s'enfonça plus profondément dans les bois. Il se perdit. Le chasseur erra trois longs jours sous les arbres sans savoir comment il allait sortir de cette forêt si dense. Quand l'épuisement et l'inquiétude eurent raison de lui, il tenta la route du nord-est en se fiant au soleil. C'est durant ce parcours qu'un événement insolite se produisit.

« Alors qu'il marchait, Atérûne entendit un bourdonnement curieux. Il s'arrêta pour scruter les alentours, mais il se rendit compte que le bruit provenait de l'intérieur de son sac. Il en sortit son détecteur de magie, le bourdonnement provenait bel et bien de sa sphère de vitre. Atérûne était confus comme vous ; sa sphère réagissait à une émanation magique sans être à proximité d'aucun objet. De plus, il réalisa que le son s'amplifiait à mesure qu'il marchait vers le nord. Le bruit devint si important que la sphère se craquela puis elle explosa. Atérûne chercha longuement la source de cette magie si importante, mais ses efforts restèrent infructueux.

« Au comble du désespoir, le chasseur finit par retrouver son chemin et il rentra à Pur-Dufonio. Il raconta son périple à ses amis de la taverne, mais personne n'en crût un mot. Et par-dessus tout, Atérûne, qui n'avait rapporté aucune fourrure d'ours, dut se résigner à fermer son commerce pour de bon.

« Complètement fauché, l'ex-chasseur devait trouver un moyen de gagner rapidement de l'argent pour survivre à l'hiver qui approchait à grands pas. C'est alors qu'un de ses amis les plus fidèles lui suggéra de se rendre à Holbus pour vendre son histoire aux magiciens des Quatre-Tours, puisque ces mages s'intéressent à tout ce qui dégage de la magie. Quoique sceptique, Atérûne n'eût guère le choix d'approuver la suggestion de son copain. À Holbus, il fut surpris de voir que les magiciens s'intéressaient à sa découverte et qu'ils lui offraient une véritable fortune afin qu'il leur divulgue l'endroit exact où le phénomène avait eu lieu. L'ex-chasseur devint riche.

«Détenteurs de ces précieuses informations, les magiciens des Quatre-Tours se rendirent dans le sud-ouest des Bois-Verts, équipés des mêmes détecteurs de magie. À l'endroit indiqué par Atérûne, ils furent à même de constater la véracité de ses affirmations. Les mages se mirent à faire des recherches et ils durent se rendre à l'évidence : un objet d'une puissance démesurée avait été enseveli là, sous la terre. Ils en informèrent le roi Izmalt, mon père, et ils reçurent eux aussi une somme importante. Le roi envoya une troupe de mineurs, un groupe de scientifiques de la magie et son fils, moi à l'occurrence, avec la mission formelle de retrouver le mystérieux objet si puissant qui est enfoui ici.

«Cela fait presque trois ans et demi que nous creusons la terre et que nos recherches n'aboutissent à rien. Pourtant, les détecteurs de magie s'agitent toujours autant à l'approche de cette zone. Il est impossible à l'aide de ces instruments primitifs de trouver l'endroit exact où il faut creuser, car le verre des sphères se brise constamment. Nous en avons construit de plus solides, mais ils restent imprécis. Nous devons trouver la localisation exacte du Serpent d'Argent par d'autres moyens.

—Le Serpent d'Argent?

—Oui, fillette. Tous les résultats des recherches de nos scientifiques concordent : il n'y a que le Serpent d'Argent qui puisse être enfoui sous la terre de ces bois. C'est le Serpent d'Argent qui dégage toute cette magie et qui brise nos détecteurs.

—Qu'est-ce que c'est au juste, le Serpent d'Argent?

—Selon la légende, ce serait une arme, d'une puissance extraordinaire. Elle aurait la forme d'un long bâton ondulé fait de métal blanc. On raconte qu'elle est si puissante que le fait de s'en servir pour frapper le sol suffirait à causer un tremblement de terre. La légende nous apprend également que le Serpent d'Argent agit sur l'esprit de son possesseur en amplifiant ses pires vices, le rendant mauvais en quelques jours seulement.

—Pourquoi désirez-vous tant le retrouver alors, si vous affirmez que cette arme rend mauvais?

—Parce qu'il est impérieux que nous le retrouvions avant que d'autres n'y parviennent. Sous notre garde, il demeurera inoffensif, mais entre les mains de gens aux intentions tordues, la situation pourrait devenir… apocalyptique.

—Ne croyez-vous pas que de le laisser là où il est, sous terre, aurait constitué une meilleure alternative ?

—Nous y avons songé, mais nous connaissons *quelqu'un d'autre* qui serait venu creuser à notre place, et il n'y a rien qui soit enseveli assez profond pour un homme de cette ténacité. Croyez-moi, c'est entre nos mains qu'il sera le mieux gardé.

Ma sœur tira sur la cape de Shnar.

—Moi, je vous fais confiance, prince Shnar. Je ne suis pas incrédule comme ma sœur !

—Je sais, jeune Sintara, et c'est une façon sage de voir les choses. Tant que nous n'avons pas retrouvé le Serpent d'Argent sous la terre, il restera un danger pour nous tous.

—Comment allez-vous faire pour le retrouver alors ?

—Hum… j'ai ma petite idée. C'est là que vous entrez en jeu, car tout me porte à croire que lorsque vous serez dans les profondeurs des mines, vous sentirez la puissance du Serpent d'Argent à travers votre jeune corps. Vous réussirez peut-être à m'éclairer sur l'endroit exact où il se cache.

—Pourquoi *nous* ?

—Parce que vous êtes… disons… *spéciales*.

Ma sœur ne posa plus de questions et je me tus également. Nous reprîmes la route. Shnar nous répétait sans cesse que nous serions aux mines d'une minute à l'autre. Le vent soufflait de plus en plus fort et mes cheveux virevoltaient. J'en oubliais le détecteur de magie qui bourdonnait toujours, entre mes mains. Puis, tout à coup, la sphère de vitre explosa et m'éclaboussa de toute l'eau qu'elle contenait.

* * *

Mes mains étaient gelées. Je les frottai ensemble et je les serrai contre mon abdomen pour me réchauffer. Les feuilles mortes, poussées par les fortes bourrasques, s'amoncelaient dans le chemin rocailleux et bruissaient sous nos pas. Les branches des arbres étaient secouées et j'avais les oreilles emplies de leurs grincements aigus. Nous dûmes hausser le ton pour réussir à nous entendre.

Le chemin s'élargit, les arbres s'écartèrent et le ciel apparut sous leurs branches. Dans cette zone, on avait partiellement rasé la forêt pour y accumuler de hauts monticules de terre sèche et des fragments de pierres brisées. Des hommes et des femmes en uniforme tiraient des chevaux harnachés à des wagons chargés de terre et les déversaient sur les monticules.

Nous nous enfonçâmes ensuite dans une vallée terreuse qui avait été creusée au tout début des opérations. En bas, les ouvriers du prince allaient et venaient dans des grottes qui menaient dans les profondeurs obscures des mines. Des systèmes de chaudières montées sur des cordages à poulies facilitaient l'extraction des substances minérales.

À ma gauche, deux oiseaux vinrent se poser sur les branches d'un arbuste. Je reconnus le cardinal vert que j'avais déjà aperçu deux fois auparavant, mais cette fois-ci, un colibri orangé l'accompagnait. Ils me fixaient tous deux d'un air anormalement intelligent, mais mes compagnons de route ne remarquèrent guère leur présence. Ces oiseaux aux couleurs reluisantes m'intriguaient. À mesure que je descendais le sentier, ils volaient d'arbuste en arbuste pour me suivre. Ils semblaient résolument s'intéresser à moi.

Dans la vallée, Bimosar se dirigea vers nous en courant. Shnar l'interpella :

—Alors, Bimosar, du nouveau dans les mines ?

—Non rien, à part cette terre qui me pue au nez. Les nouveaux détecteurs de magie ne se brisent pas, mais ils produisent le même son dans toute la zone et sont, en conséquence, inutiles. Je vois que vous avez amené les Kajuvârs ? Il était à peu près temps ! Je commençais à penser qu'elles n'auraient jamais à accomplir quoi que ce soit pour gagner leur pain. Déjà que, pour ma part, je crois que mon propre salaire n'est pas du tout en rapport avec mes capacités…

—Je le sais bien, mais nous ne pouvons tout de

même pas vous laisser mourir de faim, non?

Le visage de Bimosar devint sévère devant le sarcasme de Shnar. Ce dernier continua:

—Je viens m'assurer qu'elles peuvent ressentir le Serpent à travers les galeries des mines.

—J'espère qu'elles le pourront, grogna Bimosar. J'en ai marre de chercher et de ne jamais rien trouver. Ça fait trop longtemps que nous perdons notre temps dans ce trou à rats.

—Aujourd'hui, ce sera différent.

—Vous avez intérêt à dire la vérité.

Shnar s'irrita en entendant un de ses sujets s'adresser à lui de cette façon.

—Rappelez-vous Bimosar que, même malgré notre association, je représente le roi en ces lieux! N'osez plus jamais me parler sur un ton semblable.

—C'est entendu, votre haaaaltesse…

Shnar lui tourna le dos et il avança vers l'entrée de l'une des grottes. Sintara et moi le suivîmes, mais je m'arrêtai peu de temps après; j'avais *senti* une présence additionnelle dans les alentours.

J'observai intuitivement un tas de roches foncées sur

ma gauche. Je l'examinai avec attention, mais je ne vis rien à première vue. Toutefois, avant de pénétrer dans les mines, je discernai un visage encapuchonné à demi découvert. Un homme était tapi dans l'ombre. Il posa un doigt sur sa bouche pour me dire «Chut!» et il se retira en silence derrière des rochers plus élevés. «À quoi cela rime-t-il? pensai-je. Ils sont maintenant trois à m'épier?» J'avais pensé avertir Shnar mais je me retins. Sans pouvoir expliquer pourquoi, je ressentis un élan de confiance envers cet inconnu, alors que le prince ne m'était toujours pas sympathique.

C'était un comportement bien imprudent qui allait changer ma vie pour toujours.

Nous nous enfonçâmes dans les profondeurs d'une grotte obscure. Les parois avaient été sculptées à la main et des poutres de soutènement empêchaient le plafond de s'écrouler. De vieilles lanternes suspendues nous fournissaient un éclairage adéquat pour nous guider à travers ces couloirs étroits. Le vent ne parvenait pas à nous atteindre sous la terre, mais il y faisait un froid à nous glacer le sang. La voie ne cessait de bifurquer, allant de droite à gauche, montant puis descendant. Bref, un itinéraire plus qu'étourdissant.

Nous croisions des ouvriers armés de pioches et de pelles qui martelaient machinalement des pierres très solides. Ils ne nous portèrent pas la moindre attention.

—Il nous faut d'abord descendre par cette échelle, nous avertit Shnar en pointant une grande ouverture sur le plancher.

Un à la suite de l'autre, nous descendîmes et nous continuâmes à progresser dans les tunnels obscurs et vides de l'étage inférieur. Aucun ouvrier ne travaillait à ce niveau.

Shnar s'arrêta et nous demanda :

—Ressentez-vous une quelconque énergie dans les parages ?

Sintara abaissa son visage, manifestant son incompréhension, et nous répondîmes que non. Le prince s'enfonça de plus belle dans l'obscurité et répéta.

—Et ici ?

Je ne sentais vraiment rien. Ma réponse fut négative comme celle de Sintara. Shnar posa doucement sa main sur nos deux épaules et nous entraîna encore plus loin dans le tunnel.

—Peut-être ici ?

Je ressentais maintenant une force étrangère. L'atmosphère ne semblait pas comme ailleurs. Était-ce une odeur, un froid plus intense, de l'humidité ? Impossible à dire. Seulement quelque chose de... différent. Je m'avançai de trois pas et toute ma vision s'embrouilla aussitôt. Un énorme tourbillon bleu, reluisant d'une énergie maléfique et pigmenté d'étincelles blanches prisonnières de son mouvement, tournoyait devant mes yeux. Mes oreilles s'emplirent de railleries, de voix pleurnichardes, de cris et de lamentations. Intensément troublée par ces images, je reculai vivement et je percutai accidentellement ma sœur, qui tomba à la renverse.

—On dirait que vous avez perçu quelque chose, jeune Alégracia?

—Je n'ai rien ressenti, monsieur, mais j'ai tout vu et entendu.

Je pensais à ce moment à la peinture étrange que Mosarie avait peinte peu avant notre départ. Cette vision en était la parfaite représentation.

—J'ai vu un grand tourbillon bleu et j'ai entendu des cris affreux!

Shnar semblait ravi de cette description.

—Nous avons trouvé ce que nous cherchions, dit-il avec un sourire triomphant. Nous pouvons maintenant rentrer.

Le prince tendit la main à Sintara pour l'aider à se relever puis nous prîmes le chemin du retour.

À peine avions-nous franchi deux intersections que Shnar nous barra la route de son bras en chuchotant:

—Silence, un instant! Il semblerait que nous ayons

de la visite…

Je me figeai aussitôt et je tentai de percevoir le son qui avait visiblement perturbé le prince. Durant les premières secondes, les couloirs me parurent tout à fait silencieux, mais peu à peu, je distinguai le son atténué de pas qui se dirigeaient vers nous.

—Bimosar? lança Shnar dans les profondeurs obscures de la galerie. Est-ce vous?

Il n'y eut aucune réponse.

—Identifiez-vous! cracha le prince. Faites-le maintenant ou vous serez châtié!

Nous n'entendions ses pas qu'en long et faible écho qui rebondissait inégalement sur la pierre du tunnel, à la même fréquence que le tic-tac assourdi d'une vieille horloge. Shnar n'avançait plus, il attendait patiemment que l'inconnu émerge de l'ombre.

Le son des pas devint plus distinctif, plus précis. Presque plus rien ne nous séparait alors du mystérieux visiteur, chacun de ses pas devenait plus fort que le précédent. Nous aurions pu le voir si la luminosité ambiante avait été de meilleure qualité. À quelques pas de nous, il s'immobilisa et les mines retrouvèrent leur silence mortuaire.

—Je le demande pour la dernière fois! cria Shnar d'un ton assuré. Soit vous vous identifiez, soit vous mourez!

L'inconnu répondit enfin d'une voix profonde et ferme qui ne me rappelait personne.

—Nos chemins ne se croisent pas tous les jours, vilain Shnar. Comment se portent les affaires ?

—Je dois rêver ! s'écria Shnar. Je reconnais ta voix. Quels exploits as-tu donc accompli pour te rendre jusqu'à moi sans te faire remarquer ?

Nous vîmes alors naître une lumière multicolore à l'endroit où l'inconnu se tenait. Au début, il ne s'agissait que d'un petit halo scintillant. Cependant, cette luminosité s'intensifia pour finalement envelopper l'homme d'un feu violacé et éthéré qui se consumait lentement, mais avec ardeur. La lumière se reflétait sur la pierre du tunnel et donnait naissance à une horde de lucioles flamboyantes. La silhouette élancée et mince de l'homme prenait forme sous les flammes prismatiques. Il était vêtu d'une longue cape cendrée qui recouvrait une armure discrète faite d'un métal qui réfléchissait mieux la lumière que mon propre miroir. Son visage demeurait plongé dans l'ombre sous un épais capuchon noir.

L'homme ouvrit alors les paupières et je découvris des yeux resplendissants. Les nombreuses couleurs de sa pupille étincelaient sous l'effet des flammes ardentes dégagées par sa peau. Il tendit les bras et deux énormes ailes vaporeuses, aux nuances riches, poussèrent à son dos en se dépliant comme les ailes d'un papillon qui émerge de son cocon. La pointe des rémiges allèrent

caresser la surface des pierres du tunnel.

—L'Ange Arc-en-Ciel, ricana Shnar devant ce spectacle émouvant. C'est bel et bien toi. Je t'avais reconnu. Que me vaut l'honneur de ta présence?

Quand l'homme aux allures angéliques parla, les bourrées de flammes qui l'enveloppaient moururent, mais ses ailes multicolores demeurèrent bien en place et ses yeux continuèrent de scintiller.

—Les Xayiris m'ont prévenu que tu avais mis la main sur deux Kajuvârs à l'apparence de fillettes innocentes. Ce doit être ces deux-là cachées derrière toi.

—Les Xayiris! grogna le prince. J'aurais dû me douter qu'ils m'espionnaient.

—Sois sage maintenant et rends-moi les Kajuvârs.

—Te les rendre? dit le prince hilare. Mais pour qui te prends-tu pour me donner des ordres ainsi?

L'homme ailé porta sa main à sa ceinture et tira à moitié son épée brûlante d'énergie blanche.

—Pour un combattant au compte de la *Lumière*, tu le sais très bien. Maintenant rends-moi ces démons ou bats-toi.

Devant cette menace, Shnar repoussa sa cape par derrière. Il dégaina sa rapière noire et la pointa vers son adversaire en le provoquant :

—Alors, oseras-tu enfin te mesurer à moi ?

L'Ange Arc-en-Ciel se rua vers Shnar en brandissant son épée qui laissait une traînée d'énergie miroitante. Ses ailes déployées au maximum frottaient toujours sur les deux côtés du passage. Il tenta un premier coup, mais le prince le bloqua avec sa rapière noire. Shnar répliqua aussitôt en pourfendant l'air de trois solides élancées. L'ange les esquiva toutes miraculeusement.

L'homme ailé pivota et il fouetta Shnar avec une de ses ailes. Le coup fut si solide qu'il propulsa Shnar contre le mur. Il en échappa son arme. L'ange maintint son aile contre le dos du prince et pressa de plus en plus fort pour amplifier la douleur. Il tourna ensuite son regard vers nous et il s'écria :

—Cet homme est dangereux ! Partez d'ici au plus vite, gagnez l'extérieur ! Je vous conduirai dans un endroit sûr.

Je voulus suivre son conseil, mais Sintara ne semblait pas du tout être d'accord.

—Pars si tu veux, moi je reste, me lança-t-elle en me jetant un regard rempli d'agressivité.

Avant que je ne puisse lui répondre, Shnar parvint à se libérer de la prise de l'ange. Il roula sur le sol, agrippa de nouveau son arme et il repartit à l'assaut.

Nous assistâmes à un échange de coups ahurissant, portés par deux combattants aussi rapides que l'éclair. Shnar rugissait comme un lion pendant que l'ange gardait toute sa concentration pour bloquer les attaques. Il esquiva une dizaine d'assauts pour n'en porter qu'un seul, aussi dévastateur que précis, qui fit voler Shnar contre le mur si violemment que le sol trembla.

L'Ange Arc-en-Ciel réitéra son ordre :

— Fuyez immédiatement ! Je ne pourrai pas retenir Shnar éternellement !

J'invitai à nouveau ma sœur à me suivre. Elle recula d'un pas en guise de réponse.

— Je t'ai dit que je resterais avec Shnar.

— Je t'en supplie, Sin ! Nous devons faire confiance à cet ange !

— Rien ne me fera changer d'opinion. De toute évidence, ton ange sera bientôt vaincu…

Ébahie par sa réponse, je retirai ma main et je déguerpis à toute allure au creux des ténèbres de la mine. Les sons de la bataille reprirent durant ma course, faisant retentir autant de percussions de fer que de cris de douleur à travers chaque couloir. Je voulus regagner l'échelle qui menait au niveau supérieur, mais le labyrinthe complexe des mines m'avait complètement déroutée. Je m'enfonçai si profondément que la bataille ne devint plus audible.

Je n'entendais plus rien du tout…

L'ambiance de la caverne devint étrangement calme. Exténuée, je me laissai choir pour me reposer et pour réfléchir. Il me fallait à tout prix sortir de cet endroit. Les tunnels ne semblaient mener nulle part.

Soudain, j'entendis quelqu'un s'approcher à la hâte. Je bondis sur mes pieds et je me collai au mur, hésitant entre prendre la fuite ou me dévoiler. Ce pouvait autant être Sintara ou Shnar que l'Ange Arc-en-Ciel. J'entendais clairement le bruit des haillons épais battre dans l'air, accompagné de celui des bottes qui foulaient le sol rocailleux. Une ombre floue émergea du couloir et se jeta sur moi. J'entrevoyais ses yeux luisants de couleurs vives. Il s'agissait de l'ange, à nouveau dépourvu de ses ailes.

—Je te trouve enfin, me dit-il dans un soupir de soulagement. Tu vas venir avec moi. Nous devons nous éclipser sans tarder, sinon Shnar nous rattrapera.

À peine eut-il prononcé ces mots qu'il me hissa sur son épaule et qu'il fonça dans la nuit. Il semblait à l'aise dans cette pénombre accablante.

—Où est ma sœur?

—Ta sœur s'est rangée du côté de Shnar, j'ai dû abandonner le combat parce qu'elle s'y est jointe. Elle ne viendra pas avec nous.

—Je ne veux pas laisser ma sœur avec Shnar ! Laissez-moi, je vais aller la chercher !

—Pas question, c'est trop risqué. Ta sœur n'est plus elle-même. Si tu vas la retrouver, elle te fera du mal. Je regrette de devoir t'apprendre que le sang qui coule dans vos veines est celui des démons. Vous deviendriez un danger pour moi et mes alliés, surtout si vous vous trouviez entre les mains d'un homme aussi malin que Shnar.

—Vous me faites peur. Pourquoi dites-vous de telles choses ?

—Je ne dévoile que les faits.

L'homme grimpa dans l'échelle d'une seule main, en me serrant contre sa poitrine. La chaleur de son corps réchauffait ma peau gelée, je me sentais merveilleusement détendue et en sécurité entre ses bras.

Je voyais à peine à quoi ressemblait mon sauveur à cause de l'ombre projetée par son capuchon. Toutefois, durant la course, je pus contempler et même toucher le bas de son visage du bout des doigts. Il avait une peau lisse, imberbe, comme celles des jeunes adultes.

Une fois à l'étage supérieur, l'homme fila de plus belle dans les corridors des mines pour enfin atteindre la clarté du jour. Le vent soufflait toujours aussi fort et aucun travailleur ne se trouvait sur le chantier. L'Ange Arc-en-Ciel s'arrêta alors et il me déposa :

—Nous allons nous rendre ensemble vers le nord-est pour atteindre la ville de Pur-Dufonio. Une fois là-bas, je serai en mesure de te conduire dans un endroit sûr.

Mon sauveur regarda rapidement par-derrière.

—Dépêchons-nous avant que Shnar ne nous rattrape !

Il se mit alors à courir pour sortir de la vallée. Quant à moi, je voulus le suivre, mais je perdis pied et je tombai face contre terre. Quelqu'un m'agrippa par les cheveux. Je sentis aussitôt la froideur d'une lame s'appuyer fermement contre ma gorge. Ma panique devint si intense que je ne pouvais plus respirer. Lorsque l'ange vit la scène, il se retourna et il cria :

—Bimosar, lâche cette fille !

—Jamais ! hurla mon agresseur. Cette Kajuvâr est à nous et elle doit servir notre cause. Je préfère de loin la tuer que de la voir s'enfuir à tes côtés.

Bimosar tenta de m'enfoncer son couteau dans la gorge, mais la lame ne s'avéra pas être suffisamment acérée pour traverser ma peau coriace. Dans un éclair de fumée rougeoyant, l'ange déploya à nouveau ses ailes multicolores et il dégaina sa longue épée pour bondir sur Bimosar avec la férocité du tigre. Mon agresseur me poussa au sol et il tira lui aussi une épée pour se défendre contre l'homme ailé.

—Sauve-toi dans les bois, va au nord à Pur-Dufonio. Je t'y rejoindrai près de la fontaine. Pars *maintenant*! me cria mon fidèle protecteur pendant qu'il croisait le fer avec son ennemi.

Je les voyais s'affronter avec une énergie alimentée par une rage surnaturelle. Bimosar frappait durement. L'Ange Arc-en-Ciel repliait ses ailes sur lui pour bloquer les coups. Quant à moi, je ne voulus pas assister à une telle scène pour une deuxième fois ; je plongeai craintivement dans les bois dans la direction indiquée par l'homme ailé. Je courus si vite et pendant si longtemps que personne n'aurait jamais pu me retrouver, qu'il s'agisse d'un ami ou d'un ennemi.

Chapitre V

Daneruké

Ma course dans les bois dura plusieurs heures. Je bondissais entre les pierres et les arbustes et ne m'arrêtais que pour reprendre mon souffle. Je ne prenais même pas le temps d'écarter la végétation, fonçant tête baissée à la vitesse d'une proie pourchassée par un prédateur. Si un mur s'était dressé sur mon chemin, je l'aurais défoncé sans réfléchir.

Shnar, l'Ange Arc-en-Ciel, Bimosar et Sintara se trouvaient certainement loin derrière. À mon départ, le soleil brillait au zénith et là, il laissait lentement place à la nuit. Je n'avais cessé de courir vers le nord pendant tout ce temps. Je suivais les conseils de l'ange, le seul être au monde qui m'apparaissait dorénavant digne de confiance.

L'obscurité vespérale tomba et la chaleur du jour se dissipa, aspirée, semblait-il, par la lune qui montait. Mon souffle se condensait dans l'air et la brise dissipait la fumée immédiatement. Je réalisai alors pour la première fois toute la distance que j'avais parcourue, je fermai les yeux et je laissai l'environnement m'envahir de ses murmures. J'entendais les feuilles des arbres qui s'agitaient au gré du vent, des insectes qui volaient dans l'herbe et deux ou trois oiseaux nocturnes qui hululaient discrètement. Il aurait été impossible de me sentir davantage abandonnée et vulnérable au cœur de cette contrée sauvage. Je n'osais même plus respirer ni penser.

Exténuée et affamée, je continuai tout de même à marcher. Seuls quelques arbres forts et immenses réussissaient à survivre dans une terre aussi sèche. Il y en avait bien peu et la petite végétation était plutôt rare.

Je butai accidentellement contre une grosse roche et je perdis l'équilibre. Ma vision s'embrouilla sous l'effet d'une intense fatigue, mais je me relevai tout de même. Je devais me rendre à Pur-Dufonio, il s'agissait là de mon unique objectif.

À bout de force, mon pied se coinça dans un débris métallique et je tombai face contre terre. Il me fallut plusieurs secondes avant de trouver la force de me relever.

Lorsque je réussis enfin à me relever, je constatai que j'avais trébuché sur un plastron de fer rouillé qui recouvrait un squelette humain qui gisait, intact, au pied d'un arbre. Deux épines noires de la longueur d'un javelot lui traversaient le torse. Il devait s'agir des restes d'un des nombreux aventuriers qui avaient voulu explorer cette forêt dont Shnar m'avait parlé.

Bien que ce tas d'os encore assemblé propageât une aura macabre dans l'air, il ne m'effrayait guère. Au contraire, je crus même ressentir une certaine attirance pour cet aventurier défunt ; il me donnait l'impression de se reposer paisiblement à l'ombre de ce grand arbre, n'attendant que l'aurore pour se remettre à sa quête, l'accomplir et rentrer chez lui.

Je m'assis en face de lui, comme si nous étions en train de discuter, sans toutefois prononcer un seul mot. Je lui empruntai sa cape à moitié déchirée et je l'enroulai autour de moi pour me réchauffer. Je retirai également l'épée écorchée de son fourreau et la piquai dans le sol, devant moi, en laissant retomber le manche sur mon épaule. Je crus entendre le squelette me souhaiter bonne nuit, mais je devais halluciner.

Je serrai l'arme contre moi et je m'endormis. Peu à peu, mes mains relâchèrent la lame. L'arme tomba par terre et se brisa en cinq morceaux identiques. Trois étaient bien en vue et les deux autres étaient enfouis sous la terre et les feuilles mortes.

Il faudrait désormais retrouver les cinq morceaux pour reconstituer cette épée...

* * *

J'émergeai d'un sommeil sans rêve qui ne m'avait pas du tout reposée. Tout mon corps tremblait encore, transi de froid. Même mes oreilles et le bout de mon nez étaient engourdis.

Le squelette gisait toujours à mes côtés, toujours aussi silencieux et serein. Il n'avait évidemment pas bougé depuis la veille. Sans toucher aux morceaux de l'arme qui s'était brisée durant la nuit, je me relevai pour reprendre ma course à travers la forêt.

J'eus une pensée pour toutes les personnes qui avaient partagé ma vie ces derniers temps. L'image de mon libérateur, l'Ange Arc-en-Ciel, me vint à l'esprit en premier, suivie de celle de Mosarie, de Sintara, puis de celle de Shnar, qui détruisit tout.

Si nous n'avions pas amené le prince chez nous, aucun des événements survenus au cours des derniers jours n'aurait eu lieu. Sintara et moi serions rentrées à la maison seules et Kakimi nous aurait emmenées avec lui deux semaines plus tard. Cette option était désormais irréalisable. Si je rebroussais chemin pour regagner la maison, Shnar allait me retrouver rapidement. J'avais également perdu Sintara, car elle avait refusé de me suivre : elle avait choisi le prince.

Il ne me restait plus qu'à errer jusqu'à Pur-Dufonio, en espérant que l'ange allait m'y retrouver.

Mon long voyage dans les bois dura deux jours. Pour survivre, je me nourrissais de baies sauvages qui poussaient dans certains arbustes que je croisais, même si elles se faisaient très rares vu la fraîcheur de la saison. Le terrain montait et descendait sans cesse, comme si cette région n'était constituée que d'une longue série de collines abruptes. Après avoir tourné en rond dans une vallée pendant plus d'une heure, je grimpai sur une paroi rocheuse pour observer l'horizon. Au sud, je ne vis que la forêt qui s'étendait à perte de vue. Au nord, j'aperçus un sentier qui traversait les plaines de l'ouest et qui bifurquait en arc jusqu'au nord. Je distinguai une série de caravanes qui roulaient vers l'ouest. Il y en avait quatre en tout et elles voyageaient en file indienne. Je voulus les rattraper pour leur demander de l'aide, mais je ne savais pas si j'allais trouver la force d'y parvenir. Un peu de nourriture et de chaleur auraient bien suffi à combler mes besoins.

Je descendis la colline si vite que j'en perdis pied et je terminai ma descente en dégringolant. Je courus le plus vite possible en direction de la route. Je m'écroulai enfin en bordure du chemin et j'attendis le passage des caravanes. Quatre chevaux brun clair et d'allure identique tiraient la première voiture du convoi. Ils étaient dirigés par une cochère vêtue d'une chemise blanche et d'un pantalon noir qui recouvrait à moitié de longues bottes de cuir. Lorsqu'elle me vit, elle porta la main à son front. Elle devait se demander si j'étais une vision ou s'il y avait vraiment une enfant égarée devant elle. Je m'avançai alors au centre de la route. Elle ordonna à ses chevaux de faire halte et son wagon s'arrêta, ainsi que tous ceux qui suivaient. La voix affolée d'un homme âgé retentit alors de l'arrière:

—Hé! Mais qu'est-ce qui se passe? C'est déjà l'heure d'la pause?

La cochère débarqua de son siège et répondit en criant:

—Il y a une enfant sur la route!

—Quoi? Comment est-elle arrivée jusqu'ici?

Il descendit lui aussi de son wagon et il vint nous rejoindre. Le vieux était habillé d'un accoutrement vert foncé tacheté d'une série de marques noires et brunes. Son visage ridé paraissait sévère, il semblait d'humeur désagréable.

—Qu'est-ce que vous faites ici ma p'tite demoiselle? Smilorana et Pur-Dufonio, c'est pas à la porte!

—Arcaporal, retournez à votre poste, je peux m'occuper moi-même de cette jeune fille.

—Mais Pirie, qu'est-ce que vous allez en faire? Z'allez tout de même pas la laisser sur le bord d'la route?

—Je voulais d'abord lui demander son nom et d'où elle vient, mais vous m'avez interrompue!

La dame se retourna vers moi et me posa la question avec un grand sourire.

—Je suis Alégracia, répondis-je la tête baissée à cause de la gêne. J'habitais une maisonnette au sud, près de la mer, mais ma mère m'a abandonnée. Elle a pris un bateau au port de Smilorana pour se rendre au Drakanitt.

—Ta mère t'a laissée toute seule?

—Oui... mais elle n'y est pour rien. Il lui fallait partir un jour ou l'autre.

L'Arcaporal, qui écoutait la conversation en arrière, me lança :

—Prendre le bateau à Smilorana? Mais y'a plus d'port à Smilorana. C'lui-là a dû fermer y'a cinq ans à cause d'une infestation de balbales dans le secteur. Ces bestioles bouffent la coque des bateaux. Aujourd'hui, le port le plus proche, c'est Xatrona dans la Contrée-Bleue!

—S'il vous plaît, Arcaporal Smithen, retournez à votre poste.

Le vieil homme repartit en mâchant ses mots et la cochère me redonna aussitôt toute son attention.

—Où te rends-tu ainsi?

—Je dois me rendre à Pur-Dufonio. On m'y attend.

—D'accord. Nous pouvons t'emmener si tel est ton désir, nous nous rendons là-bas pour présenter notre prochain spectacle, un avant-goût de la Fête de l'Automne qui sera présentée à Holbus dans quelques semaines. Ça sera bien plus facile que de marcher toute cette distance, ne crois-tu pas?

—Vous êtes vraiment gentille, lui répondis-je en souriant. Mais au fait, à quelle distance est-ce, Pur-Dufonio?

—Humm… nous arriverons demain en avant-midi. La nuit tombera bientôt, il nous faudra nous arrêter dans environ deux heures pour faire reposer les bêtes. Nous reprendrons la route très tôt demain matin, car nous présentons notre spectacle en soirée et nous devrons monter la scène et nous préparer.

—Je vois. Dans quel wagon puis-je monter?

—Tu iras dans celui de Daneruké. Il adore les enfants! Je suis certaine qu'il t'y accueillera avec grand plaisir.

La cochère me prit par la main et me conduisit vers la deuxième caravane du convoi. Elles étaient toutes de grande dimension mais peu élevées. Faites de bois peinturé rouge et jaune, elles roulaient sur des roues renforcies avec des armatures de fer. Chacune d'elles était tirée par quatre chevaux brun clair.

L'Arcaporal avait déjà repris sa place sur le siège de la dernière caravane du convoi. Trois hommes aux habits extravagants discutaient près de la troisième caravane sans nous porter la moindre attention. La deuxième caravane était dirigée par un homme dans la cinquantaine, au front dégarni de ses cheveux noirs ramenés vers l'arrière. Sa carrure m'impressionnait; ses muscles gonflés étaient très apparents sur ses bras découverts.

—Daneruké, cette jeune fille est perdue, elle doit se rendre à Pur-Dufonio. Je lui ai offert de l'escorter jusque-là. Accepterais-tu de la prendre avec toi pendant le voyage?

—Avec plaisir, répondit Daneruké. Mais d'où sort-elle au juste ? Elle n'a pas pu se rendre jusqu'ici sans aide, non ?

—Cette jeune fille provient des Bois-Verts, c'est ce que j'ai pu comprendre de ses propos.

—Bien. Je vais appeler Samocure pour qu'il dirige la caravane pendant que j'installe la petite à l'intérieur.

Daneruké passa la tête dans une ouverture et cria à son compagnon de venir le remplacer. Peu après, un garçon âgé de treize ou quatorze ans vint s'asseoir sur le siège du cocher.

—Samocure, nous allons avoir une invitée le temps de nous rendre à Pur-Dufonio. Tu dirigeras les chevaux jusqu'à l'heure d'arrêt prévue.

—Mais Daneruké, répondit-il sans trop bien comprendre, il n'y a que deux lits dans la loge.

—Je lui prêterai le mien pour cette nuit, à moins bien sûr que tu ne veuilles lui céder le tien.

—Non, ton lit fera l'affaire ! J'ai tellement travaillé pour mériter cette place que je compte bien la garder ! Et il me faut être en pleine forme pour le spectacle de danse qui aura lieu demain !

Daneruké cria à Pirie de reprendre la route, puis il me fit entrer dans sa caravane par la porte de côté. Vue de l'extérieur, elle ressemblait plutôt à une vieille boîte à pain décrépite, mais de l'intérieur, c'était bien différent. La vaste et unique pièce qui la composait était garnie de quatre fauteuils apparemment confortables qui reposaient sur un grand tapis multicolore. Deux tables en coin côtoyaient deux lits superposés et trois armoires en bois fraîchement ciré. Une série de fenêtres s'étendaient le long des deux murs les plus longs. Leurs rideaux bleu clair s'agitaient sous les perturbations engendrées par les inégalités du chemin. Le plancher craquait sous nos pas et le plafond n'était pas très haut. D'ailleurs, les cheveux de Daneruké le frôlaient.

— Vous faites des spectacles de danse ? lui demandai-je par curiosité.

— Oui ! Le jeune Samocure et moi présenterons notre numéro à Pur-Dufonio dès demain. C'est un jeu de danse rapide exécuté sur les airs des musiciens de la troupe. Tu pourras rester pour nous voir, si tu le désires.

— J'aimerais beaucoup ! Je danse moi aussi vous savez, mais je ne pratique cet art que sous le chant des oiseaux.

— Le chant des oiseaux ? Voilà un air plutôt original ! J'aimerais vous voir à l'œuvre !

— Je n'ai jamais eu de vrais spectateurs. Je danse toujours seule dans la nature, dans l'unique but de me détendre.

Daneruké m'invita à m'asseoir sur son fauteuil.

— Tu es transie ! Laisse-moi te préparer une bonne boisson chaude.

Il alla choisir certains ingrédients dans son armoire et il les mélangea avec de l'eau qu'il avait fait chauffer sur la flamme d'un vieux brûleur à l'huile. Daneruké me l'offrit enfin dans un bol blanc et, après m'être assurée qu'elle n'était pas trop chaude, j'en avalai une bonne gorgée. Cette boisson brunâtre avait un goût sucré et elle me revivifia l'esprit. J'en pris aussitôt une autre gorgée, puis une autre…

— Vous semblez apprécier mon chocolat chaud ! s'exclama Daneruké en riant. C'est une vieille recette qu'on connaît très peu par ici, car les ingrédients ne poussent que dans les jungles tropicales du Drakanitt. Je dois les acheter à un prix fou !

— Mais c'est si bon !

— Je sais ! Je sais ! Il me faut dépenser une véritable petite fortune pour m'en garder une réserve.

Daneruké reprit un air sérieux et il m'observa de ses yeux brun foncé.

— Dites-moi, pourquoi étiez-vous toute seule tout à l'heure, sur le bord de la route ? Pirie m'a dit que vous arriviez des Bois-Verts. Pourtant, on dit que ces forêts sont vierges… que personne ne réside en ces lieux.

Nombreuses sont les légendes sombres sur cette province.

—J'habitais dans une maison sur le bord de la mer avec ma mère Mosarie et ma sœur Sintara. Notre mère nous a quittées en nous laissant entre les mains de Shnar, mais je me suis enfuie de chez lui.

—Shnar ? Le Shnar ? Le prince d'Holbus ?

—Oui ! Il prétend être le fils d'Izmalt, le roi.

—Mais que pouvait bien faire notre prince dans les Bois-Verts ? Le roi ne cesse de répéter que Shnar se trouve au Drakanitt, en mission diplomatique.

—C'est faux ! Shnar est d'ailleurs là pour retrouver un objet qu'il recherche depuis bien des années, le Serpent d'Argent, qui est profondément enfoui sous la terre. Le Serpent d'Argent dégage une magie si puissante que même les détecteurs ne lui résistent pas et qu'ils se brisent.

—Oh là ! Vous m'apprenez des choses bien étranges, petite… petite… quel est votre nom ?

—Je m'appelle Alégracia.

—Moi je me nomme Daneruké Lorcana. Je suis enchanté de faire votre connaissance, jeune Alégracia.

Il s'assit en face de moi et nous discutâmes longuement à propos de mes origines, de la raison pour laquelle j'étais restée si longtemps isolée du monde et pourquoi ma mère avait émigré au Drakanitt. Je lui parlai également de l'expédition que nous avions faite, Sintara et moi. Puis je lui racontai notre séjour chez le prince Shnar et comment l'Ange Arc-en-Ciel était venu pour nous sauver.

—Tout cela a des allures de conte de fées, Alégracia. Mais il serait bien inutile pour une jeune fille aussi gentille de me mentir, je vous croirai donc. Alors, cet *Ange Arc-en-Ciel* qui vous a délivrée, il vous attendra à Pur-Dufonio?

—C'est ce qu'il m'a crié avant que je m'enfuie. Il a mentionné une fontaine.

—Il parlait sans doute de la fontaine que le druide Ray Demeville a sculptée jadis. Lorsque nous y serons, voudriez-vous me le présenter?

—Bien sûr, mais je ne le connais pas beaucoup. Je ne lui fais confiance que par pur instinct, parce que son aura m'y incite. Et vous, avez-vous déjà entendu parler d'un ange semblable?

—Oui et non. Il existe bel et bien une légende sur un ange aux ailes rayonnantes de nuances multicolores, tel tu me l'as décrit. On croit qu'il œuvre pour le compte de la rébellion des Collines-aux-Aurores-Pourpres. Vois-tu, si le Serpent d'Argent s'avère être une arme aux pouvoirs démesurés et si Shnar veut mettre la main dessus secrètement, c'est logiquement parce qu'il compte l'utiliser pour vaincre les rebelles.

—Ces rebelles des Collines-aux-Aurores-Pourpres, qui sont-ils au juste ?

—C'est la rumeur la plus courante de notre temps. Il s'agirait d'un groupe de gens qui s'opposent au pouvoir du roi Izmalt. Ils œuvreraient en secret, en se mêlant à la population dans le but d'acquérir de l'information.

« Selon les histoires, leur chef serait un devin qui aurait prédit que le roi Izmalt se préparait à détruire le Continent-Coloré. Malheureusement pour leurs affaires, les rebelles ignorent comment le roi veut s'y prendre pour accomplir un tel dessein, ni quelles sont ses motivations réelles. Pour l'instant, ils chercheraient à prouver au peuple qu'Izmalt n'est pas aussi bon qu'il le laisse paraître. Ils veulent aussi mettre la lumière sur cette vision de *destruction*. Mettre à jour son plan, quoi. »

—Est-ce que le Serpent d'Argent serait une preuve tangible ?

—Certainement ! Il est anormal que le roi Izmalt s'intéresse autant à cette relique, d'autant plus qu'il la cherche en cachette depuis presque quatre ans, comme tu me l'as précisé. Cet Ange Arc-en-Ciel, s'il fait bien partie de la rébellion, voudra sans doute te faire subir un interrogatoire serré à propos des activités du prince.

—Et vous, monsieur Daneruké, de quel côté êtes-vous ?

—À vrai dire, j'ai toujours eu de grands doutes quant à la famille royale. Faisant partie d'une troupe de spectacle qui voyage à travers tout le Continent-Coloré, j'ai entendu des propos de tout acabit. Ces rumeurs de rébellion et de corruption royale me sont familières. On entend de nouveaux chapitres à ces histoires en franchissant chaque coin de rue.

Daneruké cessa de parler pour prendre une gorgée dans sa tasse. Il recommença ensuite :

—Le roi Izmalt et son fils Shnar ne m'inspirent aucune confiance, tes dires viennent confirmer mes doutes. On prépare quelque chose, de toute évidence, mais impossible de dire de quoi il s'agit. Après tout, qu'est-ce qu'un roi aimé voudrait de plus ?

Un brouillard de mystère enveloppait effectivement toute cette histoire et je craignais d'y être impliquée. Un roi corrompu qui désire détruire le Continent, des rebelles qui cherchent des preuves, le Serpent d'Argent… Tant de choses si complexes pour une fillette de douze ans, seule au monde. La simplicité était ce que j'appréciais le plus de ma vie paisible près de la mer. Je me levais le matin sans jamais me poser la moindre question sur ma journée. Seulement, mon avenir devenait de plus en plus incertain. Qu'allais-je faire une fois rendue à Pur-Dufonio ? Si j'y trouvais l'Ange Arc-en-Ciel, quel traitement me réservait-il et où allait-il m'amener ?

Pendant que toutes ces questions se bousculaient

dans mon esprit, le convoi ralentit et les wagons s'é-
cartèrent de la route pour finalement s'immobiliser.

—Ce sera bientôt l'heure de nous coucher. Je te
prête mon lit pour cette nuit. C'est celui du bas.
Samocure dormira juste au-dessus.

—Où allez-vous dormir, monsieur Daneruké?

—Daneruké seulement, pas de *monsieur*, s'il te plaît.
Je passerai la nuit sur le fauteuil.

La porte s'ouvrit et Samocure entra pour avertir son
maître :

—Les chevaux sont débridés et Okliarre veut vous
parler, à vous et à Pirie, au sujet de la fille.

—Qui est Okliarre? demandai-je à Daneruké.

—C'est notre chef et agent. D'où le nom de notre
groupe : *La troupe d'Okliarre*. Reste un moment avec
Samocure, je vais voir ce qu'il me veut.

Daneruké sortit et il se dirigea vers l'avant-dernière
caravane. Pendant ce temps, Samocure avait déjà grimpé
dans son lit pour aller dormir. Les yeux fermés, il gronda :

—J'espère que tu ne ronfles pas, j'ai horreur des gens
qui ronflent.

Je n'osai même pas lui répondre. Nous ne nous connaissions pas et, jusqu'à présent, il ne m'avait adressé la parole que pour me faire comprendre que je n'étais pas la bienvenue.

—Alors, tu vas faire un spectacle avec Daneruké demain? demandai-je poliment.

—Oui! Et je dois être amplement reposé pour bien performer, alors tais-toi et laisse-moi dormir!

Son arrogance m'attristait. C'était la première fois que je rencontrais un garçon de mon âge et il me détestait déjà. Je décidai de sortir prendre une bonne bouffée d'air. Daneruké ne se trouvait pas bien loin. Il était accompagné de Pirie et d'un homme aux cheveux blonds attachés en queue de cheval. Ce devait être Okliarre.

Pendant leur discussion, un petit homme trapu au visage dissimulé par une barbe blanche vint les rejoindre. Ses jambes étaient si courtes qu'il devait marcher en se dandinant. Ils discutèrent un bon moment, tous les quatre. Finalement, ils retournèrent tous dans leur wagon respectif. J'attendis Daneruké devant la porte.

Tu n'es pas encore couchée, Alégracia? me dit-il en me voyant.

—Qui est le petit bonhomme barbu?

—Ah, lui? C'est Bulgaboom, notre chef artificier. Il est responsable des effets pyrotechniques durant nos spectacles. C'est un passionné en la matière, je dirais même qu'il est le meilleur. Malheureusement, il éprouve certaines difficultés à communiquer.

—Des difficultés ? Quelles sortes de difficultés ?

—Et bien, la fabrication d'explosifs a toujours été sa plus grande passion. Il y a quelques années, il s'amusait à inventer de nouvelles poudres, mais une de ses expériences lui a explosé en plein visage. Bulgaboom a failli mourir. Il s'en est miraculeusement tiré… avec quelques séquelles. Depuis ce jour, il ne sait plus que rire, crier et prononcer le nom de la substance qui l'a rendu ainsi, de la *Bulgaboom*. Avec le temps, c'est ironiquement devenu son surnom.

—Que c'est triste pour lui.

—C'est triste, mais pour nous, c'est presque une bénédiction. Ce qui sortait de sa bouche, à l'époque, n'avait guère plus de sens que ce qu'il réussit à prononcer aujourd'hui. Il est bien gentil, ce Bulgaboom, mais il a toujours été un peu fou !

Daneruké rit un peu et nous rentrâmes.

—C'est l'heure de dormir maintenant…

Il alla s'asseoir dans son fauteuil et il ferma aussitôt les yeux. Sans dire un mot de plus, il s'endormit paisiblement.

* * *

Le lendemain, je fus réveillée par les secousses engendrées par les roues de la caravane qui heurtaient des roches sur le chemin. J'avais peine à ouvrir les yeux. Les muscles de mon corps étaient encore tendus à la suite de ma pénible escapade dans les bois. Je décidai alors de rester au lit et rabattis lâchement les couvertures par-dessus ma tête.

Les minutes passèrent et je flânai encore. Ce lit était confortable et le fait d'être entourée de gens accueillants et aimables m'aidait à rester calme. Je ne songeais plus aux événements des derniers jours, préférant perdre mon temps à regarder le mur de bois pour y distinguer de petits visages imaginaires dans les motifs qui ornaient les planches.

—Vous devriez vous lever, jeune Alégracia, m'annonça Daneruké déjà habillé et coiffé. Nous venons de pénétrer dans la ville de Pur-Dufonio.

Je sautai alors hors du lit et je me précipitai à la fenêtre pour ne rien manquer. La journée s'annonçait superbe, le soleil venait à peine de se lever.

Des maisons en bois et d'autres en pierres défilaient devant mes yeux sous une pluie de feuilles multicolores. Notre wagon roulait alors sur un long pavé couleur pastel qui menait au centre-ville de Pur-Dufonio, là où les maisons, aux allures vieillottes, se dressaient davantage en hauteur.

Devant nous, se dressait une somptueuse fontaine de granit, d'où coulait une eau pure comme le cristal. Deux statues gigantesques s'élevaient juste au-dessus du bassin, l'une profondément noire et l'autre d'un blanc éclatant.

La noire représentait une créature humanoïde au corps effilé dont on avait accentué le relief des muscles. Sa bouche, ouverte pour hurler, montrait une série de dents acérées. Il portait un troisième œil sur le front, un œil à la pupille étirée comme celui d'un serpent. Ses jambes rappelaient davantage des pattes d'autruche musclées que des membres humains. Même dans l'immobilité, les longs cheveux du personnage semblaient virevolter dans les airs, tel un amas d'arcs électriques entremêlés.

Quant à la statue blanche, elle avait la forme d'un homme en armure lourde dont le bas du visage était voilé. Il portait de majestueuses ailes déployées sur son dos. Ces ailes étaient si grandes qu'elles cachaient complètement la scène sous certains angles. Cet être angélique agrippait le personnage noir par la gorge et s'apprêtait à lui enfoncer son épée dans le cœur.

Des blessures bien apparentes étaient sculptées sur chacun des deux combattants et laissaient ainsi croire que leur combat avait été long et acharné.

La caravane fit halte à la hauteur de cette fontaine et nous descendîmes.

—Tous les chemins pavés de Pur-Dufonio mènent à cette fontaine. C'est une pure merveille architecturale, m'avoua Daneruké.

Je lui demandai de m'expliquer ce que représentait exactement cette œuvre. Le danseur fut ravi de voir que je m'y intéressais.

—Ces statues représentent Zarakis et Athore, un ange et un démon, qui se sont livrés un rude combat, exactement en ces lieux, il y a de cela plus d'un siècle. Regarde sur la base de la fontaine. Il y est inscrit : *Pur-Dufonio*. Dans le dialecte angélique ça signifie «Le mal chassé». Ce combat a été gagné par l'ange Zarakis, lorsqu'il a enfoncé son épée de *Lumière* dans le cœur du démon Athore.

Daneruké regarda tout autour de lui.

—C'est sans aucun doute ici que ton ami voulait te rejoindre. Apparemment, il ne semble pas être au rendez-vous, mais il est encore tôt.

Okliarre vint s'adresser à Daneruké d'un air pressé :

—Je dois aller rencontrer la duchesse pour obtenir sa signature. Bulgaboom et Smithen s'apprêtent à monter la scène. Ils en auront pour plus d'une heure et demie. Essaie donc de trouver le tuteur de cette fillette en attendant.

Il disparut immédiatement dans une des ruelles en

courant. Daneruké reprit la discussion avec calme, comme s'il ne se souciait guère de l'intervention de son patron :

—De quoi a l'air celui que tu dois rejoindre ?

—Je n'ai pas pu distinguer clairement son visage, il le camouflait avec un capuchon noir. Mais ses yeux luisaient de toutes les couleurs ! Et il avait un visage jeune et une peau lisse. Lorsqu'il se battait, il déployait de grandes ailes vaporeuses aux teintes multicolores !

—Quelle chance tu as ! Très peu de gens ont le privilège d'admirer un ange à l'œuvre au cours de leur vie. C'est dommage qu'il soit absent.

—Il a peut-être eu des ennuis ?

—C'est possible. Les Bois-Verts regorgent de surprises étonnantes.

Le danseur s'arrêta un moment pour réfléchir. Il m'observa, de la tête aux pieds, attentivement.

—Mais je crois, jeune fille, qu'il serait bon de t'informer sur les affirmations de ton ami avant de lui donner toute ta confiance. Souviens-toi : il t'a avoué que du sang de démon coulait dans tes veines.

—Que voulez-vous dire ?

—Tu ne ressembles pas à un démon. J'ai une

ancienne connaissance qui habite Pur-Dufonio. Son nom est Copico Artis'Teming. Il est le descendant d'une longue lignée de chasseurs de démons, réputée à travers tout le Continent-Coloré.

« Copico a cessé ses voyages à cause de son grand âge, mais je sais qu'il possède maintenant une bibliothèque débordante d'informations que ses ancêtres ont rassemblées tout au long de leur vie. Nous pourrions lui rendre une petite visite pendant que Smithen et Bulgaboom montent la scène, qu'est-ce que tu en dis?»

J'acceptai l'offre. Mettre de l'ordre dans mes idées s'avérait être une excellente idée. Daneruké m'escorta dans les ruelles illuminées d'un doux soleil matinal. Il frappa à la porte d'une bâtisse ancienne. Un vieil homme vêtu entièrement de blanc vint répondre. Sa peau plissée révélait toute la vérité sur son âge avancé et son regard, noir et profond, ressemblait à l'intérieur obscur d'un puits.

—Bonjour, monsieur et mademoiselle, dit-il en souriant. Nul besoin de frapper pour entrer, car la boutique est ouverte.

—Vous êtes bien Copico Artis'Teming? demanda Daneruké un peu perdu dans sa mémoire.

—Oui! C'est écrit juste là, sur l'enseigne.

Il montra du doigt un écriteau où les mots «Souvenirs, Copico Artis'Teming» apparaissaient gravés en relief.

—Souvenirs? N'étiez-vous pas un chercheur qui étudiait les démons et les anges de notre monde?

—En effet, telle était mon occupation principale, il y a quelques années. Mais les affaires roulaient plutôt mal. Les gens qui visitent cette ville sont davantage des touristes ignares que des érudits en quête de savoir. On préfère m'acheter des poupées à l'effigie de Zarakis le Solarius que de me questionner sur les forces qui maintiennent l'équilibre de notre monde. J'ai donc suivi la demande générale en transformant mon antre de recherche en boutique de souvenirs. Vous êtes arrivés au bon moment, car j'ai une promotion intéressante cette semaine! Si vous achetez une figurine d'Athore, vous en recevrez une deuxième gratuitement!

—Je ne suis pas ici pour acheter des poupées. Cette jeune fille et moi aimerions vous soumettre à de *vraies* questions, car je sais que vous êtes un connaisseur en matière de démons et d'anges. Il n'y a qu'un membre de la famille Artis'Téming qui puisse nous aider.

—Mais qui êtes-vous donc? demanda Copico en se frottant le menton. Votre visage m'est familier.

—Je suis Daneruké Lorcana et voici ma protégée, Alégracia.

—Daneruké? Ce nom me dit quelque chose… N'étiez-vous pas un de mes étudiants à l'Académie de

Guerre de la Vallée-Rouge, dans les années précédant la Grande Libération?

—Oui, vous étiez mon professeur de neuvième année à l'Académie. Votre savoir et vos précieux conseils m'ont sauvé la vie à maintes reprises durant les marches contre la Contrée-Bleue.

—Je me souviens effectivement de vous, Lorcana, et si mes souvenirs sont bons, vous étiez un vrai prodige en matière de danses magiques. Toutes les bouches criaient que Daneruké était le plus vif, le plus rapide d'entre tous. De la même trempe que le jeune Moveïf. Personne n'osait vous faire face durant les entraînements. Grâce à vos capacités exceptionnelles et votre rapidité d'apprentissage, vous avez obtenu votre diplôme en onzième année plutôt qu'en douzième et vous avez participé à la Grande Libération avant tout le monde, en laissant derrière vous des centaines d'envieux. N'êtes-vous pas toujours dans les forces militaires de la Vallée-Rouge?

—Heureusement, non. Lorsque la paix est revenue entre les deux provinces, j'ai abandonné mes grades et je me suis retiré pour m'épanouir dans la vie d'artiste. Quand j'étais petit, mon plus grand rêve était de voir le monde. L'armée m'a permis de le réaliser, mais aujourd'hui, ma troupe de troubadours le fait encore mieux. Je préfère ne plus avoir à blesser qui que ce soit dorénavant.

—Vous êtes un homme bien sage, Lorcana. Puisque

vous étiez l'un de mes meilleurs élèves, je vous laisserai consulter les ouvrages ancestraux de ma famille. Ma bibliothèque est dissimulée dans la cave. Suivez-moi.

Nous suivîmes Copico dans sa boutique. Elle regorgeait de marchandises destinées aux touristes : des figurines à l'image de Zarakis et d'Athore, des contes de fées au goût du jour, de même que des ailes artificielles pour déguiser les enfants comme leur idole.

—Je suis mal à l'aise de devoir me pervertir ainsi, bredouilla Copico avec trop d'hésitation, comme s'il disait un mensonge mal préparé. Il est désagréable d'abaisser un des événements qui a marqué notre ère pour remplir ses coffres.

Il nous guida derrière son bureau, où un escalier couinant menait à l'étage inférieur. L'odeur âpre du bois sec et de la poussière m'emplit les narines.

—J'aurais voulu que l'endroit soit plus propre pour les visiteurs, mais je ne descends que très rarement dans cette cave. Depuis que ma fille unique a quitté le toit familial, elle n'a plus le temps de venir épousseter mes vieux livres.

Le chercheur tira vers nous deux chaises qu'il plaça devant une grande table grinçante. Il nous apporta des boissons froides aux herbes fraîches avant de nous demander :

—Alors, pour quelle raison êtes-vous venus consulter un membre du clan Artis'Teming?

Pendant qu'il posait sa question, Copico plaçait ses mains bien en évidence sur la table afin que nous puissions contempler la bague d'argent gravée des lettres *AT*, qu'il portait autour du majeur droit. Daneruké lui répondit:

—Nous aimerions avoir de l'information sur les démons.

—Il en existe des tas d'espèces. De laquelle s'agit-il précisément?

Daneruké me regarda pour que je réponde à la question. Je pris donc la parole:

—J'ai passé quelques jours chez des gens de la famille royale la semaine dernière avec Sintara, ma sœur jumelle. Si je me souviens bien, on nous appelait parfois *Les Kajuvârs*. J'ai également rencontré un homme doté de grandes ailes multicolores qui a insinué que du sang de démon coulait dans nos veines.

Je profitai de l'occasion pour lui raconter en détail toutes les péripéties que j'avais vécues en compagnie du prince Shnar, aux mines. Copico me regarda d'un air sceptique.

—Kajuvâr, dis-tu? C'est l'espèce de démon la plus célèbre de la ville de Pur-Dufonio et l'une des plus répandues sur notre Continent. Athore a été le plus puissant d'entre tous. La seule différence physique qui le distinguait des autres était cet œil bleu plaqué sur son front. Laissez-moi trouver mon livre, je pourrai vous en dire plus sur les Kajuvârs.

Copico fouilla minutieusement dans sa bibliothèque et il en extirpa un ouvrage noir aux bordures renforcées d'argent. Après avoir feuilleté une dizaine de pages, il lut à voix haute :

—Les Kajuvârs. Ces démons ont la forme d'un humanoïde moyen. Ils ont la peau noire et les yeux blancs et vitreux. Leurs cheveux argentés flottent constamment dans les airs, comme s'ils étaient soumis à l'effet de violentes bourrasques de vent.

« Les Kajuvârs font partie de la famille des démons métamorphiques, c'est-à-dire qu'ils peuvent prendre la forme d'un humain ordinaire lorsqu'ils le désirent. Sous cette apparence, il est difficile de déterminer la vraie nature du démon.

« Les Kajuvârs sont les plus purs représentants des *Ténèbres* dans notre monde. Sous leur forme de démon, leur agressivité et leur force surnaturelle sont inégalables. Leurs jambes aux articulations doubles permettent à la créature de courir à des vitesses phénoménales. Lorsqu'ils courent à quatre pattes, ils peuvent surpasser n'importe quel étalon royal. À moins qu'ils ne prennent une forme humaine, ces démons ne peuvent articuler des mots compréhensibles. Leur vocabulaire ne se

limite qu'à des rugissements bestiaux et à des siffle-
ments stridents.

« Au combat, les Kajuvârs sont des adversaires redoutables. Leur tactique favorite demeure l'offensive
soutenue. Pourtant inépuisables, ils se ruent sans
réfléchir sur leurs adversaires en les achevant le plus
rapidement possible. Et c'est là leur point faible : les
Kajuvârs ont une peau très sensible. Un seul coup bien
placé suffit pour les neutraliser, mais malheureusement, très peu de combattants survivent assez
longtemps pour réussir un tel exploit. La plupart de
ceux qui ont péri sous l'assaut d'un tel démon
n'avaient même pas eu le temps de dégainer leur
arme.

« Sous leur forme humaine, les Kajuvârs essaient
généralement d'agir comme des gens normaux et ils
se mêlent habilement à la population. Quelqu'un qui
prend le temps de connaître un Kajuvâr se rendra vite
compte qu'il est d'un tempérament désagréable, voire
excessivement agressif, et qu'il ne respecte rien ni
personne sauf peut-être ses semblables. Les Kajuvârs
n'en ont que pour leurs intérêts personnels.

« Il existe certains moyens de reconnaître un Kajuvâr
métamorphosé. Ceux-ci, bien qu'agiles et rapides en
démon, paraissent plutôt lourdeaux et lents en humain.
Ils démontrent une inaptitude ridicule dans l'utilisation
de projectiles. Même avec de l'entraînement, ces créatures
restent incapables de lancer des objets avec justesse
ou de manœuvrer un arc avec précision. Ils démon-

trent toutefois des capacités physiques surhumaines, surtout en ce qui concerne la force physique et la résistance à l'épuisement. Leurs sens auditifs et visuels sont d'ailleurs dix fois plus développés que ceux d'un chat. »

Copico tourna une page pour continuer sa lecture.

— Les Demi-Kajuvârs.

« Il est possible pour les Kajuvârs de se reproduire à l'aide d'un être humain. L'enfant qui naîtra d'une telle *osmose* sera appelé *Demi-Kajuvâr*, une personne à moitié humaine et à moitié Kajuvâr. Durant son enfance, il est presque impossible de différencier un Demi-Kajuvâr d'un humain normal. L'enfant pourra avoir un comportement agressif et égocentrique. À la puberté, sa force physique se décuplera et il lui arrivera de se métamorphoser en démon lorsqu'il vivra des émotions intenses de peur ou de colère. Le Demi-Kajuvâr ne sera pas en possession de tous ses moyens dans sa forme de démon, mais il apprendra bien vite à maîtriser cet aspect de lui-même.

« Si un Demi-Kajuvâr accomplit une *osmose* à l'aide d'un autre humain, l'enfant sera un Tiers-Kajuvâr. Si, à sa maturité, ce dernier se reproduit aussi avec un humain, le nouveau-né sera un Quart-Kajuvâr, et ainsi de suite. Après chaque génération, le sang de démon se dilue quelque peu, ainsi que les pouvoirs et l'agressivité. La plupart des Onzième-Kajuvârs ne vivent jamais de transformation en démon et les Vingtième-Kajuvârs ne ressentent plus l'agressivité caractéristique commune à leur race.»

Copico leva les yeux de son livre.

—Ces informations vous sont-elles suffisantes, jeune fille?

—Ce que vous venez de décrire… correspond assez bien au portrait de ma sœur. Toutefois, je suis bien différente d'elle. Je ne veux pas être un Kajuvâr et je n'en suis pas un!

—Alors tu crois que ta sœur peut en être un?

—Peut-être. Elle a la force, l'agressivité, l'égocentrisme et tout…

—Alors si ta sœur jumelle est un Kajuvâr, tu as le même sang qu'elle. Tu es donc un Kajuvâr toi aussi… je suis désolé.

—C'est impossible! Je ne suis pas un démon!

—Non? Et tes parents? Qui sont-ils?

—Ma mère est la personne la plus pure qui existe sur cette Terre et mon père est mort. Je ne l'ai jamais connu.

Copico renversa son regard et il observa Daneruké, un peu exaspéré.

—Et vous Lorcana, qu'en pensez-vous ? Se pourrait-il que cette jeune fille soit un Kajuvâr ?

—En fait, même si je n'ai jamais rencontré de démon durant ma vie, je peux vous assurer que cette fillette n'est pas une créature des *Ténèbres*. Elle est simplement trop mignonne et trop gentille.

—Bien. Dans ce cas, il n'existe que trois déductions logiques à cette énigme :

« Soit ni toi, ni Sintara n'êtes des Kajuvârs. Ta sœur a simplement un caractère désagréable qui lui est propre. Les gens de la famille royale, ainsi que l'ange que tu as rencontré, se trompent à votre sujet. Vos parents sont des humains normaux et vous n'avez rien à craindre pour votre avenir.

« Peut-être aussi que Sintara est un Kajuvâr, mais que toi tu es purement humaine. Dans ce cas, ta sœur ne serait pas vraiment ta sœur. Se pourrait-il que ce soit une enfant adoptée ? Ou que ce soit toi qui le sois ? Ou qu'elle soit, en vérité, ta demi-sœur ?

« Enfin, la dernière hypothèse, qui est peu probable mais quand même possible, serait que ta mère, qui croyait avoir rencontré un homme normal, se serait retrouvée liée à un démon qui prenait une apparence humaine. Ta mère serait tombée enceinte de lui et elle aurait accouché de jumelles, des êtres mi-humains, mi-Kajuvârs sans avoir eu conscience de leur vraie nature. Si cela s'avérait juste, Sintara et toi seriez bel et bien des démons au sang incomplet. Ta sœur réagit peut-être davantage que toi aux effets négatifs du sang noir, mais ton retard se rattrapera bientôt. Dans quelques années, ta force aura grandi ainsi que ta haine et peut-être un jour te transformeras-tu complètement en démon?»

Daneruké coupa net cette hypothèse :

—J'ose croire que cette théorie est fausse. Ne faites pas peur inutilement à cette pauvre fille innocente.

—J'aimerais être de votre avis, Lorcana, mais je suis un homme de science et d'expérience. Les apparences sont toujours trompeuses dans ce domaine où malheureusement... rien n'est simple.

Je pris à nouveau la parole, avec difficulté :

—Si vous le voulez bien, j'aimerais que vous me parliez de l'ange qui m'a aidée il y a quelques jours.

—Pouvez-vous me le décrire ?

—Bien sûr. Il ressemblait beaucoup à un humain, mais une lumière aux couleurs miroitantes émanaient de ses yeux et de grandes ailes vaporeuses et multicolores se matérialisaient sur son dos lorsqu'il se battait.

Copico fouilla longuement dans son livre, mais il ne parvint pas à trouver une race qui correspondait à ma description.

—Mon livre est très bien illustré. Si vous le voulez, vous pouvez le consulter vous-même et me dire si cet ange y est répertorié.

J'acceptai l'offre et le chercheur me tendit l'ouvrage. Sur chaque page, un ange était dessiné avec de l'encre colorée et une description complète accompagnait l'illustration. La plupart adoptaient des formes humanoïdes. Certains étaient grands, d'autres minuscules, aux couleurs et apparences variées, mais ils avaient tous un élément en commun : une paire d'ailes.

Je tournais les pages et je m'arrêtai soudain sur une image qui retint toute mon attention. Il s'agissait de six oiseaux, d'espèces et de couleurs distinctes. Ils apparaissaient les ailes déployées. Je connaissais parfaitement ces espèces, mais leurs couleurs ne correspondaient pas à celles d'oiseaux normaux. Il y avait une colombe rouge, un colibri orangé, une hirondelle jaune, un cardinal vert, un hibou bleu et un cygne violet. Le titre de cette page était : *Les Xayiris*.

Copico remarqua mon intérêt pour cette variété particulière d'anges.

—Vous savez qui sont les Xayiris ? Ce sont les esprits protecteurs du Continent-Coloré. Chacun d'eux défend une des six valeurs fondamentales de leur ordre : la paix, la beauté, la liberté, la justice, la vie et l'amour. Infatigables, ils survolent constamment le continent et font appel à des combattants qui se mettent à l'œuvre lorsqu'une de ces valeurs est en danger. Mes ancêtres ont écrit que ces petits oiseaux, aux apparences inoffensives, pouvaient se transformer en gigantesques humanoïdes de glace en s'immergeant dans l'eau. Personne d'autre, dans toute l'histoire du Continent-Coloré, ne prétend avoir assisté à un tel spectacle.

La main de Daneruké se mit à trembler, comme si un frisson intense parcourait son corps. Il soupira et il ferma les yeux pendant que Copico parlait. Puis, après un moment d'immobilité, il reprit une posture droite et il continua d'écouter notre conversation.

—Je crois avoir aperçu des Xayiris la semaine dernière, repris-je. C'était pendant que le prince Shnar m'avait sous sa garde. Seulement deux d'entre eux me sont apparus : le cardinal vert et le colibri orangé. C'est peu après que j'ai rencontré l'ange dont je vous ai parlé. Ils doivent former une équipe.

—Jeune fille, tu as rencontré les protecteurs de la liberté et de la vie. L'autre ange servait sans aucun doute ces Xayiris. Ils étaient là pour toi, pour le salut de la liberté et de la vie. C'est pourquoi ils t'ont séparée de cet homme.

—Vous voulez dire que Shnar voulait me tuer ?

—Non. Ce que je voulais dire, c'est que si Shnar voulait t'apprendre à développer tes pouvoirs de démon, tu serais devenue un danger pour la population du Continent-Coloré…

—Ça suffit ! cria Daneruké pour l'interrompre. Cette fillette n'est pas un démon ! Vous la traumatisez avec vos histoires. Pauvre petite.

—Je vous ferai remarquer que c'est vous qui avez choisi de venir me consulter, Lorcana. Je ne cherche que la vérité. Cette fillette n'est probablement pas un démon, mais le doute persiste. Les hommes intelligents sont toujours dans le doute. Il n'y a que les idiots qui soient toujours affirmatifs.

Mon protecteur prit une profonde inspiration et il reprit son discours de façon civilisée.

—Je suis désolé de m'être laissé emporter. Nous allons partir maintenant. Je crois qu'Alégracia en a assez entendu pour aujourd'hui. Acceptez ces quelques Verdars pour le temps que vous avez consacré à notre cause.

Daneruké tendit à Copico une dizaine de piécettes ovales et vertes. Après l'avoir salué, nous partîmes.

—Si vous avez encore besoin d'informations, dit Copico, vous serez toujours les bienvenus dans mon antre du savoir !

* * *

—Je ne sais pas quoi te dire, Alégracia.

Daneruké avait vraiment l'air embarrassé. Nous étions assis sur l'escalier de son wagon, en face de l'énorme fontaine du centre-ville.

—Je croyais seulement que Copico nous donnerait des informations sur l'ange qui doit te rejoindre ici. Je suis désolé pour le reste.

—Je ne suis pas un démon ! Ma sœur n'en est pas un non plus… Les démons n'existent même pas !

Daneruké me regardait droit dans les yeux comme s'il y lisait un poème doux.

—Ils existent, Alégracia, mais tu n'as pas l'âme d'un démon. Une jeune fille innocente comme toi ne peut pas en être un. Ne t'en fais pas, Copico Artis'Téming est le descendant d'une longue lignée de chasseurs de démons. Ils les ont tous combattus trop longtemps, il croit maintenant qu'ils sont partout. Tu n'as aucune raison de t'en faire.

—Mais qu'arriverait-il s'il disait vrai ? Que devrais-je faire ?

—Je t'en prie, Alégracia, ne pose plus cette question. Pour que tu puisses être un démon, ton père devait lui-même en être un. Je ne connais pas ta mère, mais je doute qu'elle se soit unie avec un être de cette espèce.

—Mosarie n'aurait jamais osé. Elle m'a dit qu'elle avait fréquenté mon père pendant presque une année avant de nous concevoir. Elle l'aimait, j'en suis sûre. S'il avait été un démon, elle l'aurait certainement su ! Et dans ce cas, Mosarie n'aurait pas choisi de nous mettre au monde pour nous léguer ce sang maudit en héritage !

Okliarre sortit soudain en courant de la ruelle qu'il avait empruntée l'heure précédente. Il se précipita vers Daneruké :

—Les dernières autorisations ont été signées par la duchesse. Le spectacle aura lieu ce soir après l'heure du souper. Tu devrais répéter ton numéro avec Samocure pour être bien prêt. Et trouve le tuteur de cette jeune fille ! Je ne veux avoir aucun problème à cause d'elle.

Okliarre disparut aussitôt à l'intérieur de son wagon, garé un peu plus loin.

—Je suis désolé, Alégracia, il est temps que j'aille répéter. Tu devrais continuer à attendre ton ami ici, il se pointera peut-être durant l'après-midi. Pour l'instant, va manger un peu. Tiens, prends ces quelques Bleuzars et accompagne Smithen et Bulgaboom. Je crois qu'ils prennent une pause pendant l'heure du dîner. Tu seras en bonne compagnie avec eux.

Daneruké me donna une dizaine de pièces ovales bleues et il m'escorta vers les deux copains.

—Est-ce que la petite peut manger avec vous ? Je dois déjà aller répéter, vous seriez aimables de vous en occuper pendant ce temps.

—Aucun problème m'sieur, répondit l'Arcaporal

Smithen en frottant son crâne à moitié chauve. Après une bonne bouffe, elle s'ra p't'être même en mesure de nous aider dans les préparatifs.

—Bulgaboom! répliqua le petit bonhomme barbu en hochant la tête.

Daneruké se pencha près de moi.

—Je vais convaincre Okliarre de te laisser voir le spectacle gratuitement. Si tu ne réussis pas à rencontrer ton ami, reviens me voir, nous trouverons alors une solution ensemble. Je n'ai pas l'intention de te laisser seule à nouveau, tu as ma parole.

Daneruké me fit un chaleureux sourire et il se retira lui aussi dans son wagon. Quant à l'Arcaporal, il laissa glisser ses sacs par terre et il s'écria:

—Ah! là, j'mangerais bien l'bœuf au grand complet! Fait chaud ici, même en automne. Ça creuse l'appétit. Et en plus on mange c'qu'on veut, c'est au frais d'la troupe! Ha! ha!

—Bulgaboom! Ha! ha! ha! répondit le petit bonhomme.

—Ou ben une bonne tranche d'autruche dans d'la sauce orangée pis sucrée… et pas d'carotte! Rien que d'la viande! C'est ça qui m'fait vivre!

—Bulgaboom!

—J'te boirais une méchante choppe de bière. Ah et pis non, du vin ! C'est même pas nous autres qui paye ! Ha ! ha !

—Bulgaboom !

—Mais on va arrêter d'parler, j'vas m'digérer l'intérieur si ça continue. Mais c'est où qu'on mange là ? J'connais pas la place ni c'qui est bon par icitte.

—Bulgaboom…

—T'as raison, on va suivre les bonnes odeurs ! On va aller par là, y'a l'air d'avoir pas mal de monde et ça commence à sentir bon ! J'ai déjà d'la salive qui m'coule dans la bouche. On va manger comme jamais !

—Bulgaboom !

—Reste juste à savoir comment on paye la bouffe par icitte. J'viens pas d'la région, j'ai jamais bien compris comment on paye les affaires. Les pièces vertes, personne prend ça contre d'la bouffe.

—Bulgaboom…

—M'semble, ça devrait pas être compliqué d'même ! M'a essayer de leur donner des bleues cette fois-ci. C'est ça qu'Okliarre m'a donné. Si yé prennent pas, j'les étrangle !

Smithen et Bulgaboom se dirigèrent dans une petite

ruelle étroite qui menait à une zone moins dense de la ville et où une centaine de gens circulaient. Je restai un peu derrière, encore gênée d'accompagner ces deux inconnus.

—Allez, ma p'tite. La bouffe attend pas ! Si tu viens pas, les autres vont toute manger à ta place !

L'Arcaporal me faisait rire. Laid et sale, il avait un caractère bien sympathique. Tout ce qu'il disait me faisait rire. Quant au petit barbu trapu qu'on surnommait Bulgaboom, il ne répétait que son nom, mais l'Arcaporal semblait toujours deviner l'orientation de ses pensées. Bref, un duo des plus inusités, une chimie parfaite.

La ruelle déboucha sur une aire ouverte et arrangée avec goût. L'aiguille de la grande horloge indiquait midi et autant de citoyens que de touristes dégustaient leur repas sur les terrasses des différents restaurants de Pur-Dufonio. Sur les enseignes, on pouvait lire : *Le druide gourmand*, *La miellé*, *Délices de terre* ou encore *Cuisine sylvestre*. L'Arcaporal ne semblait pas savoir lequel choisir.

—On va aller au Druide Gourmand parce que j'ai aussi faim que l'gros druide qui est dessiné sur l'enseigne.

Il monta sur la terrasse, puis s'assit à l'une des tables. Là, il ne fallut guère plus d'une minute pour qu'une jeune dame vêtue d'un ample accoutrement olivâtre et blanc et d'un tablier brodé d'une feuille de tilleul vienne nous accueillir. Elle demanda d'une voix agréable et invitante :

—Qu'est-ce que le Druide Gourmand peut vous offrir ?

—J'voudrais une bonne tranche de ch'val avec un demi-poulet ma belle.

La serveuse répondit d'un air embarrassé :

—C'est que nous ne servons pas de cheval ni de poulet, monsieur.

—Ben debord m'a te prendre une grosse longe de porc grillée su'l feu avec des épices pis d'la sauce orangée.

—Je suis désolée, monsieur, mais personne ne vend de viande à Pur-Dufonio. Cette ville a été fondée par un grand druide nommé Ray Demeville, et les druides du continent ne se nourrissent jamais de chair animale. En gage de respect et de reconnaissance, la nourriture que nous servons est exclusivement végétarienne. C'est d'ailleurs une loi que l'on doit respecter dans la cité.

—Quoi ? Z'allez m'laisser mourir de faim rien que pour un druide qui sait pas manger ?

À ce moment, une porte s'ouvrit avec fracas de l'autre côté de la rue. Un homme recouvert d'une cape indigo sortit d'une échoppe en bousculant toutes les personnes qui se trouvaient sur son chemin. De l'intérieur de la boutique, on criait à tue-tête: «Au voleur! Au voleur!».

Le bandit bifurqua dans une ruelle étroite qui séparait deux maisons et il y disparut. À ce moment, je fus emportée par une impulsion, une vive décharge d'adrénaline me poussait à agir. Je lançai à l'Arcaporal:

—Nous devons faire quelque chose! Il faut rattraper ce bandit!

Sans protester, il se leva de son siège et il bondit par-dessus la garde de la terrasse.

—On va montrer à c'te voleur-là c'est qui qui fait la loi icitte! Viens Bulgaboom! On va aller l'pogner!

—Bulgaboom! Ha! ha! ha!

Nous suivîmes le fuyard. L'Arcaporal prit la tête et Bulgaboom courait derrière. Le brigand s'arrêta et il nous aperçut par-dessus son épaule. Maintenant qu'il savait qu'on le chassait, il changea rapidement de direction pour tenter de nous semer. Smithen, Bulgaboom et moi courions toujours derrière lui et nous gagnions du terrain. Le voleur renversait tous les objets sur son passage pour nous ralentir, mais nous évitions agilement ces obstacles. Il tourna à un embranchement et lorsque nous y arrivâmes, il avait disparu. Je n'entendais plus l'écho de ses pas. Il devait s'être caché.

Personne ne pouvait s'en sortir avec moi à ce genre de jeu. Instinctivement, je *sentis* sa présence : des frissons parcouraient tout mon corps chaque fois que mon regard croisait un escalier de pierre, au flanc du bâtiment de droite. Je fis part de cette précieuse information à l'Arcaporal et il se dirigea, d'un pas assuré, dans cette direction. Voyant cela, le brigand bondit de derrière les marches, il sauta par-dessus une haute clôture et il reprit sa course de l'autre côté. Durant sa prouesse, il faillit déchirer les longues manches blanches de sa chemise.

—Règle-lui son compte, Bulgaboom !

Le petit bonhomme barbu extirpa une grosse carabine de son manteau et il pointa l'arme sur le fugitif. Il tira un coup et toucha la chaîne qui soutenait l'enseigne massive d'une auberge tout près. Elle se décrocha et elle s'écrasa sur le crâne du bandit. Ce dernier s'écroula sous la force du choc.

—Bulgaboom ! cria le petit homme, ébahi de la précision dont il avait fait preuve.

—Excellent tir ! complimenta Smithen en parfaite admiration. Viens avec moi ! On va aller voir c'qu'il avait volé.

Nous escaladâmes la clôture et nous rejoignîmes le brigand qui gisait sur le pavé, à travers les morceaux du panneau cassé.

L'Arcaporal ouvrit le manteau de l'homme et il fouilla les poches. Il trouva deux bouteilles de vin. Il lut l'étiquette à voix haute :

—Sabrion du Plateau-Doré, 1955.

Smithen avait l'air impressionné.

—Un Sabrion vieux d'presque cinquante ans ? Ça doit valoir une vraie petite fortune, mes amis ! Approche Bulgaboom, on va prendre le temps d'y goûter comme du monde.

—Bulgaboom !

—Vous ne croyez pas, m'opposai-je, qu'il serait plus sage d'aller tout bonnement les rapporter au boutiquier ?

—Les rapporter ? Nah ! De toute façon, le proprio nous offrira bien une récompense. Ces bouteilles sont donc à nous ! Et en plus on s'ra même pas capable de bouffer comme on veut dans les restos, on est bien mieux de boire en attendant. Et ce vin là, c'est un des meilleurs ! J'le laisserai pas quitter mes mains avant que la bouteille soit vide !

—Est-ce que je peux y goûter ?

—Nah ! T'es bien trop jeune ! Le temps de ta corruption, ce s'ra pour une autre fois !

* * *

Après avoir dégusté un copieux repas, je retournai près de la fontaine centrale de Pur-Dufonio. Smithen et Bulgaboom étaient restés cachés pour boire leur vin. Je les avais laissés derrière moi pour aller au Druide Gourmand par mes propres moyens. La jeune serveuse m'avait proposé toute une gamme de plats savoureux et mon choix s'était arrêté sur une salade sauvage saupoudrée d'épices colorées.

J'étais fière de moi : je pouvais me débrouiller en société. Je réalisais que les gens autour de moi étaient tous très gentils. À ma demande, la serveuse avait bien voulu m'expliquer comment fonctionnait le système monétaire sur le Continent-Coloré puisqu'il ne m'était guère familier. Elle en avait l'habitude, car beaucoup de ses clients provenaient du Drakanitt, le continent du sud. Il existait en fait deux types de devises dans la province des Bois-Verts : les Bleuzars et les Verdars.

Les Bleuzars, des pièces de couleur bleue, étaient utilisées pour acheter des biens matériels comme des vêtements, des outils et bien sûr, de la nourriture.

L'autre devise, les Verdars, avaient pour seul usage de payer les services que l'on recevait : les soins médicaux, les renseignements, l'instruction, etc.

La serveuse m'avait aussi expliqué qu'il existait des endroits dans chaque ville pour échanger sa monnaie car autrement, les individus qui vivaient uniquement en vendant leurs services auraient bien eu de la difficulté à acheter de la nourriture en n'accumulant que des Verdars.

Il y avait toutefois une pénalité lors de l'échange de la monnaie. Au bureau de change, on recevait environ sept Verdars pour dix Bleuzars ou sept Bleuzars pour dix Verdars. La loi avait été conçue de façon à permettre aux artistes de profiter de davantage de services, et aux travailleurs, de meubler leur maison et de nourrir leurs enfants. Selon l'ancienne consultante royale Traneï Dikin, ce système aurait l'avantage de rendre les riches moins riches et les pauvres moins pauvres. Pour les taxes et l'impôt, personne n'était obligé d'en payer. La couronne tirait la majorité de son financement par l'entremise des bureaux de change. En faire la conversion hors de cette institution constituait, évidemment, en une fraude passible d'emprisonnement.

Il était près d'une heure de l'après-midi et je n'avais toujours pas de nouvelles de l'Ange Arc-en-Ciel. J'espérais qu'il reviendrait pour m'expliquer des tas de choses sur moi, sur lui, sur Shnar et même, sur les Xayiris. J'étais prête à lui offrir mon aide, si seulement je pouvais lui parler de nouveau.

La scène était déjà montée à moitié, mais les travaux stagnaient sur l'heure du dîner. Tous les membres de la troupe d'Okliarre grignotaient, certains dehors, d'autres isolés dans leur caravane, sauf bien sûr l'Arcaporal et Bulgaboom qui buvaient encore leur précieux nectar.

Trois hommes sortirent du dernier wagon du convoi

et ils s'approchèrent de moi. Ils étaient vêtus de beaux vêtements colorés et à la mode.

—Pourrais-je connaître votre nom, ma douce demoiselle? me demanda le premier d'entre eux.

—Je m'appelle Alégracia. J'accompagne Daneruké depuis hier. Et vous, qui êtes-vous?

—Mon nom est Wecto! Et voici Paul et Jaquot…

Wecto était plus grand que ses deux copains. Son ample chapeau bien étendu autour de son visage était décoré de deux longues plumes blanches piquées sur le côté. Cet homme, dans la mi-vingtaine, avait un très beau visage qu'il enjolivait d'un sympathique sourire.

Derrière lui, Jaquot nous écoutait distraitement, comme un lièvre à l'affût de tous les sons environnants. Il paraissait le plus vieux des trois et il devait frôler la cinquantaine. Sa moustache ample de couleur grise lui donnait des airs sérieux.

Quant à Paul, ses cheveux étaient peignés vers l'arrière et il laissait pousser sa barbe seulement le long du menton. Il semblait aussi jeune que Wecto.

—Nous connaissons votre histoire, continua Wecto. Pirie nous a raconté comment elle vous a recueillie sur la route. Sachez que c'est une grande joie de vous accueillir dans notre troupe. De toute façon, comment aurions-nous pu ne pas venir en aide à une si adorable jeune fille, n'est-ce pas les gars ? Je suis ravi de faire votre connaissance et mes compagnons le sont également. Si vous avez besoin d'aide ou d'un savoir particulier, n'hésitez pas à venir nous voir ! Nous voyageons à travers le Continent-Coloré depuis plusieurs années. Nous connaissons son histoire, ses héros et ses vilains, ses victoires et ses défaites. Nous vous raconterons tout avec plaisir, inutile de vous mentir ! C'est même ce que nous ferons au spectacle de ce soir, car nous sommes en fait les conteurs de la troupe !

—Je vous remercie de votre offre. Justement, j'aurais besoin de savoir quelque chose.

—Demandez, petite beauté, et je vous répondrai.

Décidément, Wecto possédait tous les atouts pour me faire rougir : la beauté, le charme, la flatterie et une voix agréable qui sonnait comme un chant à mes oreilles.

—Connaissez-vous les anges ? commençais-je.

—Je sais bien peu de choses sur les anges. Personne ne les connaît assez, ils sont très mystérieux.

—Je n'en ai jamais vu, ajouta Paul, mais ils existent bel et bien, car il m'est déjà arrivé de croiser quelques descendants de démons.

—Et nous savons tous qu'il n'existerait pas de démons sans anges, termina Jaquot.

Wecto attendait la suite avec impatience. Il percevait mes interrogations comme des défis à relever.

—J'ai rencontré un ange récemment. Il était drapé de noir et ses ailes vaporeuses brillaient de toutes les couleurs. Il m'avait promis qu'il me rencontrerait ici, près de la fontaine de Pur-Dufonio, mais ça fait maintenant plusieurs heures que je l'attends et il ne se présente toujours pas. Je me demande s'il viendra…

—J'ai déjà entendu parler de gens qui connaissent des gens qui connaissent d'autres gens qui ont déjà vu une créature angélique avec des ailes comme celles que tu décris. Ce sont des histoires récentes, nées dans la Contrée-Bleue. On raconte qu'il voyage à travers le Continent-Coloré pour y répandre le bien, comme le feraient intuitivement tout ange, sans raison ni motif apparents. Il ne demande jamais rien en retour. Ceux qui l'ont vu n'ont jamais eu la chance de lui parler, car il disparaît dans l'ombre une fois sa mission achevée. Mais je croyais que ce n'était qu'une légende.

—J'accompagnais le prince Shnar lorsque je l'ai rencontré. Il voulait l'empêcher de retrouver le Serpent d'Argent enseveli sous la terre des Bois-Verts.

—Le Serpent d'Argent ? bredouilla Jaquot comme s'il venait soudainement de reprendre vie. L'arme de la légende d'Athore ?

—Je ne connais pas cette légende.

—Ce monument que tu vois juste ici représente justement le légendaire ange Zarakis qui se bat contre l'ignoble démon Athore. On voit bien l'arme que manie Zarakis, l'épée du Solarius, qu'il s'apprête à enfoncer dans le cœur du démon. Toutefois, remarque qu'Athore ne tient aucune arme dans ses mains.

« La légende dit toutefois qu'il possédait l'une des armes les plus puissantes des Terres du Croissant de Lune : le Serpent d'Argent. Le sculpteur de l'œuvre l'a volontairement exclu pour que les gens l'oublient. Après la défaite du démon, Zarakis aurait caché l'arme d'Athore sur le Continent-Coloré puisqu'il ignorait comment la détruire. Depuis ce jour, personne n'a revu ni le Serpent d'Argent ni Zarakis. Je croyais être le seul à connaître encore cette histoire… »

—Ainsi le Serpent d'Argent appartenait bel et bien au démon Athore ?

—C'est exact, me répondit Jaquot.

Wecto continua :

—Les anges respectent toujours leur parole, ils sont l'emblème même de la fidélité. Si celui que tu attends ne se présente pas comme il l'avait promis, c'est sans doute parce que cela s'avère impossible pour lui. À moins qu'il ne soit pas vraiment un ange. Continue d'attendre jusqu'à ce soir et s'il ne se montre pas, n'espère plus son arrivée.

—Je vous remercie de vos précieux conseils.

—Ce fut un plaisir, dit Wecto en soulevant son chapeau. Si vous avez besoin d'un autre savoir particulier, vous savez où nous trouver !

Les trois conteurs se retirèrent pour discuter à l'écart. Quant à moi, j'étais morte d'inquiétude pour l'Ange Arc-en-Ciel. Le souvenir de la bataille me revint en mémoire. Quand j'avais filé dans les bois, il croisait le fer avec Bimosar. Shnar aurait-il eu le temps de le rattraper ? L'idée qu'il aurait pu s'être fait capturer ou pire encore, tuer me frappa l'esprit comme un éclair qui s'abat sur un arbre. Tous mes espoirs s'évanouirent.

Si seulement j'avais été en mesure de l'aider… mais j'étais bien trop petite et j'ignorais tout de l'art du combat. Je maudis Shnar dans mon esprit et un nuage amer de vengeance m'emplit le cœur. Ce prince avait réussi à corrompre ma sœur et il avait menacé de mort un ange qui était venu pour nous sauver. Un jour, j'allais le faire payer pour tout cela… un jour, j'en aurais les moyens.

L'Arcaporal Smithen et Bulgaboom ne tardèrent pas à revenir pour se remettre au travail. Je remarquai leur regard vide et leur démarche chancelante.

—Allez, Bulgaboom, on s'remet au travail. Y faut qu'la scène soit prête après l'souper ! Tu voudrais pas qu'Okliarre nous engueule encore, non ?

—Bulgaboom…

—C'est ça. On s'remet au travail. Apporte-moi la toile on va essayer de l'accrocher en haut.

Et l'assemblage de la scène reprit… lentement. Okliarre vint superviser les opérations, mais il ne se rendit pas compte de l'état d'ivresse avancée du duo. Ces deux-là paraissaient déjà tellement étranges, même en temps normal.

* * *

La journée passa très rapidement. Pendant ce temps, je restais en compagnie des membres de la troupe. La scène fut complètement montée juste un peu avant l'heure du souper.

Daneruké m'avait invitée à venir manger avec lui, dans sa caravane après s'être entraîné intensivement tout l'après-midi avec Samocure. Le garçon semblait très nerveux. Je dus les laisser seuls à nouveau pour qu'ils finissent de mettre leur numéro au point.

Comme Daneruké me l'avait promis, Okliarre me permit d'assister au spectacle gratuitement. J'en devins folle de joie !

Le soir tombé, je m'assis sur la toiture d'une caravane pour avoir une vue d'ensemble. Les artistes performaient sur une scène circulaire en bois, bordée de torches métalliques. Quatre musiciens jouaient une douce musique pour attirer les spectateurs au centre-ville. Les gens affluaient de toutes les rues pour voir la performance des artistes de la Troupe d'Okliarre.

Lorsqu'il jugea que l'auditoire avait atteint un nombre satisfaisant, le chef monta sur la scène et il s'adressa à la foule :

—Mes chers amis, cette année, l'été a été l'un des plus chauds et des plus beaux des dix dernières années. Le soleil a brillé pour notre plus grand plaisir et les récoltes ont été abondantes. L'été est la saison de la vie, comme le printemps est celle de la naissance. Tout ce qui vit profite pleinement de l'été pour s'épanouir en beauté. Mais vient l'automne où la chaleur disparaît à nouveau et où ce qui est né et ce qui a fleuri en été flétrira et disparaîtra. C'est une étape de la vie, l'étape avant le froid et le grand vide.

« Mes amis, la nature s'endormira bientôt pour quelques mois et avant qu'elle ne flétrisse, nous aimerions lui laisser un doux message pour la remercier de sa générosité. Musique… »

Il leva le bras et les quatre musiciens se mirent à jouer un air qui me rappelait les feuilles sèches qui dégringolent des arbres rouges d'automne. Ils présentèrent ainsi plusieurs pièces musicales, des airs tristes mais touchants, de la douceur d'un adieu obligé entre deux amoureux.

Il y eut une courte pause et la musique reprit, accompagnée des chants mélodieux de Wecto. En écoutant les paroles de son conte chanté, on apprenait toute la splendeur du Continent-Coloré, de la Vallée-Rouge à l'Île-Argenté, du Plateau-Doré jusqu'aux Bois-Verts. Il déclarait que ces lieux demeuraient les seuls endroits au monde où l'homme vivait simplement et en harmonie avec la nature.

Sous une salve d'applaudissements, Wecto se retira pour laisser la place à Daneruké et à Samocure qui allaient exécuter leur numéro de danse. La joueuse d'ocarina entama un air plus rapide pour créer un rythme plus approprié. J'aimais le son de cet instrument, il me rappelait les oiseaux de la rivière. Il me transmettait la même énergie vive qui me permettait de quitter ce monde le temps de quelques mesures.

Daneruké se laissait emporter de la même façon que moi. Il dansait les yeux fermés et il traversait la scène d'un bout à l'autre en accomplissant des gestes doux et rythmés. Personne n'aurait pu se douter que cet homme possédait un passé marqué par la guerre et la turbulence. Seul un danseur très expérimenté pouvait ainsi incarner la paix et la beauté avec des gestes empreints d'une telle simplicité.

Samocure, quant à lui, ne semblait pas y parvenir. Je le sentais stressé ; la foule semblait le rendre mal à l'aise et sa danse manquait de souplesse.

Pour ne pas gâcher le numéro, Daneruké réussissait à attirer toute l'attention du public sur ses gestes grandioses et les erreurs de son jeune ami passaient presque inaperçues. On les applaudit amplement et le duo disparut derrière les rideaux.

Une autre pause suivit et ce fut le tour du trio de conteurs, Wecto, Paul et Jaquot. Ils racontèrent et ils mimèrent maintes histoires qui tenaient l'auditoire en haleine, par exemple quelques hauts faits de la Grande Libération, une guerre survenue entre la Vallée-Rouge et la Contrée-Bleue, quelques années auparavant.

Ils imitèrent aussi, de façon fort amusante, les membres de la famille royale d'Holbus, soit Izmalt, Shnar et Riuth. De la façon dont ils interprétaient les personnages, Riuth semblait être le chouchou du roi et son unique héritier, bien qu'il détestât son père. Quant à Shnar, il essayait toujours de plaire au roi afin de devenir son préféré, mais toutes ses tentatives étaient vouées à l'échec. Je trouvais tout cela très drôle : Shnar avait l'air pitoyable. Ce spectacle caricaturait, semblait-il, des moments qui avaient réellement eu lieu alors que Riuth résidait au palais d'Holbus, bien avant le jour de sa condamnation.

Comme dernier numéro, le trio interpréta le très célèbre combat entre Zarakis et Athore. Il n'y eut aucune allusion au Serpent d'Argent.

Puis, le spectacle prit fin. La foule applaudissait et criait pendant que Smithen et Bulgaboom collectaient l'argent dans de grands chapeaux. Derrière la scène, je voyais Daneruké et les autres se féliciter mutuellement pour leurs performances.

J'aurais tellement aimé les rejoindre pour jouir de ce succès… mais j'aurais été de trop.

Une vague de tristesse inattendue m'envahit. Ils formaient une si belle famille, tous ensemble, alors que j'avais perdu la mienne. Ma respiration devint tremblotante et ma vision s'embrouilla. Sans réfléchir, je sautai en bas de la toiture et je m'enfuis dans les ruelles sombres de Pur-Dufonio, les yeux débordants de larmes. J'avais un urgent besoin de solitude.

Le bruit de la foule s'estompa peu à peu et je courus jusqu'à ce que je n'entende plus personne. Je me rendis dans un quartier plus riche de la ville où de grosses maisons douillettes étaient construites sur de vastes terrains aux aménagements paysagers impressionnants.

Quelques mètres plus loin, j'atteignis les limites de la ville. J'observai quelques instants le ciel étincelant d'étoiles. Il n'y avait rien à l'horizon, outre quelques montagnes sombres et un boisé lointain. Le son du ruissellement d'un cours d'eau me parvint à l'oreille et je me laissai guider instinctivement vers lui.

* * *

J'outrepassai abondamment les limites de Pur-Dufonio. J'arrivai face à un étang entouré d'herbes hautes et d'un grand arbre, qui étirait ses branches au-dessus de l'eau. Une lumière bleutée se reflétait sur la surface de l'étang et, en m'approchant, je vis qu'elle provenait d'un petit hibou bleu et luisant, qui était perché sur l'une des branches de l'arbre. Je ne fus pas surprise de le voir là, car je savais maintenant qu'il s'agissait d'un Xayiris.

Il m'observait avec ses grands yeux blancs. Je m'adressai à lui à voix basse :

—Alors, tu es un ange ?

Il ne réagit point.

—Tu es un Xayiris, non ? Tu connais l'Ange Arc-en-Ciel, non ? Que lui est-il arrivé ? Viendra-t-il me chercher ? Pourquoi me surveillez-vous sans cesse depuis que je suis partie de chez moi ?

Je continuai à lui poser de nombreuses questions, mais je n'obtins aucune réaction de sa part. L'oiseau se contentait de me fixer. Je tentai de m'approcher davantage. Il s'envola et sa lumière disparut, me laissant à nouveau seule dans la pénombre. On m'abandonnait, encore une fois… Tel devait être mon destin.

Je m'assis sur la berge de l'étang, les genoux repliés entre mes bras. J'observai le reflet des étoiles et du croissant de lune sur l'eau claire. Je lançai quelques petits cailloux dans l'eau pour briser le silence et je m'amusai de voir le reflet de la lune se tortiller sous l'effet des ondulations.

La lune et les étoiles disparurent bientôt du ciel, sans doute cachées par des nuages. L'air se chargea soudain d'une odeur d'humidité qui annonçait l'arrivée imminente d'une averse.

La lueur bleue réapparut soudain sur l'eau. En levant les yeux, je vis le petit hibou sur l'arbre. Il ne m'avait pas oubliée. Toutefois, son comportement n'avait guère changé : son regard était résolument fixé sur le mien. Même si je bougeais à gauche ou à droite, il continuait de me fixer.

—Que me voulez-vous ? Pourquoi me suivez-vous, Xayiris ?

L'oiseau secoua ses ailes quelques secondes, puis reprit sa pose statuaire sans émettre le moindre son.

Un doux chant d'oiseau monta d'un coin obscur, entre les branches, puis un second vint se joindre à la mélodie. D'autres arrivèrent encore jusqu'au moment où plus d'une dizaine d'oiseaux se mirent à gazouiller à l'unisson. L'arbre s'illumina, des racines jusqu'à la pointe de ses branches, d'une lueur vaporeuse et scintillante. Je constatai alors qu'une vingtaine d'oiseaux chantaient juste au-dessus de ma tête et je compris qu'ils le faisaient pour moi.

Je me redressai. Le vent souleva mes cheveux, puis il caressa mon cou. À ce moment, les oiseaux se turent et ils se figèrent sur place. Après avoir fait quelques pas en avant, je me positionnai et j'entamai une des plus belles danses que je n'avais jamais exécutées. Les oiseaux quittèrent les branches et ils vinrent virevolter autour de moi en gazouillant la mélodie qui accompagnait mes pas. Seul le hibou bleu resta perché en solitaire. Mais je ne me souciais guère de lui. Cela faisait si longtemps que je n'avais pas dansé. Je devais absolument me libérer, ce soir même, de toutes les tensions que j'avais accumulées durant les derniers jours. Je dansais avec une telle vigueur que l'arbre s'illumina davantage et d'autres oiseaux s'ajoutèrent au groupe. Les yeux du hibou bleu s'arrondirent; je l'impressionnais.

Je mis fin à mon spectacle. Les oiseaux chantaient de plus belle, car ils en voulaient plus, mais je me rassis dans l'herbe. La lueur brillante de l'arbre s'estompa et replongea dans la terre. Les oiseaux quittèrent les branches, un à un, jusqu'à ce qu'il ne reste que le hibou bleu étincelant. Son éclat disparut également.

Je n'entendis plus qu'un silence étouffant, puis le chant d'un grillon, le vent dans l'herbe et un roulement de tonnerre au loin...

—Alégracia, c'est toi? Alégracia!

Il s'agissait de Daneruké. Il était juste derrière moi. Je fus surprise de ne pas avoir *senti* sa présence.

—Oui, c'est moi.

—Que fais-tu si loin du convoi? Pourquoi n'es-tu pas venue me voir après le spectacle comme je te l'avais demandé?

—Je croyais que j'aurais été de trop. Vous m'avez aidée à atteindre Pur-Dufonio, mais maintenant je n'ai plus rien à faire avec vous. Je n'ai plus rien à faire nulle part. Je ne sais pas quoi faire, Daneruké. Je suis si seule et si triste.

Je fondis en larmes. Daneruké vint s'asseoir à mes côtés et il me serra dans ses bras pour me consoler. Ma tristesse était telle que rien, même son réconfort, ne semblait pouvoir l'apaiser.

—Je suis fatiguée de toujours devoir abandonner ceux que j'aime. D'aller de tuteur en tuteur sans vraiment savoir qui ils sont et de ne plus savoir qui je suis moi-même. Je voudrais tant que tout redevienne comme avant.

—Mais tu sais que c'est impossible, Alégracia. On ne peut pas changer le passé. On peut préserver nos meilleurs souvenirs et s'efforcer de ne pas les oublier. Mais dis-moi, croyais-tu vraiment que j'allais t'abandonner après le spectacle?

—Non, mais je suis partie tout de même parce que je sais que je n'ai pas ma place parmi vous. Il n'y a que des artistes talentueux dans la troupe et je n'en suis pas une. Je suis lasse de n'être qu'un fardeau.

—Allons, Alégracia, tu es loin d'être un fardeau à mes yeux. Je te connais depuis hier seulement et je t'apprécie déjà au point de te considérer comme ma propre fille. Tu es douce, agréable… et tu danses si bien!

—Quoi? Tu m'as vue danser?

—Eh bien, peu après le spectacle j'ai voulu aller te rejoindre sur le toit de la caravane. Au lieu de t'y trouver, j'ai découvert un oiseau étrange. Il m'a regardé et il s'est envolé au ras du sol vers les limites de la ville. Je t'ai cherchée un moment, mais j'ai vite compris que l'oiseau me lançait un précieux message. Je l'ai suivi et je t'ai retrouvée par miracle. Je t'ai vue danser sous un arbre illuminé, entourée d'oiseaux multicolores qui ne chantaient que pour toi. C'était très impressionnant.

—J'ai toujours dansé ainsi avec les oiseaux. Mes danses leur inspirent ces airs divins. Ou bien ce sont leurs airs qui inspirent mes danses…

—Tes danses sont magiques! J'aimerais tant que tu acceptes de les exécuter en spectacle avec moi.

—Vraiment? Mais Samocure?

—Samocure est un très mauvais danseur. Il est avec moi pour la seule et unique raison que ses parents ont payé Okliarre fort cher pour qu'on le prenne avec nous. Ce petit effronté n'a aucun talent et en plus, je dois l'endurer jour après jour. Si tu peux montrer à Okliarre ce que tu sais faire, je suis convaincu qu'il te cédera la place de Samocure et nous pourrons monter alors le plus grand numéro de danse que le Continent-Coloré aie jamais vu.

«Mais je ne te forcerai pas, Alégracia. Je te fais une

offre. Libre à toi de l'accepter ou de la refuser. »

Chapitre VI

Une nouvelle famille

— La scène doit être démontée bientôt, cria Okliarre aux membres de la troupe qui étaient assis en cercle devant les caravanes. Où sont ces fainéants de Croll Smithen et Bulgaboom ? Pourquoi ne font-ils pas leur travail ? Ils devraient avoir terminé à l'heure qu'il est !

— Ils sont partis par là, indiqua Daneruké. Sans doute pour faire les dernières emplettes avant le départ. Mais pourquoi sommes-nous si pressés ? Le prochain spectacle n'est que dans cinq jours…

— Ce n'est pas ce retard qui m'inquiète, Lorcana. La duchesse m'a ordonné de libérer la place centrale, car notre scène cache une partie de la fontaine aux touristes. Si nous ne plions pas bagage au plus vite, la troupe sera mise à l'amende.

Daneruké demeura silencieux un instant avant de reprendre la parole.

— Comment Samocure prend-il la nouvelle ?

— Pas si mal. Après tout, je lui ai donné le rôle d'annonceur, ce qui ne l'exclut pas de la troupe. Je tiens donc mes engagements auprès du duc. Je sais que Samocure aurait souhaité continuer à danser en ta compagnie, mais il fallait bien se rendre à l'évidence : le petit est un artiste médiocre, comme tous les autres Moranoir d'ailleurs.

« N'oublie pas que tu dois préparer un nouveau numéro avec la petite pour le prochain spectacle à Siuron. Je veux que ce soit épatant. Il devra être à la hauteur de ce que tu me prédis, sans quoi elle ne pourra conserver sa place. Il ne reste que deux représentations avant le Festival de l'Automne à Holbus. Ce spectacle sera le plus grand auquel nous n'aurons jamais participé. Un échec serait intolérable. »

—Alégracia sera prête, je le promets. Je compte l'entraîner dès aujourd'hui et les musiciens ont accepté de me donner un coup de main. Je m'en vais justement la chercher.

* * *

Je dormis comme un bébé dans mon nouveau lit. La veille, il s'agissait encore de celui de Samocure, mais depuis que Daneruké m'avait offert de le remplacer, le garçon avait dû s'installer dans le wagon d'Okliarre et des conteurs. Quand on lui avait appris la nouvelle, le visage de Samocure s'était empreint à la fois de frustration et d'impuissance, comme s'il venait d'être condamné à mort par un Haut-Juge de la Vallée-Rouge. Évidemment, il n'avait pas manqué de m'insulter et de me traiter de *petite idiote qui ne connaissait rien à la danse.*

Ses paroles méprisantes me laissèrent cette fois

totalement indifférente. Daneruké m'avait appris que Samocure venait de la famille Moranoir, la même famille que celle du beau-père de Mosarie, cet homme égoïste qui persécutait toute forme d'art. Je vivais un préjudice identique à celui de ma mère : un Moranoir égocentrique s'en prenait à moi et, comme ma mère, j'allais demeurer forte devant cet adversaire.

Daneruké entra dans la caravane :

— Alégracia, les musiciens sont dehors et ils t'attendent. Viens et montre-leur de quoi tu es capable. Enfile ta nouvelle tenue !

Il s'agissait d'une robe courte, orangée et jaune, serrée aux hanches. Il me l'avait achetée, le matin même, dans une boutique de grand luxe de la ville. Elle m'allait à merveille.

— Je t'attends dehors.

Je ressentais un peu de gêne à l'idée de m'exhiber devant un public humain. J'étais plutôt habituée à un auditoire composé uniquement d'oiseaux. Mais j'étais prête à tout pour me joindre à cette troupe qui allait devenir ma nouvelle famille.

De la fenêtre, je voyais les musiciens assis en cercle près du convoi : Pirie, la joueuse de pipo, Juno qui accordait son luth, Lanine, derrière les instruments à percussion et Sandra avec sa flûte à bec. Daneruké et Okliarre m'attendaient juste derrière, les bras croisés.

—Te voilà enfin, Alégracia, me dit Okliarre en me voyant sortir. Daneruké m'a assuré de ton talent et j'aimerais que tu montres à la troupe ce que tu sais faire. Tu te placeras au centre de nous et tu exécuteras une courte danse sous l'accompagnement des musiciens. Est-ce que tu es prête?

—Je ne pourrais l'être davantage.

Okliarre fit alors signe à Lanine de créer un rythme lent. Les musiciens improvisèrent alors un air entraînant qui ressemblait à celui qu'ils avaient joué la veille. J'avançai au centre et j'exécutai une courte danse au son des airs qu'on m'offrait. Croyant avoir satisfait mon auditoire, je m'arrêtai après seulement une minute.

—C'était bien, déclara le chef de la troupe, mais ce ne sera pas suffisant pour impressionner une foule digne d'Holbus. Les pas sont coordonnés, mais le style manque lamentablement.

—Essayons sur un autre air, suggéra Daneruké. Peut-être seras-tu plus performante sur une musique plus rapide.

J'acceptai la suggestion et les musiciens reprirent avec une mélodie plus cadencée. Je m'efforçais de faire mieux que la première fois mais sans y parvenir. Okliarre et Daneruké ne semblaient pas satisfaits.

—C'est bien, mais ce n'est pas extraordinaire, ajouta Okliarre. Ça ne correspond pas du tout à ce que

Daneruké m'a dit de toi ce matin.

—Qu'est-ce qu'il a dit de moi ?

Daneruké me regardait d'un air songeur.

—Tu semblais plus naturelle hier soir, lorsque tu étais seule. Tu ne te laissais pas simplement emporter par la musique, tu lui donnais son inspiration. Peut-être l'ambiance n'est-elle pas assez douce pour toi ? Pirie, pourrais-tu changer ton pipo pour un instrument plus clair, comme l'ocarina ? Juno, tu joueras un peu plus lentement et n'hésite pas à laisser de grands écarts dans les tonalités. Quant à toi, Sandra, tu seras plus sobre. Lanine, laisse tomber tes tambours. Utilise des sons clairs comme des clochettes.

Les musiciens se regardèrent sans comprendre mais ils changèrent leurs instruments sans protester.

—Ne commencez pas à jouer tout de suite, continua Daneruké. Attendez qu'Alégracia commence à danser.

—À danser ? Seule ? Mais je ne peux pas danser sans musique !

—Hier, avec les oiseaux, c'est toi qui dirigeais la musique. Voyons si tu peux faire la même chose avec de vrais musiciens.

Les artistes continuaient à s'observer les uns les autres avec inquiétude.

—Vous commencerez à jouer lorsqu'elle dansera, pas avant.

Il se tut, il recula d'un pas et il croisa à nouveau les bras.

Je me retrouvai seule au milieu de tous les autres membres de la troupe. Ils me regardaient tous en silence. Ma gêne montait alors que mon inspiration chutait. Je plaçai mes pieds dans différentes positions sans savoir quand débuter.

—Je n'y arriverai pas. Je ne me sens pas à l'aise.

—Qu'est-ce que nous pourrions faire pour que tu te sentes bien ?

—Je ne sais pas. En général, je n'arrive à danser que lorsque je suis seule avec la nature. Quand des gens me regardent, j'ai de la difficulté à me concentrer.

—Mais hier, tu dansais près de l'étang à la limite de la ville et tu t'es laissée aller. J'ai même assisté à ta prestation du début jusqu'à la fin.

—J'ignorais qu'on m'observait. Le vide emplissait mon esprit, je me croyais seule.

—Nous devons trouver un moyen pour que tu puisses te retrouver dans la même quiétude qu'hier…

Daneruké fronça les sourcils et scruta les alentours. Son regard s'arrêta sur la grande fontaine de Pur-Dufonio.

—Voyons… La nature t'inspire… Peut-être que si nous nous approchons de la fontaine, le son de l'eau qui s'écoule réussira à apaiser tes craintes.

Okliarre s'objecta aussitôt devant la proposition.

—Nous avons eu l'ordre formel de libérer le centre-ville. Si nous cernons la place et exécutons des numéros de danse devant le public, l'amende qu'on nous imposera pourrait bien annuler nos gains d'hier, ou même davantage!

—Ce sera bref, Okliarre. Je veux seulement vous prouver qu'Alégracia a bien plus de talent qu'il n'en faut pour se joindre à la troupe.

Le chef réfléchit un moment à son idée.

—Je le répète, je ne veux pas d'embêtements à cause de la fille. Nous irons près de la fontaine, mais si la duchesse se présente, tout le monde revient ici sans discuter.

Chaque membre approuva et nous nous approchâmes du bassin d'eau, sous les énormes statues de Zarakis et d'Athore.

Je me retrouvai de nouveau au centre des musiciens, cette fois-ci l'ombre de la fontaine et le son de l'eau calmèrent ma gêne.

—Tu devrais fermer les yeux et laisser le calme pénétrer ton âme, suggéra Daneruké. Oublie que tu es entourée. Imagine que tu es seule dans un endroit agréable et chaleureux.

Je lui obéis et je fermai les paupières. Je portai la main à mon cou et je serrai mon pendentif argenté en respirant profondément, comme je le faisais sur le balcon de ma maison, alors que le soleil se levait au-dessus de la mer. L'air que je respirais s'emplit d'un parfum floral illusoire. Les yeux fermés, je pouvais sentir des pétales tourbillonner autour de moi.

Lentement, je commençai à bouger puis à danser. Tour à tour, les musiciens commencèrent à jouer. Au fur et à mesure que je dansais, les sons évoluaient jusqu'à ce qu'ils deviennent une mélodie entraînante. Le souffle du vent sur mon visage ainsi que le son de l'eau alimentaient mon inspiration. Je ne pouvais plus m'arrêter.

Okliarre et Daneruké ne prononcèrent plus un mot. Je sentais que je les impressionnais. Je continuai à danser avec davantage d'ardeur et les musiciens suivaient parfaitement mon rythme. La mélodie devint si belle qu'elle semblait émaner d'instruments divins. J'aurais voulu ne plus jamais m'arrêter.

Au bout de quelques minutes, je ralentis mes mouvements. La musique s'adoucit, puis elle s'arrêta en même temps que moi. Il eut un moment de silence. Je gardai les yeux fermés pour savourer ce moment de paix.

Je fus ensevelie d'une vague d'applaudissements et

d'acclamations. Bien plus que les membres de la troupe avait assisté à ma danse. J'ouvris un œil et je rougis de gêne : près d'une cinquantaine de touristes s'étaient rassemblés pour m'observer. Mon auditoire semblait satisfait, il en redemandait encore et encore.

—Alors, convaincu ? demanda Daneruké à son patron.

Avant que ce dernier n'ait eu le temps de répondre, je vis une dame âgée vêtue d'une robe cramoisie et rayée de noir s'avancer vers nous.

—Qui est cette jeune fille ?

Okliarre sursauta.

—Madame la duchesse !

Il parut surexcité.

—Je suis désolé, nous devions libérer le centre-ville. Nous plions bagage à l'instant. Dans une heure, nous serons partis. Promis !

—J'ai bien aimé la danse de cette petite. Pourquoi n'a-t-elle pas exécuté son numéro dans votre spectacle d'hier ?

—Je l'ai recrutée ce matin même.

—Vous avez pris une très bonne décision, monsieur Dastim. L'avenir promet de grandes choses à cette petite. Elle éblouira bientôt le peuple d'Holbus avec ses prouesses.

—J'en suis persuadé, oui !

—Souhaitez-lui bonne chance de ma part.

La duchesse s'éloigna et Okliarre poussa un énorme soupir de soulagement.

—Je me voyais déjà les coffres vides. Cette dame est habituellement d'une sévérité hors du commun. Alégracia a vraiment dû l'impressionner pour qu'elle en oublie son amende.

Après m'avoir longuement observée, Daneruké lui répondit :

—Il y a quelque chose de magique dans sa danse.

—De magique ? Tu veux dire magique dans le sens *impressionnant* ou dans le sens… *magique* ?

—As-tu remarqué que Pirie a réussi à jouer parfaitement le saut de notes qu'elle pratique depuis des mois sans succès ? Et as-tu déjà entendu Juno jouer du luth aussi vite sans faire la moindre fausse note ? Vraiment, je crois qu'elle a charmé la foule et les musiciens en même temps, sans oublier la duchesse.

—Cette enfant est une vraie mine de Verdars !

—Elle vaut bien mieux que cela. Alors, comment la trouves-tu ? Est-elle digne d'avoir sa place dans la troupe ?

—Tu parles ! Entraîne-la convenablement. Je veux qu'elle offre au public d'Holbus quelque chose d'incroyable.

La foule commençait à se disperser. Je reçus d'innombrables éloges pour ma prestation. Daneruké s'approcha et il m'apprit la bonne nouvelle. Je fus si heureuse que je lui sautai dans les bras.

—Même la duchesse de Pur-Dufonio a assisté à ton numéro de danse. Elle voulait te souhaiter bonne chance. Okliarre n'en a pas été moins convaincu. Je crois que toute la troupe t'a déjà adoptée.

J'en eus les larmes aux yeux.

—Je ne pourrai jamais assez te remercier, lui dis-je.

L'Arcaporal Smithen et Bulgaboom arrivèrent des ruelles et Okliarre ne manqua pas d'aller leur faire des reproches.

—Mais que faisiez-vous ? Vous deviez démonter la scène avant le dîner ! Vous avez une heure de retard à rattraper maintenant !

—On est allé s'acheter une p'tite bouteille de Sabrion, m'sieur, répondit l'Arcaporal. Je commençais à trouver ça bizarre : j'avalais et ça goûtait plus l'alcool…

—Ivrognes! Par chance que vous faites du bon boulot, car vous seriez congédiés depuis belle lurette vous deux!

—Peut-être, mais notre travail *est* bon! Faites-moi confiance, le travail s'ra fini dans moins de deux heures, promesse d'Arcaporal!

* * *

Peu après l'heure du dîner, notre convoi de caravanes quittait déjà la belle ville de Pur-Dufonio. Je faisais officiellement partie de *La Troupe d'Okliarre* et je siégeais pour de bon dans la caravane de Daneruké à la place de Samocure.

—Je suis très heureux de t'avoir à mes côtés, Alégracia. J'ai laissé Lanine conduire le wagon, car je souhaitais te parler un peu. Comme je peux le voir, tu aimes bien mon fauteuil de velours! Sois à ton aise… Désormais, tout ce qui se trouve dans ce wagon t'appartient autant qu'à moi. Aimerais-tu savourer un bon chocolat chaud?

Je ne pouvais refuser cette offre. Daneruké se déplaça au bout de la pièce vers les armoires et il sortit tout le matériel nécessaire pour concocter le délicieux breuvage. En ouvrant le pot qui contenait la fameuse poudre brune, il me dit:

—Il reste assez de chocolat pour cette fois, mais je devrai demander à mon fournisseur de m'en rapporter bientôt. Le contenant est presque vide.

—Ton fournisseur? Qui est-ce?

—Monsieur Moveïf. C'est un charmant marchand qui vient du Drakanitt. Il en garde toujours dans sa caravane.

Moveïf! Ce nom me disait quelque chose. Moveïf… Moveïf… Je me souvenais que Mosarie prononçait quelquefois ce nom. Elle l'utilisait parfois lorsqu'elle parlait de… Kakimi!

—Kakimi Moveïf? lui demandai-je.

—Effectivement! Tu connais ce marchand?

—Oui! Lorsque j'habitais avec ma mère, il nous livrait des vivres et des cadeaux à tous les mois. C'était mon meilleur ami à l'époque et si Shnar ne nous avait pas emmenées, ma sœur et moi, nous serions sous sa garde aujourd'hui.

Daneruké acheva de préparer les boissons chaudes et il me tendit une tasse pleine.

—Kakimi est également mon ami, un ami de longue date. Dans ma jeunesse, il y a un peu plus de trente ans de cela, j'ai combattu pour la Vallée-Rouge à ses côtés. Nous étions alors de fiers soldats et de loin les meilleurs.

« Kakimi n'était pas bedonnant à l'époque. Son corps avait une carrure beaucoup plus impressionnante que la mienne et, comme la plupart des guerriers originaires du Drakanitt, il savait se battre sans arme. Nous avons mené plusieurs combats au cours de la Grande Libération contre la Contrée-Bleue, et avant même la fin de ce conflit, nous avons tous deux décidé de nous retirer du champ de bataille pour devenir des officiers. Ces postes ne nous convenaient pas, nous le savions. C'est pourquoi, une fois la guerre terminée, nous avons choisi de prendre une retraite bien méritée.

«Pour ma part, j'avais choisi de me consacrer entièrement à la vie d'artiste. Quant à Kakimi, il a préféré continuer à vivre ses aventures, seul, à travers le Continent-Coloré et le Drakanitt. Pendant des années, il s'est consacré à la chasse aux trésors et ses nombreuses quêtes se sont avérées très fructueuses. Il dénichait des objets rares et magiques aux creux d'anciennes ruines et de lieux oubliés.

«Amassant trésor après trésor, Kakimi décida de s'adonner au commerce. Les hommes les plus riches des deux continents devinrent ses clients privilégiés. Kakimi accumulait les contacts et il réussissait à mettre la main sur des objets recherchés grâce à ses talents de négociateur. Puis, un jour, il se lassa de ces quêtes souvent périlleuses et il devint commerçant à temps plein. Tout le monde, même l'individu le moindrement informé, connaît l'existence de ce célèbre marchand de merveilles. Il est presque devenu une légende au Continent-Coloré. »

—Savez-vous où il habite?

—Personne ne sait vraiment s'il possède une habitation permanente quelque part dans ce monde. Moveïf est un nomade. Sa caravane enchantée doit être sa seule résidence.

—Sa caravane enchantée? Elle est donc magique?

—Bien sûr! Comment crois-tu que Kakimi puisse réussir à transporter toute cette marchandise dans un si petit wagon? Tu sais, je ne suis jamais entré à l'intérieur, mais il semblerait que lorsqu'on en franchit les portes, on se croirait dans une vaste boutique regorgeant d'objets rares et magiques, sans oublier qu'il fait deux étages! Kakimi peut même utiliser son moyen de transport pour voyager à travers l'espace aussi facilement qu'en claquant des doigts. Mais la façon dont il s'y prend reste un mystère pour tous.

—Que c'est fascinant! Je n'imaginais pas que ce marchand possédait autant d'atouts.

Je montrai le cadeau de Kakimi à Daneruké.

—Tu vois le pendentif argenté que je porte au cou? C'est un présent qu'il m'a offert avant mon départ de la maison.

—Il est splendide!

Je l'ouvris et je regardai la flèche à l'intérieur. Elle pointait dans le sens contraire de la trajectoire du convoi.

—Je m'éloigne encore de chez moi…

—Mais tu es maintenant chez toi, Alégracia. Tu fais officiellement partie de notre troupe.

—Je sais, mais j'ai peur que rien ne puisse remplacer le petit chez-moi de mon passé.

—Tu n'as pas à avoir peur, Alégracia. L'avenir te promet bien des surprises. Inutile de regarder vers l'arrière. Retourne-toi vers l'avant et tu ne seras plus triste. Ta plus grande peur est d'être seule, tu ne l'es plus désormais. Je veillerai sur toi comme un père.

—Tu me le promets ?

—Bien sûr ! Je ne pourrais faire de promesse plus sincère.

Je lui sautai dans les bras.

—Tu me rends si heureuse ! Est-ce que je peux t'appeler *papa* ?

—Alégracia ! À mon âge, tu pourrais plutôt m'appeler *grand-père*. Mais tu peux m'appeler *Dan* si tu veux.

—D'accord, Dan. Moi, tu peux m'appeler Aly. C'est le nom tendre que me donnait ma mère.

* * *

«Nous sommes presque arrivés à Siuron. Notre spectacle dans cette ville aura lieu dans deux jours. Nous profiterons de ce temps pour monter notre petit numéro.»

Voilà ce que Daneruké m'avait dit avant que nous nous couchions, à la fin du troisième jour de route. Le convoi n'avait pas franchi les limites de la ville avant la nuit. Il ne nous restait qu'une heure à parcourir le lendemain, tout au plus.

Aussi étrange que cela puisse paraître, je n'avais pas le trac. Les gens de Pur-Dufonio avaient réussi à me donner confiance.

Daneruké dormait sur le lit juste au-dessous de moi. La toiture de la caravane craquait sous la force des vents extérieurs. Je dormais, bien enroulée dans mes couvertures chaudes et soyeuses, la tête plongée dans un oreiller souple et douillet. Pendant mon sommeil, je ne restais jamais longtemps du même côté. À toutes les dix minutes, je changeais de position pour être plus à l'aise. Heureu-sement qu'il y avait des bordures pour m'empêcher de tomber.

C'était tout le contraire pour Daneruké. Le soir, il se couchait le corps bien droit, les bras sur les couvertures, alignés le long de son corps. Le matin, il se réveillait exactement dans la même position. Il dormait d'ailleurs très profondément, car même mes mouvements inces-sants, qui faisaient grincer les supports de bois, ne le perturbaient pas.

Au cours de cette nuit-là, j'ouvris tout à coup les yeux. Une douleur atroce m'opprimait la poitrine. Je sentais mon cœur palpiter, comme s'il voulait exploser. Le visage crispé, j'essayais de respirer, mais mon ventre se contractait tellement que j'en étais incapable. Impossible également de crier. Un frisson intense envahit mon corps, puis la douleur cessa. À genoux sur mon lit, je tentai de me calmer. Il faisait encore nuit, minuit devait à peine être passé.

Je descendis du lit et je flânai dans la caravane. Puis, l'évidence me frappa : je compris pourquoi j'avais frissonné de la sorte… un intrus rôdait dehors.

Je ne le voyais pas, mais je le *sentais* très distinctement. Je pouvais même dire où il se trouvait : près du dernier wagon du convoi, celui d'Okliarre et des conteurs. Daneruké dormait toujours, il n'avait eu conscience de rien. J'aurais dû le réveiller, mais je ne l'avais pas fait…

Même pétrifiée par la peur, quelque chose en moi me poussait à affronter cet intrus. Il m'était impossible de nier cette pulsion. Ç'aurait été comme de refuser un bon chocolat chaud préparé par Daneruké.

Je ne pouvais justifier cette envie qui avait une telle emprise sur moi, comme cela avait été le cas pour le voleur de Pur-Dufonio. Pourtant, cela m'avait été bien égal qu'il eût dérobé le bien d'autrui, mais il avait quand même fallu que je me lève et que j'ordonne à Smithen et à Bulgaboom de l'attraper. Une force étrangère était bien présente dans mon corps et elle me poussait à faire toutes ces choses malgré moi. Cela m'inquiéta.

Pendant que je constatais la violence de cette impulsion, je me retrouvai dehors face aux grands vents. Je me faufilai vers la dernière caravane du convoi.

Seule la lumière blafarde du croissant de la lune me permettait de voir où je posais les pieds. Le dos appuyé contre l'avant-dernière roulotte, je constatai que mon malaise était bien fondé : quelqu'un trafiquait la serrure de la caravane d'Okliarre.

Je ne pus distinguer de qui il s'agissait exactement. Cet intrus œuvrait avec une minutie hors pair, son travail ne produisait aucun bruit. Il manipula encore le verrou et il rangea ses outils dans une poche de cuir accrochée à sa ceinture. Lentement, il ouvrit la porte et il s'infiltra à l'intérieur en la laissant volontairement entrebâillée.

Je m'approchai à pas de loup et je jetai un coup d'œil dans la roulotte. Je distinguai alors l'intrus, au chevet du lit d'Okliarre. Il ouvrit un petit sac attaché à sa cuisse et il en extirpa une pincée de poudre orangée qu'il saupoudra sur le visage somnolent du chef.

L'intrus passa ensuite au lit de Jaquot et il lui jeta la même poudre au visage. Pendant ce temps, j'en profitai pour entrer discrètement dans la caravane.

De ma position, je vis qu'il s'agissait d'une femme vêtue d'un vêtement indigo très serré qui recouvrait,

entre autres, presque tout son visage. Seuls ses longs cheveux couleur cendre s'échappaient de la cagoule.

Samocure, Paul et Wecto reçurent également leur dose. Elle rangea son petit sachet et elle se mit à fouiller sous le lit de Wecto. Elle agrippa un grand sac qu'elle ouvrit et fouilla rapidement.

Alors que toute son attention se concentrait sur ses recherches, je m'avançai encore un peu plus pour voir ce qu'elle cherchait. Le sac contenait presque uniquement des livres, vieux et neufs. Elle les sortait un à un, lisait le titre, puis elle le remettait à sa place pour en prendre un autre. Le dernier sembla l'intéresser davantage que les autres. Au lieu de le remettre dans le sac, elle l'ouvrit et elle feuilleta les pages à la hâte.

Je me rapprochai encore jusqu'à ce que je me retrouve tout juste derrière elle. Je pus enfin lire les pages du livre. L'intruse s'arrêta sur une page accompagnée d'une illustration qui représentait une épée bleue et luisante. Elle déchira la feuille, l'enroula et l'introduisit dans un petit tube de cuir.

Je réalisai soudainement l'imprudence dont je faisais preuve et je voulus déguerpir au plus vite. Mais à peine avais-je fait un seul pas que le plancher craqua. L'intruse se retourna vivement et j'entendis le sifflement métallique qui accompagnait son mouvement. Elle m'avait entaillé le bras gauche avec un coutelas noir.

La voleuse me serra le poignet gauche tout en me

couvrant la bouche pour atténuer mes cris. En empoignant sa main pour tenter de me libérer, je sentis qu'elle portait une bague volumineuse sous son gant mince.

—Une enfant, siffla-t-elle.

Mon bras saignait abondamment et mon visage se tordait de douleur. Elle observa ma plaie.

—Le sang noir des démons… Considère-toi chanceuse de n'être qu'une enfant. Je ne tue pas les enfants, ça me rend malade. Mais nous nous reverrons un jour, c'est une promesse!

Soudain, elle me lâcha et elle s'enfuit à la course en claquant la porte. La blessure qu'elle m'avait infligée me faisait horriblement souffrir et je me mis à crier. Je saignais pour la première fois de ma vie et mon sang me paraissait noir et goudronneux. Le sang noir des démons…

Ma douleur s'intensifiait et je pleurais, couchée sur le plancher froid de la caravane. Les quatre occupants de la roulotte ne se réveillaient pas. La poudre orangée dont on les avait saupoudrés devait les obliger à dormir.

Il fallut quelques minutes pour que Smithen vienne enfin à mon secours.

—Qu'est-ce qui s'passe ici? cria-t-il de l'extérieur en martelant la porte.

Je criais et j'appelais à l'aide en sanglotant.

—On arrive! me répondit-il avant de défoncer la porte d'un vigoureux coup de pied.

Bulgaboom l'accompagnait, comme toujours, et ce dernier tenait une lanterne allumée, à bout de bras.

—Mais qu'est-ce qui t'est arrivé? C'toute une blessure ça! me dit-il en constatant la plaie, sans vraiment porter attention à la couleur du sang.

Il n'hésita pas à déchirer une partie de sa chemise pour me faire un bandage très serré au bras.

—Ça va moins saigner avec ça. Mais pourquoi t'es là? C'est pas ta caravane! Et pourquoi les autres se réveillent pas, hein? Comment tu t'es blessée? J'comprends pu rien!

—Bulgaboom!

* * *

Smithen et Bulgaboom me ramenèrent dans ma roulotte et ils réveillèrent Daneruké. Je pleurais toujours autant et mon bras blessé se noircissait du sang qui coulait de ma blessure.

—Mais que se passe-t-il? bredouilla mon mentor alors que la lanterne de Bulgaboom l'aveuglait pratiquement.

—On a trouvé la fillette dans l'wagon d'Okliarre, expliqua l'Arcaporal. Elle a une vilaine blessure au bras, faut la soigner rapidement !

—Prête-moi ta lanterne Bulgaboom, s'il te plait.

Il la prit et il m'amena devant la table en coin près des armoires. Je m'y assis en sanglotant.

—Tout va bien, vous pouvez nous laisser seuls, ordonna Daneruké aux deux copains en constatant les dégâts.

—On va aller essayer de réveiller les autres en attendant, répondit Smithen. On dirait que les cris de la fille n'ont même pas réussi à les faire bouger d'un poil.

Ils partirent tous deux en courant. Daneruké défit mon bandage et il observa la plaie à la lumière de la lanterne. La couleur de mon sang lui apparut alors clairement.

—Ça alors, Artis'Téming avait donc raison…

Après avoir pris des serviettes et des bandages propres dans son armoire, il m'essuya le bras et il me fit minutieusement un nouveau pansement. Il me demanda :

—Comment t'es-tu blessée, Alégracia ?

—Il y avait quelqu'un dehors, m'efforçai-je de répondre. Quelqu'un qui ne faisait pas partie de la troupe.

Une voleuse! Elle est entrée dans le wagon d'Okliarre, elle a hypnotisé tout le monde puis elle s'est emparée d'une page d'un des livres de Wecto. Elle m'a ensuite vue et elle m'a donné un coup de couteau avant de s'enfuir.

—Mais qu'est-ce que tu faisais dans le wagon d'Okliarre?

—Quand je l'ai vue, je n'ai pu m'empêcher de la suivre.

—La suivre? Mais à quoi pensais-tu? C'est Smithen et Bulgaboom qui s'occupent de la sécurité durant les voyages. Ne sors plus jamais seule la nuit désormais, compris?

—D'accord, Dan…

Mon mentor noua un nouveau bandage par-dessus le premier. Il ajouta:

—Et pour ta blessure, mieux vaut n'en parler à personne. On garde cela entre nous, d'accord?

—Pourquoi mon sang est-il noir? Il devrait être rouge, non? Quand ma mère se coupait accidentellement, c'était rouge!

—Il n'est pas noir, bredouilla-t-il. C'est seulement l'éclairage qui le fait paraître de cette couleur.

—Daneruké… je suis un démon n'est-ce pas ? Qu'est-ce qui va m'arriver ?

—Tu n'en es pas un ! Tu n'agis pas comme eux, le mal n'est pas en toi. Cette éventualité est impossible, tu comprends ? Je ne veux plus qu'on en parle. Tâche d'oublier tout ceci et reste à l'intérieur de la caravane pendant la nuit.

Il alla chercher sa gourde accrochée au mur, près de la porte, et prit une bonne gorgée d'eau. Bulgaboom et Smithen revinrent nous voir et ils confirmèrent à Daneruké qu'aucun occupant du wagon d'Okliarre ne se réveillait. Ils l'avertirent également de la présence d'une mystérieuse poudre orangée sur leur visage.

—Attendons l'aube, répondit Daneruké. Cette poudre est sans doute de l'extrait d'ayotta. Ils se réveilleront demain en pleine forme. Les guérisseurs l'utilisent sur leurs patients pour combattre l'insomnie. Vous devriez maintenant retourner à votre poste. Tâchez d'ouvrir l'œil cette fois et ne réveillez pas les autres membres de la troupe inutilement. Et s'il vous plaît, ne parlez de cette histoire à personne.

Les deux compagnons acquiescèrent et ils s'en allèrent. Nous retournâmes au lit. Je m'endormis en pleurant.

* * *

Le lendemain, je me réveillai dès que les premiers rayons du soleil se posèrent sur mon visage. À moitié aveuglée, je descendis du lit, je revêtis des vêtements chauds et je sortis profiter de la brise matinale de l'automne. Les quatre caravanes du convoi baignaient dans un silence parfait. Tous les membres de la troupe dormaient encore, sans doute épuisés par la longue route de la veille.

Nous étions installés au sommet d'une petite colline. Pour atteindre la ville de Siuron, il ne restait plus qu'à traverser une vallée boisée traversée par une rivière étincelante.

Siuron paraissait être une ville moins peuplée que Pur-Dufonio. Une agglomération de maisons et de terres cultivables étaient dispersées sur environ quatre kilomètres. On voyait de la fumée sortir des cheminées, signe que les temps froids étaient déjà arrivés.

—Bonjour, Alégracia !

C'était Pirie, elle était entièrement vêtue de blanc.

—Tu aimes profiter du matin, toi aussi ? demanda-t-elle.

—Oui. J'aime me réveiller en même temps que les oiseaux.

Ils chantaient déjà tout autour de nous, comme s'ils participaient à un débat musical enflammé. Pirie me fit un large sourire et elle ajouta :

—Moi, je viens chercher le souffle dont j'ai besoin

pour jouer de mes instruments dans l'air vivifiant du matin. C'est comme si je conservais cette fraîcheur à l'intérieur de mes poumons pendant toute la journée pour ne l'expulser que durant les spectacles. J'ai l'impression que cet air pur produit le meilleur des sons.

—Je crois que vous avez raison. Vous jouez si bien !

—Et toi tu danses encore mieux que quiconque, crois-moi. Où as-tu appris ?

—Sur la berge d'une rivière près de l'endroit où je suis née. Je tirais mon énergie du chant des oiseaux.

—Et maintenant que tu danses avec une troupe, d'où puiseras-tu cette énergie ?

—Je la tirerai de ton ocarina. Lorsque j'entends ce son si mélodieux, je ferme les yeux et j'ai l'impression de me retrouver chez moi, tranquille et seule. De toute façon, il n'y a rien de mieux que le son d'un instrument joué avec le souffle de la brise du matin.

—Je le crois tout autant. J'ai déjà hâte de te voir performer au prochain spectacle. Aviez-vous l'intention de vous pratiquer aujourd'hui, Daneruké et toi ?

—C'est ce que nous avions prévu de faire si ma blessure au bras allait mieux.

Ma blessure ! Je l'avais oubliée. Je n'avais ressenti aucune douleur depuis le réveil.

— Ta blessure? demanda Pirie. Mais quelle blessure?

— Euh… je suis tombée dans la caravane hier alors qu'une des roues a heurté un trou. Mais ce n'est rien de grave.

— Est-ce que je peux voir?

— Non! dis-je en reculant d'un pas. Ce n'est vraiment rien d'important, c'est sûrement déjà guéri.

— Allons, laisse-moi seulement y jeter un coup d'œil, je pourrai peut-être te donner des médicaments qui t'aideront à te remettre plus vite.

Sans que j'aie eu le temps de protester, Pirie prit ma main. Elle leva ma manche et elle souleva le pansement que Daneruké m'avait enroulé autour du bras. J'avalai ma salive. Elle allait forcément voir que ma blessure n'avait rien à voir avec une chute ordinaire.

— Ça semble guéri, je ne vois aucune contusion ni cicatrice, ton bandage est blanc comme neige.

Elle appuya ses doigts à l'endroit où se situait ma blessure d'hier.

— Est-ce que tu ressens de la douleur?

Je lui répondis par la négative. La blessure avait vraiment disparu durant la nuit. Pourtant, elle semblait tellement importante la veille. J'avais eu peur de ne pouvoir danser pendant au moins une semaine.

Pirie déchira les attaches du bandage et elle l'enleva complètement.

—C'est un pansement militaire. Ce doit être Daneruké qui te l'a appliqué. C'est étrange, il n'a pas l'habitude de les gaspiller pour des plaies sans importance.

Puis, elle se tut pour observer l'horizon et elle prit de grandes respirations.

—Je vais aller déjeuner, m'informa-t-elle. Les autres ne tarderont pas à sortir du lit. Profite des quelques minutes de silence qu'il te reste.

Pirie se retrancha alors dans son wagon et elle laissa la porte à demi ouverte pour l'aérer.

Alors que les oiseaux chantaient encore et que personne ne me regardait, j'exécutai quelques brefs pas de danse pour me préparer mentalement à ma pratique d'aujourd'hui.

* * *

—Ah! Quelle merveilleuse journée qui s'annonce!

Wecto chantonnait alors qu'il descendait les deux marches de son wagon. Il portait, comme toujours, son grand chapeau à plumes. Il n'avait pas remarqué, à sa porte, la nouvelle poignée que Smithen avait installée avant que le soleil ne se lève.

—J'ai passé une nuit remarquable, comme celles que l'on décrit dans les fables! Les rêves, bien qu'indéchiffrables, m'ont présenté des beautés ineffables!

J'imaginais qu'il s'adressait à moi puisqu'il n'y avait que nous à l'extérieur.

—Bonjour, Wecto! J'espérais qu'un de vous se réveillerait bientôt. Je commençais à m'inquiéter.

—Mais pourquoi vous inquiétiez-vous, jeune Alégracia?

—Eh bien… je suppose qu'aucun d'entre vous n'a eu conscience qu'un étranger s'est infiltré dans votre wagon durant la nuit?

—Non, mais c'est insensé. La porte était verrouillée et nous en aurions certainement eu conscience. Mon ami Jaquot a d'ailleurs un sommeil plus léger qu'une souris.

—Si je vous avoue quelque chose, allez-vous garder le secret?

—Muet comme une carpe.

J'entraînai Wecto un peu plus loin du sentier, dans la zone rocailleuse en bas du talus. Personne ne pouvait nous entendre de là.

—Ce que je vais vous dire, il n'y a que Daneruké, Bulgaboom, Smithen et moi-même qui sommes au courant. Durant la nuit, j'ai aperçu une ombre s'infiltrer dans votre caravane et je l'ai imprudemment suivie. Il s'agissait d'une femme vêtue d'un camouflage sombre. Elle vous a plongés dans un sommeil hypnotique à l'aide d'une poudre orangée avant de s'intéresser à un de vos livres.

—Un de mes livres? Mais lequel?

—Je n'ai pas pu l'identifier de l'endroit où j'étais. Ce que je sais, c'est qu'elle a arraché une page et qu'ensuite, lorsqu'elle m'a vue, elle est repartie en courant!

—Mes livres contiennent des informations que beaucoup de gens envient. Il n'est pas surprenant que certains tentent de s'en approprier par des moyens déloyaux. Mais je suis encore heureux que cette intruse ne s'en soit pas pris à nos vies! Okliarre devra renforcer la sécurité du convoi dès ce soir sans quoi je ne resterai pas ici. Mais je suis curieux de savoir à quelle page de mes livres cette voleuse s'est intéressée. Nous allons vérifier cela ensemble. Attends-moi ici.

Wecto remonta le talus. Il entra dans son wagon pour prendre son sac et il redescendit me rejoindre. Il examina les livres un à un.

—Mes livres sur les légendes anciennes sont restés intacts ainsi que le sont mes journaux personnels. Voyons si cette voleuse s'intéresse aux objets rares…

Wecto prit un livre usé à la couverture bleu marine. Son titre, *Artéfacts*, était inscrit en lettres dorées.

—Ce livre est l'un de mes plus précieux. Au Plateau-Doré, je fais habituellement payer les gens des dizaines d'Orangearres pour leur laisser en lire quelques pages.

Il le feuilleta rapidement et il se rendit vite compte qu'une des pages manquait.

—Une page a bel et bien été déchirée. Si ma mémoire est bonne, c'est celle qui décrivait l'Envolée Céleste.

—Qu'est-ce que c'est, l'Envolée Céleste ?

—C'est une épée unique dont la lame est bleue, transparente et en forme de plume. Elle tue les démons instantanément, d'un seul et unique coup, même ceux qui ont la capacité de se régénérer. Toutefois, lorsqu'on frappe un démon avec cette épée, la lame se brise à coup sûr et elle devient aussitôt inutilisable. La magie du pommeau fait lentement repousser la plume. C'est un processus qui prend cent ans à s'accomplir.

—À qui appartient cette épée ?

—Jadis, elle était entre les mains de Zarakis le Solarius. C'est avec cette arme qu'il a tué le démon Athore, mais encore là, très peu de gens sont au courant de ce secret. Il lui a enfoncé l'Envolée Céleste droit au cœur, puis la lame s'est brisée. Sa mission accomplie, il a quitté ce monde, cachant derrière lui sa précieuse Envolée Céleste et le maléfique Serpent d'Argent.

—Pourquoi la voleuse aurait-elle risqué de se faire prendre pour venir arracher cette page de votre livre ?

—J'y ai retranscrit quelques énigmes qui pourraient révéler l'endroit où cette arme est cachée à ceux qui réussiraient à les déchiffrer. Ce serait un motif valable.

Je feuilletai au hasard les pages de ce vieux livre.

—Est-ce que vous avez dans ce bouquin un passage sur le Serpent d'Argent ?

—Évidemment ! Je ne pourrais avoir de l'information sur l'Envolée Céleste sans en avoir sur son contraire existentiel, le Serpent d'Argent.

Wecto s'arrêta sur une page défraîchie où était dessiné un long bâton ondulé, de couleur argent avec une tête de serpent à l'extrémité. Un des yeux du serpent reluisait de bleu, l'autre était noir et creux.

—Le Serpent d'Argent, lisait Wecto, l'arme favorite du plus puissant Kajuvâr qui ait jamais parcouru notre monde : le redoutable Athore. Doté d'une force de frappe inégalable, le Serpent d'Argent peut venir à bout de ses adversaires en un seul coup. Sa force est si grande que le son de l'impact qu'il provoque peut rendre sourds tous ceux qui l'entendent. La légende raconte d'ailleurs que son ancien possesseur utilisait les pouvoirs du

Serpent d'Argent pour voler l'âme de ses ennemis et les expédier directement dans les *Ténèbres*.

Les yeux de Wecto se détachèrent de l'ouvrage, il me dit :

—Après avoir entendu maintes rumeurs et spéculations, j'ai ajouté une note au bas de cette page.

Il reprit sa lecture :

—Au tout début, les *deux* yeux du Serpent d'Argent brillaient d'une même lueur bleutée. Toutefois, le jour où un œil de la même couleur est apparu au front d'Athore, un des yeux du Serpent d'Argent s'est éteint.

Il referma son livre.

—Vous croyez, demandai-je, que c'est l'œil du Serpent d'Argent que ce démon avait au front ?

—C'est possible. Les historiens comme moi croient qu'Athore avait arraché un œil du Serpent d'Argent pour absorber son pouvoir. Cela expliquerait pourquoi la puissance d'Athore surpassait celle de tous les autres démons de son espèce et qu'il était si… unique.

Wecto rangea le livre dans son sac et en boucla les attaches de fer.

—Mais en ce qui concerne cette voleuse, j'ignore pourquoi elle a déchiré la page de l'Envolée Céleste.

Soit elle veut le trouver et le garder pour elle, ce qui serait très plausible, soit elle souhaite faire disparaître les énigmes qui pourraient mener à sa découverte.

—De toute évidence, cette personne savait déjà ce que renfermait votre livre. À qui d'autre l'avez-vous montré dernièrement?

—Je ne montre habituellement mon livre qu'à ceux qui paient, et très peu de gens sont prêts à le faire. Un vieux marchand de Pur-Dufonio s'y est intéressé récemment. Il m'a offert une vingtaine de Verdars simplement pour feuilleter quelques minutes mon livre des Artéfacts.

—Est-ce que, par hasard, ce marchand vendait des souvenirs?

—Oui. J'ai justement profité d'une promotion intéressante et je me suis procuré deux figurines d'Athore pour le prix d'une.

À ce moment, je me rappelai la bague gravée des lettres *AT*, au doigt du vieux marchand. La voleuse en portait également une sous son gant, autour du majeur droit. Il devait certainement s'agir de ce fameux sigle de famille.

Avec étonnement, j'élucidai, ce matin-là, la première énigme d'un énorme casse-tête.

—Copico Artis'Téming… le chasseur de démons à la retraite. La voleuse de cette nuit devait avoir comme mission de vous voler cette page, pour son compte. Il serait logique qu'un chasseur de démons puisse s'intéresser à l'Envolée Céleste, une arme capable de les vaincre.

—Mais Alégracia, tu viens de dire qu'il est à la retraite. Cette arme ne lui serait d'aucune utilité.

—Pas pour lui, mais il est le descendant d'une longue lignée de chasseur de démons et, durant une conversation, il a laissé entendre qu'il avait une fille. Je suis persuadée qu'il l'a initiée à l'art de ses ancêtres.

—Tu sautes plutôt vite aux conclusions, petite! Comment expliques-tu ce raisonnement?

Je faillis répondre à Wecto, mais je me retins juste à temps. La voleuse ne pouvait être qu'une chasseuse de démons, la fille de Copico Artis'Téming. Avant hier, personne n'avait réussi à me blesser. Il fallait savoir où et comment frapper pour réussir à percer ma peau coriace… ou encore fallait-il utiliser les armes appropriées. Et cette bague…

Dévoiler ma théorie à Wecto aurait en quelque sorte révélé mon secret au grand jour. Je commençais vraiment à croire que quelque chose de noir somnolait en moi, que j'étais peut-être ce que je ne souhaitais pas être… Heureusement, il n'y avait que Daneruké qui *savait* et je souhaitais qu'il restât le seul.

—Simple spéculation, lui répondis-je d'un ton douteux. Mais n'en parlons plus, allons plutôt voir si les autres sont réveillés.

* * *

Après l'heure du dîner, le soleil se cacha derrière quelques nuages gris et bouillonnants. Heureusement, il ne pleuvait pas encore.

Ce jour-là était considéré comme un *jour de congé* pour les membres de la troupe. Les wagons allaient rester en place jusqu'au lendemain matin, comme l'avait annoncé Okliarre (qui ne se réveilla pas avant onze heures, comme les autres occupants de sa caravane, outre Wecto). Pour souper, *Chef Bulgaboom* allait faire cuire un porc sur la broche. Ce repas, qui n'avait lieu qu'une fois pendant chaque voyage, restait une tradition, un moment privilégié pour la troupe où on se réunissait, on riait et on mangeait copieusement.

Je m'entraînais depuis trois heures avec Daneruké en vue de notre prestation du lendemain.

—Il ne sera pas utile de décortiquer tous nos mouvements, m'avoua-t-il entre deux sessions. Tu sembles à l'aise autant que moi dans la danse improvisée. Nous n'aurons qu'à travailler l'entrée ainsi que la sortie. Pour le reste, je crois que ça ira.

Plus tôt ce matin, il avait examiné mon bras et il n'avait pas semblé surpris de voir que la plaie avait disparu durant la nuit. Nous étions donc sortis pour danser sans plus attendre.

Durant la pratique, je me surprenais moi-même. Avec Daneruké, j'arrivais à danser de façon rythmée sans l'aide d'aucun accompagnement musical. Il me suffisait de le regarder faire quelques pas et l'inspiration venait d'elle-même. Nous pouvions danser pendant plusieurs minutes, de façon très complice, avec notre instinct comme seul guide.

Au milieu de l'après-midi, les quatre musiciens vinrent nous rejoindre et nous proposèrent plusieurs styles de musique pour Siuron. Daneruké et moi optâmes pour un style rapide, mais cette fois encore, mon mentor leur demanda d'attendre que je commence à danser avant de jouer. Je souhaitais aussi que Pirie souffle quelques notes de son ocarina avant que nous entrions en scène.

Toute la période d'entraînement se déroula à merveille. Je me sentais enfin prête à satisfaire mon auditoire.

Dans son coin, Samocure me regardait d'un œil noir. Je lui avais volé sa place, il n'était plus que l'annonceur de numéros. Ce nouveau poste ne semblait pas lui plaire, mais il récitait tout de même ses textes avec Okliarre. J'essayais d'éviter son regard.

Alors que je retournais à la caravane pour me reposer, il vint me retrouver.

—Je t'ai regardée danser tout à l'heure. Ton numéro

de danse sera un échec ; tu n'as pas le talent requis. À ta place, j'abandonnerais aujourd'hui même pour éviter l'humiliation demain, à Siuron.

—Laisse-moi tranquille et retire-toi de mon chemin ! Je ne supporterai jamais les injures fétides d'une loque de Moranoir comme toi !

Je refermai aussitôt la bouche, stupéfaite, comme si quelqu'un d'autre venait de parler à ma place. Le jeune Samocure venait d'être blessé au plus profond de son orgueil et il grinça des dents.

—Une loque ? me cracha-t-il le visage collé contre le mien. Tu sauras, petite idiote, que personne ne souillera le nom des Moranoir en ma présence. La famille ducale est l'une des plus respectées et des plus riches de tout le Continent-Colo...

Je coupai court à son discours en poussant un cri strident, presque inhumain. Il fut si surpris qu'il en tomba à la renverse. Au lieu de m'enfuir en pleurnichant, je le regardai d'un œil noir.

Mes dents se mirent étrangement à me brûler les gencives. Samocure se releva lentement en ne me lâchant pas des yeux. Son regard m'indiquait clairement qu'il aurait sa revanche. Il secoua ses vêtements et il s'enfuit dans sa caravane après m'avoir lancé une ultime insulte. Quant à moi, je courus dans la caravane de Daneruké et je bus tout le contenu d'une de ses gourdes pour apaiser le brûlement de mes gencives.

* * *

J'eus le temps de me calmer avant l'heure du repas. Ce devait être parce que je n'avais pas revu Samocure de la journée. Ce dernier se cachait dans son wagon depuis notre dispute. Il n'osa même pas sortir pour le souper. Je présumai qu'il craignait ma présence ou qu'il préparait un mauvais coup pour se venger.

Durant l'après-midi, Bulgaboom avait préparé un grand feu pour faire rôtir le porc et les membres de la troupe s'y réunirent en début de soirée pour discuter et pour se réchauffer. Je pris place entre mon mentor et Okliarre. Une fois tout le monde arrivé, ce dernier se leva et il s'adressa à nous :

—Mes amis, le grand jour approche. Demain, nous enchanterons Siuron et la semaine prochaine, ce sera le tour de la ville de Lyrmentt. Et enfin viendra le moment du *vrai* spectacle, le *seul* spectacle : le Festival de l'Automne de la vaste cité d'Holbus !

« Cette année, nous aurons l'honneur de compter parmi les spectateurs une personnalité de haut prestige ! »

Okliarre attendit, pendant que les artistes murmuraient des suppositions entre eux.

—Oui, cette année, Izmalt, le roi d'Holbus, viendra lui-même assister aux prestations des artistes du Festival de l'Automne !

Une salve d'applaudissements suivit aussitôt. Moi, je préférai garder mes mains dans mes poches. Je n'éprouvais aucune sympathie pour le roi et sa progéniture.

Okliarre reprit son discours :

—Mais en attendant l'heure de gloire ultime, mangeons à notre santé !

Bulgaboom retira le généreux morceau de porc du feu et il badigeonna la viande d'une sauce qui dégageait des arômes sucrés d'orange. Le porc semblait cuit juste à point.

—J'ignorais que Bulgaboom possédait des talents de cuisinier, murmurai-je à Daneruké.

—Ce n'est pas vraiment la cuisine qui l'intéresse. C'est seulement qu'il a une attirance hors du commun pour tout ce qui brûle…

Avec un sourire hypnotique, le petit bonhomme barbu trancha des morceaux de viande et il les servit dans des assiettes de porcelaine que Smithen distribua aux membres de la troupe. L'Arcaporal se délectait :

—Enfin d'la bonne viande ! Bulgaboom, t'es l'meilleur ami que j'peux pas avoir ! Ya de quoi rassasier deux carnivores comme moi avec c'te porc-là ! Et avec d'la p'tite sauce orangée, t'aurais pas pu choisir mieux ! La bave m'en coule ! Ho… et pis on va s'ouvrir notre p'tit Sabrion et boire ça comme des grands !

En général, la viande me répugnait. Mais après quelques bouchées de ce succulent morceau, impossible de m'arrêter. Cette viande était un pur délice, tellement que j'en redemandai. Bulgaboom semblait ravi que j'apprécie sa cuisine à ce point.

Pendant le repas, les discussions affluaient de toutes parts. Je me contentais d'écouter en silence, puisque je ne connaissais rien de la situation écologique de la Contrée-Bleue ou encore, des merveilles architecturales du palais de Kaerine sur le Plateau-Doré. Mais les choses devinrent plus intéressantes quand Pirie lança un nouveau sujet de conversation.

—Suis-je la seule à avoir entendu cette rumeur? demanda-t-elle après un échange enflammé avec ses voisins. Okliarre, vous pourrez sans doute nous éclairer.

—De quelle rumeur parlez-vous au juste? demanda Okliarre.

—Celle à propos de Riuth. Il semble qu'il fera acte de présence aux représentations du Festival de l'Automne.

—Riuth? Le fils exilé du roi Izmalt? Mais il est, comme je viens de le dire, exilé!

—Des gens à Pur-Dufonio ont prétendu que le roi l'aurait retrouvé. L'histoire semblait toute fraîche, de deux jours, tout au plus.

—Allons, Pirie ! C'est ridicule. Riuth s'est enfui du royaume d'Holbus pour échapper à l'exécution. Il doit rôder sur les terres lointaines du Drakanitt en solitaire. Personne n'a eu de ses nouvelles depuis une quinzaine d'années environ.

—Je sais, reprit Pirie. Mais il reste qu'il s'agit d'une rumeur qui court beaucoup actuellement ! Les gens croient que le prince disparu serait déjà à Holbus.

—Je n'oserai croire ces rumeurs avant d'avoir vu le prince Riuth de mes propres yeux, affirma Okliarre. Disparaître pendant tout ce temps, ce n'est pas rien. Riuth a été activement recherché sans succès, sa tête a même été mise à prix. Je doute qu'il soit encore en vie, mais je suis heureux que vous me fassiez part de la nouvelle, Pirie. Je m'informerai demain à Siuron auprès de la population pour y apporter de la lumière.

Le repas se poursuivit parmi les rires et les chansons. Wecto, Paul et Jaquot, assis un peu à l'écart, acceptèrent de nous apprendre les airs entraînants du Plateau-Doré, leur province natale. Ils donnaient le rythme en claquant des doigts et ils chantaient la beauté du soleil et la splendeur de Kaerine sous la lumière matinale.

—Le repas est terminé pour moi, dit soudain mon mentor en se levant. Je ne veux pas souffrir de crampes demain. Tu devrais faire la même chose, Alégracia.

Suivant son judicieux conseil, je déposai mon assiette. J'avais déjà mangé trois portions de viande. J'allai féliciter Bulgaboom qui me répondit d'un *Bulgaboom*! jovial. Alors que tout le monde rentrait se coucher, je le vis éteindre le feu à contrecœur, alors que Smithen ramassait les derniers déchets.

* * *

Le lendemain, les nuages annonçaient un orage.

—Le spectacle ne sera pas annulé, nous avisa le chef de la troupe. Rappelez-vous que nous présentons nos numéros sous le toit de l'auberge d'Hallion Grand-Bec. Tout est déjà arrangé.

Notre convoi venait de franchir les limites du village paisible de Siuron. J'avais tellement hâte de me retrouver sur scène, je ne pouvais plus attendre. Daneruké relaxait dans son fauteuil de velours. Il lisait un petit livre qui semblait minuscule entre ses gros doigts de guerrier. Okliarre avait exigé que Samocure conduise notre caravane, car Daneruké et moi devions être frais et dispos pour le spectacle. Daneruké leva les yeux un moment pour me dire :

—Tu es restée rivée à ce carreau toute la journée, tu vas finir par avoir mal au cou.

—Je veux simplement voir les gens du village. Ce sont *eux* qui vont venir nous voir !

Il soupira :

—C'est vrai que les premières fois, c'est très excitant de faire des spectacles! Mais on s'habitue vite et à la longue, ça devient plus un travail que de l'art.

—J'aimerais crier à tous ces gens : «Venez voir le spectacle de la Troupe d'Okliarre!» Je veux une salle pleine à craquer!

—Si nous avons le même succès qu'à Pur-Dufonio, elle le sera. D'autant plus que le temps incitera les gens à se cloîtrer à l'intérieur.

Je demeurai le nez collé à la fenêtre, les jambes tremblantes d'excitation.

Le convoi s'arrêta devant un grand bâtiment de bois à trois étages avec, sur la façade avant, des fenêtres géantes plus larges que hautes. Un pavé de pierres carrées menait jusqu'à la grande porte principale, maintenue ouverte à l'aide d'un crochet. Il s'agissait de l'auberge d'Hallion Grand-Bec, une vieille construction d'apparence modeste mais chaleureuse.

Nous sortîmes de nos caravanes pour aller nous réchauffer à l'intérieur. Le grand hall du rez-de-chaussée s'étendait sur tout l'étage. On y retrouvait des dizaines de tables carrées toutes identiques, alignées autour d'une spacieuse scène surélevée d'un demi-mètre. C'était là qu'allait se tenir notre spectacle. Dans l'auberge, il faisait aussi clair que dehors, sinon plus.

Okliarre alla rencontrer un gros bonhomme barbu, vêtu d'une veste noire, qui servait des clients derrière un long bar.

—Bonjour, monsieur Hallion, commença notre chef. Nous sommes de la Troupe d'Okliarre et nous venons nous préparer pour le spectacle prévu pour ce soir.

—Je vous attendais justement, monsieur Okliarre ! Soyez à votre aise, entrez votre matériel et préparez-vous ! J'ai annoncé au village entier que la représentation allait commencer à sept heures, tout de suite après le grand souper hebdomadaire.

—Nous serons prêts à temps, n'ayez crainte.

—J'ai hâte de vous revoir à l'œuvre. Je me suis ennuyé de vous depuis l'an passé.

Okliarre lui adressa un large sourire et il nous rejoignit. Il nous ordonna ensuite d'aider Smithen et Bulgaboom à déplacer le matériel derrière la scène.

—Pas de feu d'artifice pour ce soir non plus, évidemment, dit le chef à Smithen. On risquerait de mettre le feu. Ça en fera simplement plus pour le Festival de l'Automne.

—Bulgaboom et moi, on a justement préparé des nouvelles poudres pour Holbus. Ça explose et ça fait plein de bruit et de couleurs. Z'allez être impressionnés, promesse d'Arcaporal.

Nous prîmes presque une heure pour tout transporter dans les coulisses. Pendant que les autres déplaçaient les objets lourds, je m'affairais à trimbaler les accessoires plus légers comme les costumes et des petites sections du décor.

—Le souper sera encore aux frais de la Troupe, nous assura Okliarre. Allez manger et, dans une heure, je veux tous vous voir derrière la scène. Le spectacle ne commencera pas tant que des membres seront absents.

Il jeta un coup d'œil à la fenêtre située à gauche du bar et il continua :

—Il pleut dehors. Les gens commencent déjà à entrer. La salle sera pleine d'ici peu, l'audience sera bonne.

Tout semblait parfait. Daneruké et moi mangeâmes ensemble des pains grillés trempés dans un coulis de bleuet et agrémentés de fromage fondu.

La salle continua à se remplir jusqu'à ce que tous les sièges soient occupés. Le bruit de cliquetis d'ustensiles sur les assiettes, mélangé au brouhaha des villageois, emplit l'atmosphère. Daneruké m'expliqua que l'Auberge d'Hallion Grand-Bec était l'endroit où les habitants se réunissaient chaque semaine pour savourer les plats du chef Grand-Bec et pour assister aux prestations hebdomadaires d'artistes variés. Ce soir c'était notre tour.

Daneruké ne flâna pas plus longtemps.

—Allons rejoindre les autres. Okliarre déteste les retards.

Il me prit la main et il m'escorta derrière la scène, où les autres étaient déjà rassemblés.

Samocure tenait un long papier dans ses mains et il répétait les lignes qu'il s'apprêtait à dire. Les musiciens nettoyaient une dernière fois leurs instruments et les trois conteurs fumaient tranquillement leur pipe en pestant contre l'odeur ambiante qu'ils jugeaient nauséabonde. Quant à Daneruké et moi, nous pratiquions les exercices d'étirement qu'il m'avait enseignés durant notre escale.

Le chef arriva à la hâte.

—Les gens ont fini de manger. Il est temps de commencer. Samocure, tu ouvriras le spectacle. Tu as bien appris ton texte ?

—Par cœur, spécifia le jeune Moranoir avec fierté.

—Parfait, alors entre en scène, c'est à toi !

J'espérais au plus profond de moi-même que Samocure posséderait davantage d'éloquence que de talent en danse. Je ne voulais pas qu'il gâche le spectacle. Placée derrière le rideau qui nous dissimulait de la foule, je l'observai s'avancer devant la scène. Samocure commença alors son discours :

—Mes amis, l'été de cette année a été l'un des plus chauds et des plus beaux des dix dernières années…

Il continua sur cette lancée, répétant les mêmes mots qu'Okliarre avait prononcés à la représentation de Pur-Dufonio.

Avant que Samocure ne terminât son discours, les musiciens entrèrent et ils se mirent à jouer une douce mélodie, inspirée de la culture des vagabonds aux manches blanches de la Contrée-Bleue. La foule devint silencieuse, tous les regards étaient rivés sur le spectacle, chacun attendant impatiemment la suite.

Samocure laissa place à Wecto qui chanta en solo. Daneruké mit alors sa main sur mon épaule en me disant :

—Après lui, ce sera à notre tour. Quand Wecto aura terminé sa chanson, nous monterons sur scène et nous attendrons les premières notes de Pirie. Tu te souviens des principaux pas ?

—Bien sûr, Dan. Nous les avons répétés pendant des heures, hier.

Pendant ce temps, Okliarre félicitait Samocure :

—Tu as très bien lu ton texte ! Mais ne t'éloigne pas trop, car tu iras présenter Daneruké et Alégracia à la foule avant qu'ils n'entrent en scène.

—Est-ce que je pourrai recommencer à danser après

ce soir ?

—Non, Samocure, pour la dernière fois, non ! Tu es meilleur présentateur que danseur. C'est désormais Alégracia qui sera la nouvelle partenaire de Daneruké.

Le jeune homme grimaça et il se rapprocha du passage des coulisses. Quand Wecto revint derrière le rideau, Okliarre siffla au garçon :

—C'est à toi maintenant !

Samocure retourna sur la scène et il prit la parole :

—Et maintenant, pour enchanter vos yeux autant que vos oreilles, nos talentueux musiciens accompagneront les pas des danseurs Daneruké et Alégracia !

La foule applaudit à tout rompre. L'heure était venue de prouver mon talent à tous.

Daneruké me prit la main et il m'accompagna sur scène. L'auberge semblait pleine à craquer, j'estimais l'assistance à deux cents spectateurs, au minimum. Mais ce nombre ne m'embarrassait pas. Je me sentais à l'aise et j'éprouvais même une certaine satisfaction. J'allais enfin danser devant un auditoire uniquement composé d'êtres humains. Rien n'aurait pu me motiver davantage.

Les musiciens réunis derrière nous se préparaient à jouer. Daneruké et moi, placés dos à dos, tête baissée, attendions la première note.

Pirie se mit à interpréter un air mélodieux qui me rappelait celui des oiseaux. L'air était d'une beauté inégalable, il était évident qu'elle tirait profit de tout l'air matinal qu'elle avait accumulé depuis Pur-Dufonio. Une vive énergie me monta droit au cœur, d'une force presque insoupçonnée. J'en ressentis des picotements dans les bras et les jambes. La musique de l'ocarina s'éleva au-dessus de tout, puis elle coula lentement les mesures pour finalement s'éteindre. Notre danse commençait à ce moment. Mes jambes et mes bras bougèrent gracieusement et la musique explosa aussitôt.

J'hypnotisais les musiciens par mes mouvements, tout comme le faisait mon coéquipier. Nous dansions avec grâce sous un rythme toujours grandissant. Nos pas improvisés variaient selon la cadence. Parfois, nous dansions indépendamment l'un de l'autre et, d'autres fois, nous nous tenions par la main et nous changions de position sur scène. Nous parvenions à synchroniser des séries de mouvements complexes de façon parfaite. Un lien magique m'unissait à mon partenaire et aux musiciens, créant la meilleure des chimies pour ce numéro. Tout était impeccable, la foule était béate d'admiration avant même la fin de notre danse.

Nous fûmes noyés sous une vague d'applaudissements enthousiastes. Nous saluâmes la foule avant de retourner derrière le rideau pour céder la place aux conteurs.

—C'était parfait ! me déclara Daneruké.

Il prit un mouchoir et épongea la sueur sur mon visage. Peu après, alors que les chants venaient de commencer, Okliarre vint nous féliciter.

—La foule en veut encore ! Splendide ! Tu as bien choisi ta partenaire, Lorcana. Continuez dans cette voie !

Lorsque Paul, Jaquot et Wecto sortirent de scène, Samocure lut ses dernières lignes et nous montâmes tous sur scène pour saluer l'auditoire une dernière fois. La foule nous acclamait et moi, je souriais, comblée de bonheur devant ce succès.

Okliarre demanda à nous voir en coulisses tout de suite après.

—C'était un spectacle splendide ! On ne pourrait demander mieux ! Tout le monde était à sa place. Je vous félicite, vraiment… Je veux *cette* qualité à Holbus dans deux semaines et tout sera parfait. Et en attendant, voici votre paie.

Il distribua une poignée de pièces vertes et ovales à chacun. J'en reçus six avec le chiffre « 10 » gravé sur chacune d'entre elles.

—Heureuse de ta première paie ? me demanda mon mentor avec un sourire espiègle. Cela fait soixante Verdars ! Tout est à toi. Tu es libre de le dépenser comme il te plaira.

Ma première paie… j'en étais si heureuse. Cependant, je ne savais guère comment en profiter... Je glissai les pièces dans une petite bourse accrochée sous ma robe.

Smithen et Bulgaboom rembarquaient déjà le matériel et les autres membres de la troupe se mêlèrent à la population pour célébrer leur succès.

Sous la lumière des candélabres, les gens chantaient, jouaient au double-tiarba – un jeu de cartes – et bavardaient devant une bière ou une coupe de vin. Plusieurs vinrent me féliciter pour ma performance et j'en étonnai plus d'un en avouant que je n'avais que douze ans. Parmi eux, une vieille dame, assise seule à une table, attira mon attention. Du doigt, elle m'invitait à aller la rejoindre.

—Tu peux venir t'asseoir à mes côtés si tu le veux, m'invita-t-elle d'une voix qui me rappelait celle d'un enfant.

Je tirai une chaise à sa table et je m'y assis. Sous son ample chevelure chenue, je vis qu'elle me souriait et je remarquai que son regard semblait perdu.

—Tu danses bien, fillette. Un talent comme le tien, c'est rare. Quel est ton nom et d'où viens-tu ?

—Je suis Alégracia, j'habitais près de la mer avec ma mère.

—Alégracia ! répéta-t-elle éblouie, comme si elle

venait de trouver un trésor perdu depuis cent ans. Tu as un très joli nom! Est-ce que tu sais ce qu'il signifie?

—Pas du tout, répondis-je. Vous le savez, vous?

—C'est un composé de mots du dialecte angélique, une langue complexe que très peu de gens peuvent comprendre. Le mot Alégracia signifie: *Les yeux d'un ange*.

—Que c'est beau… Personne avant vous ne m'en avait jamais parlé. Pourtant, ma mère devait savoir…

—C'est un nom bien inspiré. Tu as un regard splendide. Je ne peux me tromper. Mon père m'a patiemment appris les principes de cette langue alors que j'étais toute jeune. C'est une tradition dans la famille d'apprendre le dialecte des anges, car nous avons du sang d'ange en nous.

—Vous êtes un ange?

—Oh! bien peu, ma chère petite. Le sang s'est beaucoup dilué avec les générations, je n'ai jamais eu d'ailes. Je suis de la onzième génération. Mes ancêtres appartenaient à la race des Akdathes, des anges purs dont l'apparence est semblable à celle des humains. Ils sont aveugles et muets, mais ils ont des facultés télépathiques qui leur permettent de voir et de parler avec la force de l'âme. Je suis moi-même muette et aveugle. La voix que tu entends ne passe pas par tes oreilles, mais va directement vers ton esprit. Je ne remue les lèvres que pour éviter de t'effrayer.

« Les Akdathes possèdent aussi des dons de voyance. Je peux en apprendre sur le passé et les états d'âme d'une personne, seulement en la touchant. »

—Que c'est fascinant !

—Tends-moi la main, fillette, me dit-elle pendant qu'elle me présentait la sienne sur la table.

Je ne ressentais aucune méfiance à l'égard de cette gentille dame et je lui obéis aveuglément. Elle enroula sa main autour de la mienne et elle se concentra.

—Tu es bien spéciale, Alégracia. Heureuse et triste à la fois.

—Je suis au comble du bonheur. Je ne suis pas triste.

—C'est faux, me lança-t-elle avec conviction. Il existe de la tristesse en toi, mais tu l'as enfouie si profondément que tu crois l'avoir oubliée. Je parle bien sûr de ta mère, de ta sœur, d'un sympathique marchand, d'une maison en rondins, de centaines de fleurs... de ton ancienne vie, quoi.

« Il y a tant de peines enfouies en toi, tant de regrets cachés tout au fond d'un gouffre noir... Tu es comme un volcan qui entrera bientôt en irruption. Tout cela pourrait être évité si tu affrontais ton passé, Alégracia, mais tu préfères l'oublier pour qu'il cesse de te perturber. »

Des souvenirs innombrables surgirent tout à coup.

—Vous avez peut-être raison. Il y a longtemps que je n'ai pas pensé à ma famille. J'aimerais savoir si ma mère va bien aujourd'hui. Pouvez-vous m'apprendre quelque chose sur elle ?

—Je peux lire les états d'âme de personnes de ta famille proche ou d'amis de longue date. Je peux donc essayer pour ta mère.

Elle reprit sa concentration tout en serrant ma main.

—Je ne suis pas capable d'entrer en contact avec l'âme de ta mère. Elle doit se trouver loin d'ici.

—Mosarie vit maintenant sur le Drakanitt.

—Ah ! Il est normal que je ne puisse pas la retrouver. Ta mère est physiquement trop éloignée.

—Et ma sœur, Sintara ?

—C'est étrange, me révéla-t-elle après un bref moment de concentration. Je la ressens davantage comme une amie que comme un membre de ta famille. Ma vision est floue, mais je peux distinguer de somptueux vêtements, la compagnie de gens de haute société et un splendide château.

—Elle est sous la garde du prince Shnar, sans doute entourée du luxe de la royauté.

La vieillesse n'avait pas enlevé la beauté à cette

vieille dame. Elle semblait sereine, les yeux fermés, souriant à peine.

—Y a-t-il une dernière personne que je pourrais sonder pour toi?

Je me mis à réfléchir. Il existait bel et bien quelqu'un d'autre.

—Voilà plusieurs jours déjà, j'ai rencontré un ange aux ailes multicolores. Il m'avait donné rendez-vous à Pur-Dufonio, mais il ne s'est jamais présenté. J'aimerais savoir où il se trouve aujourd'hui.

—Un ange aux ailes multicolores? Tu as sans doute rencontré l'Ange Arc-en-Ciel.

« Très peu de gens sur le Continent-Coloré ont eu la chance d'admirer cet ange. Les histoires le décrivent comme un justicier invincible qui n'œuvre pour le compte de personne. Quand on demande : *Où se trouve l'Ange Arc-en-Ciel?* les élucides répondent : *Là où les valeurs des six sont en danger.* »

Elle ferma les yeux à nouveau et elle demeura immobile pendant une longue minute.

—Encore floue comme vision. Difficile à sonder. J'ai cru entrevoir les ténèbres des profondeurs, la souffrance du fouet, des chaînes et des barreaux de fer. La prison, peut-être… mais qui souhaiterait emprisonner un ange?

—Shnar. Quand j'ai quitté les mines, l'Ange Arc-en-Ciel se battait avec le second du prince, Bimosar. Je ne suis pas restée assez longtemps pour connaître le dénouement de l'affrontement. Le prince a dû les rattraper. Avec Bimosar, il pourrait l'avoir capturé. Et moi qui me suis enfuie au lieu de l'aider !

—Tu es bien trop jeune pour te mêler aux guerres. Tu ne connais pas la violence. Tu dois t'en éloigner : ton âme est encore si pure.

—Un jour, j'apprendrai à me battre ! Ce genre de situation n'arrivera plus !

—Prends garde, jeune fille. Apprends la nuance entre te battre et te défendre. Un des deux arts peut réveiller des monstres qui sommeillent en toi. Cette nuance est vitale, ma chérie, ne l'oublie jamais.

—Je ne l'oublierai pas.

Près de la porte, Daneruké me fit signe de le rejoindre. Je dus faire mes salutations à la gentille dame.

—Je suis heureuse d'avoir fait votre connaissance. Mais au juste, comment vous appelez-vous ?

—Je suis dame Majora Castter. Mais tu peux m'appeler Majora.

Je lui fis un grand sourire.

—Je dois aller rejoindre les autres maintenant. Peut-être nous reverrons-nous?

—J'en serais très heureuse, ma petite. Je passe la majorité de mes vendredis soirs dans cette auberge à regarder les spectacles, pour profiter de la compagnie des autres. Si tu repasses par Siuron, tu sauras où me trouver.

Je la saluai une dernière fois et je m'apprêtai à la quitter lorsqu'elle se leva et me saisit le bras. Elle ficha ses yeux vides dans les miens :

—Un dernier conseil, Alégracia : lorsque tu verras le soldat, achète-lui un billet...

J'acquiessai et elle me relâcha en souriant. Je gardai cette phrase bien en mémoire. Je rejoignis Daneruké à l'extérieur.

—Il se fait déjà tard, me dit-il. Nous devrions aller dormir. Un voyage de deux jours pour Lyrmentt nous attend dès demain. Ensuite, nous devrons passer près d'une semaine sur la route pour atteindre Holbus.

Il me prit par la main et il m'escorta vers le convoi en continuant :

—Alors, comment as-tu trouvé ton expérience?

—J'ai adoré! C'est si motivant de danser et de voir les gens nous applaudir!

—Tu mérites tous ces éloges, Alégracia. Tu as été excellente. Vraiment.

Je sautillai de joie.

—J'ai déjà hâte aux prochaines représentations. Je veux faire ce métier toute ma vie.

—Tu sais, c'est ce que j'ai moi-même choisi de faire il y a bien des années. J'ai abandonné ma vie de combattant pour devenir danseur et, crois-le ou non, je ne connais la paix intérieure que depuis mon adhésion à cette troupe.

Une fois dans la caravane, mon mentor me borda sous les épaisses couvertures de mon lit.

—Passe une bonne nuit ! me murmura-t-il à l'oreille.

—Toi aussi, Dan, répondis-je déjà à moitié endormie. Je suis si heureuse d'être ici, avec vous tous. Je vous remercie…

Chapitre VII

En route vers Holbus

—Nous venons de franchir la limite qui sépare la région des Bois-Verts de celle d'Holbus, m'annonça Daneruké en contemplant l'étendue du lac Diamant à l'ouest.

Dehors, le soleil brillait de tous ses feux et une chaleur étouffante s'accumulait dans la caravane. C'est pourquoi j'en avais profité pour venir m'asseoir sur le siège du cocher, aux côtés de Daneruké. N'eut été du feuillage orangé des arbres, nous nous serions crus en plein été.

—J'adore ces paysages, ces grands espaces et cette eau claire qui reluit sous le soleil. À chaque année, je prends soin de ne rien manquer. Et toi, Alégracia, quel endroit préfères-tu ?

—Moi ?

Je ne pouvais pas répondre à cette question, sans doute parce que je ne voyageais que depuis quelques jours.

—Eh bien… rien ne pourra remplacer la vue de la mer du haut de mes champs de fleurs. Les vagues qui se brisent sur le sable fin, l'arôme envoûtant de mes rosiers, le ciel sous un coucher de soleil ardent… et ma maison…

Dame Majora Castter avait raison. Bien que j'aie tenté d'oublier mon paradis natal, il somnolait toujours en moi et il n'allait jamais disparaître.

Ma boussole à la main, je n'arrivais plus à quitter des yeux l'aiguille qui pointait dans la direction opposée de notre trajet. Les paroles de Kakimi me revinrent à l'esprit : « Ce n'est pas une boussole ordinaire ! Non ! Car elle pointera toujours dans la direction où ton cœur s'est senti le plus épanoui, le plus libre et rempli de bonheur. Et cet endroit, c'est sans aucun doute chez toi ! » Il l'avait deviné, il savait que rien n'allait remplacer cet endroit.

« Se pourrait-il qu'un jour, mon cœur élise un autre lieu ? Se pourrait-il que je trouve le bonheur ailleurs que dans cette maison qui est maintenant si loin ? Lorsque ce jour arrivera, je suppose que l'aiguille de la boussole pointera dans une autre direction. Mais elle ne pointe toujours pas cette caravane. » Le cœur gros, je refermai mon pendentif.

* * *

Nous approchions de Lyrmentt, un village de pêcheurs situé sur la berge du lac Diamant. Ses petites maisons étaient éparpillées sur des collines vertes et buissonneuses. Une douzaine de bateaux voguaient sur le lac sans trop s'éloigner des quais. Les habitants travaillaient tous à l'extérieur: plusieurs transportaient et coupaient du bois pour se préparer à affronter le temps frais de l'hiver, d'autres ramassaient les légumes de leurs jardins et les fruits des arbres et ils les entreposaient dans des cabanons isolés.

—Le peuple de Lyrmentt est unique. Personne ici ne s'intéresse vraiment à l'argent. On se contente de troquer du poisson contre du bois, du bois contre des légumes, des légumes contre des fruits, des fruits contre du poisson et vice versa, plutôt que de les payer avec des Coulars.

—Mais qui va payer pour la représentation de ce soir?

—Il y a plusieurs années, Okliarre a pris un arrangement avec le maire de Lyrmentt. Il nous paye uniquement en biens. Le village prend la responsabilité de l'entretien complet de notre équipement et de nos véhicules. De plus, il nous ravitaille en nourriture fraîche et en vêtements à la mode. Nous procédons ainsi chaque année. Cette entente s'est toujours avérée profitable et nous y avons toujours trouvé notre compte. Mais ne t'en fais pas, Okliarre te donnera quand même un salaire de trente Verdars.

Nous entrâmes enfin dans la ville. Tout le monde se retournait sur notre passage et nous offrait de chaleureux sourires. Certains déposaient même leurs outils pour nous saluer cordialement. Notre présence semblait vraiment égayer ce paisible patelin.

Nous stationnâmes les caravanes dans un espace ouvert entouré d'arbres. Au centre, le sol était couvert de pierres aux tons nuancés : la scène allait être montée à cet endroit.

Nous étions garés à proximité d'un restaurant d'apparence sympathique nommé *L'Arrêt des Voyageurs*. Daneruké m'expliqua que plusieurs caravanes de marchandises en provenance des Bois-Verts et de la Contrée-Bleue devaient faire escale par Lyrmentt avant d'atteindre la grande cité d'Holbus. Ce restaurant avait été construit pour accueillir ce type de voyageurs.

Des employés s'apprêtaient déjà à nourrir et à brosser nos chevaux.

—J'adore cette ville, me déclara Daneruké. Les gens sont hospitaliers et généreux, on s'y sent toujours comme chez soi. Viens avec moi, allons manger.

Quelque chose attira mon regard. J'arrêtai mon mentor :

—Dan, pourquoi y a-t-il deux caravanes isolées des autres, là-bas ?

Toutes les caravanes étaient stationnées en ligne près des arbres et à proximité des palefreniers. Toutes, sauf ces deux-là, qui étaient garées à presque deux cents mètres des autres. Elles semblaient être totalement constituées de métal. L'équipement frontal permettait d'y harnacher six chevaux. Étrangement, on avait recouvert le côté droit des chars avec d'épais rideaux rouges.

—Je n'avais pas remarqué ces caravanes, répondit Daneruké. D'après la forme et la composition du modèle, il s'agirait de transporteurs d'animaux.

—Pouvons-nous aller voir ? demandai-je pour satisfaire ma curiosité.

—D'accord, mais pas longtemps. Je doute que le conducteur serait heureux d'apprendre qu'on épie sa marchandise.

Excitée, je suivis mon mentor jusqu'aux caravanes. Derrière les rideaux, le son d'une respiration profonde était parfaitement audible.

—Ce doit être une grosse bête ! spécula Daneruké.

Il empoigna le premier rideau rouge et il tira un grand coup vers sa gauche. Daneruké sursauta :

—Des ours-épics ! Mais qui donc peut bien avoir besoin de ces bêtes ignobles ?

Il dégagea le rideau complètement pour que je puisse voir.

Derrière d'énormes barreaux noirs, une bête gigantesque dormait. Elle était attachée avec des chaînes énormes qui paraissaient très lourdes. Cette bête grotesque ressemblait à un ours géant au dos et aux membres recouverts d'épines colossales. Son corps était recouvert d'un duvet brun-noir aux reflets roux, excepté le haut de sa poitrine et son cou, qui étaient entièrement blancs. Ces épines semblaient terriblement tranchantes et à chaque respiration, sa gueule dévoilait des crocs dangereusement acérés.

—Cette bête doit être sous l'effet de potions tranquillisantes, déduisit Daneruké, sinon elle aurait tenté de nous dévorer tout crus. Les ours-épics ont l'ouïe et l'odorat très fins, celui-là n'aurait pas manqué de se réveiller à notre approche.

—Tu sembles connaître ces monstres assez bien.

—Oh oui ! Je les connais trop bien ! Kakimi et moi en avons combattu pendant la guerre de la Grande Libération. Des chasseurs de la Contrée-Bleue se rendaient dans les Bois-Verts pour en capturer et nous les envoyer lors des batailles importantes. L'armée Bleue relâchait des hordes de ces monstres pour nous dérouter. Nombre de soldats alliés et ennemis ont succombé sous leur force titanesque ou sous leurs épines acérées, car les ours-épics attaquent tout ce qui bouge. Heureusement, Kakimi et moi savions comment les combattre.

—Vous saviez comment les combattre ?

—Eh bien, durant un affrontement avec des soldats de la Contrée-Bleue, Kakimi s'est retrouvé face à face avec un de ces monstres. Bien qu'il lui avait porté bien des coups à la tête et à l'abdomen, l'ours-épic ne semblait aucunement affaibli. Leur peau est si épaisse que les armes ordinaires ne parviennent pas à la transpercer. Et on n'envisage pas une attaque par derrière, ce serait s'exposer à leurs épines redoutables.

« Kakimi m'a raconté qu'il avait été cloué au sol d'un seul coup de patte. Quand l'ours-épic s'est élancé pour lui mordre la tête, Kakimi lui a donné un coup solide juste en dessous du menton. Contre toute attente, le monstre a relâché Kakimi en hurlant et ses voies respiratoires se sont mises à enfler. Pendant que mon ami se relevait, le monstre tomba par terre, complètement suffoqué.

« Depuis ce jour, nous avons toujours vaincu ces monstres simplement en les frappant au cou. Nos compagnons n'arrivaient pas à croire que nous puissions vaincre des ours-épics à mains nues. Nous aimions bien impressionner les femmes avec ces histoires. Mais ne le dis à personne… c'est notre secret… »

Je ris. Sacré Daneruké ! Je le voyais sourire en se remémorant les exploits du passé. Je souris également en imaginant mon mentor et Kakimi faire les fanfarons devant les dames. Daneruké ferma le rideau.

—Laissons ces bêtes tranquilles, il ne faudrait pas les réveiller…

En silence, nous retournâmes rejoindre les autres au restaurant. On me servit du poisson fraîchement pêché et des légumes bouillis. J'avais tellement faim que je terminai mon assiette la première.

* * *

Le spectacle remporta encore un vif succès. Nous avions compté un peu plus de deux cents spectateurs.

À la fin de la représentation, Bulgaboom et Smithen nous éblouirent en nous donnant un bref aperçu des grands feux d'artifice qu'ils préparaient pour le Festival de l'Automne, à Holbus. La foule en redemandait encore.

Pendant que nous rangions le matériel dans les caravanes, les gens du village riaient de bon cœur et buvaient sur la terrasse de *L'Arrêt des Voyageurs*.

Durant la soirée, l'ambiance festive fut perturbée par l'arrivée d'un cavalier en armure. Casqué d'un heaume gris, il portait une longue cape rouge aux bordures noires. Il s'agissait d'un soldat royal d'Holbus, dépêché pour livrer une annonce aux habitants de Lyrmentt.

Le soldat débarqua de sa monture et il se plaça au centre du regroupement de tables. Il se mit à crier à tue-tête.

—Grande annonce! Grande annonce! Cette année, comme les précédentes, le roi Izmalt vous invite à prendre part au grand Festival de l'Automne qui aura lieu samedi prochain dans la grande capitale du Continent-Coloré, Holbus! Des centaines d'activités vous y attendent. À l'horaire: visite de la périphérie du palais royal sur les chevaux de l'écurie de notre glorieuse armée, théâtre historique montrant l'héritage culturel du Continent-Coloré, kiosques de jeux diversifiés comprenant un centre de jeux de hasard, spectacles variés en soirée avec Les Lutins Verts, La Troupe des Six Couleurs, Les Clochards Riches et La Troupe d'Okliarre… et bien plus encore.

« L'entrée sera, comme toujours, gratuite pour les citoyens du Continent-Coloré.

« De plus, cette année, une attraction spéciale payante vous est offerte. Comme de nombreuses rumeurs circulent quant au retour du prince Riuth, nous le confirmons. Le prince est bel et bien entre les mains du roi Izmalt et ce dernier profitera du Festival de l'Automne pour lui intenter un procès devant le grand public, à la Grande Arène. Un billet est nécessaire pour assister au procès qui se tiendra de dix heures à midi. Le prix est fixé à soixante-dix Verdars pour un achat immédiat et s'élèvera à quatre-vingts Verdars le jour du Festival. Y a-t-il des intéressés parmi vous ? »

Il leva le bras et il montra une série de billets destinés à la vente immédiate. La plupart des habitants l'avaient écouté, mais ils se désintéressèrent de lui après l'annonce du prix des billets. De toute façon, les gens de Lyrmentt comptaient sur le troc pour faire leurs transactions et par conséquent, personne n'avait vraiment les moyens de s'offrir ce genre de sortie.

Tout de même, cette annonce parvint aux oreilles de nos trois conteurs, qui s'empressèrent de se procurer les précieux billets.

—En tant que conteurs professionnels, dit Wecto à ses compagnons, il est de notre devoir de rester à l'affût des événements qui vont marquer le Continent-Coloré. Ce procès me semble en être un. Le prince disparu a été retrouvé et il sera jugé à nouveau. Et ce sera un procès devant la foule… c'est une procédure très inhabituelle. Je vous le dis, c'est une recette explosive qui risque de faire parler pendant des années! Croyez-moi, mes amis, nous ne pouvons manquer cela…

Je me demandais si je devais en faire autant. Je fouillai dans ma bourse et je pris tous les Coulars que j'avais en ma possession. Ma fortune s'élevait à 120 Verdars, la somme de mes deux paies. Si j'achetais un billet, il ne me resterait que vingt Verdars pour une semaine entière. Cela importait peu puisque, de toute façon, Okliarre nous fournissait nourriture, logis et vêtements.

Je me souvins des paroles de Dame Majora Castter: «Un dernier conseil, Alégracia. Lorsque tu verras le soldat, achète-lui un billet…»

—Mais pourquoi voulait-elle que j'aille au procès de Riuth? me demandais-je. C'est insensé!

Cette dame m'avait appris de nombreuses choses sur moi-même et sur mes proches. Sa sagesse était précieuse et même aveugle, elle voyait bien plus de choses que je ne le pouvais avec mes yeux sains. J'allai voir Wecto et lui demandai si je pouvais les accompagner au procès.

—Aucun problème, me répondit-il heureux de constater que des événements aussi sérieux m'intéressaient. Mais tu dois d'abord acheter ton droit d'entrer avant que le soldat ne nous quitte.

J'accourus aussitôt vers l'homme en armure et je lui tendis les soixante-dix Verdars.

—Je veux un billet moi aussi…

Il compta soigneusement les pièces et me tendit un bout de carton en répétant :

—Samedi à dix heures, à la Grande Arène.

Je cachai précieusement ce billet dans ma bourse.

Daneruké consentit à ce que j'assiste à l'événement. Notre représentation ne devait pas commencer avant sept heures du soir et nous avions tout l'après-midi pour répéter.

* * *

Nous venions à peine d'arriver à Lyrmentt que déjà, il fallait repartir. « C'est ça, la vie d'artiste ! » me répétait mes compagnons de voyage alors que je me plaignais des contraintes de la route. Mais je m'y faisais tant bien que mal. Même s'ils paraissaient longs, les voyages restaient toujours agréables en compagnie de Daneruké. Il prenait plaisir à me raconter ses hauts faits d'armes et les aventures qu'il avait vécues en compagnie de

Kakimi. Je l'enviais. Daneruké avait vécu tant d'expériences extraordinaires qu'il était facile de comprendre pourquoi il voulait se reposer au sein de cette troupe d'artistes.

—Mais toi, me demanda-t-il, que comptes-tu faire de ta vie ? Voudras-tu toujours danser ou aspires-tu à autre chose ?

Je ne pus répondre immédiatement.

—Autre chose ? Tu veux dire un métier ou une passion ?

—Un peu des deux.

—Je ne sais pas. Je compte rester dans la troupe encore bien longtemps, mais pour l'avenir lointain, je n'en ai pas la moindre idée.

L'avenir. Que pouvait réserver l'avenir à une fillette comme moi, en quête du vrai bonheur, sans vraie famille, recherchée par un prince aux intentions douteuses et dont le seul talent était la danse ?

—C'est normal qu'à ton âge ces questions demeurent sans réponse, me rassura-t-il. C'est seulement en examinant notre âme qu'on peut deviner notre avenir. Jeune, j'étais du type bagarreur et téméraire. Mon rêve consistait à joindre l'armée.

« Une fois mon entraînement initial terminé, je suis devenu un des meilleurs soldats de la Vallée-Rouge.

Mais pour réussir, j'ai dû ignorer une partie de mon être qui recherchait la paix.

« Tout ce qu'on refoule finit par ressurgir tôt ou tard, qu'on le veuille ou non. À l'époque, toute mon existence gravitait autour de la Grande Libération. Je savais que j'allais quitter l'armée une fois cette guerre terminée, même si la plupart de mes compagnons y restaient. Seulement, Kakimi s'est retiré en même temps que moi. Tous les autres soldats en sont restés bouche bée : leurs plus courageux et puissants combattants quittaient alors qu'ils étaient au sommet de la gloire. Je joignis la troupe des artistes et Kakimi partit seul de son côté, à la recherche de trésors. Aurais-je pu prédire ce dénouement lorsque j'avais ton âge ? »

—Non, certainement pas.

—Eh bien, tu as tort. Nous pouvons tous connaître notre destin si nous regardons en nous-mêmes. Si j'avais pris le temps de comprendre que mon âme était imprégnée d'un profond désir de paix, j'aurais su que mon service au sein de l'armée ne pouvait durer. Mais non ! J'ai préféré l'ignorer et je me suis jeté à l'aveuglette dans la mauvaise direction.

Il s'appuya plus confortablement contre sa chaise de velours rouge et il continua :

—Il ne faut pas fermer les yeux sur ce que nous sommes, Alégracia, car lorsque nous atteignons l'âge de sonder notre âme et que nous découvrons nos vraies valeurs, nous ne changeons plus. Ça, c'est une promesse et un conseil à la fois… mais avant d'en arriver là, on peut faire de bien vilains choix.

Étais-je réellement la petite fille tranquille et aimable que j'avais toujours cru être ? N'y avait-il pas quelque chose de dissimulé au plus profond de moi ? Quelque chose de noir, quelque chose que l'on refusait tous deux de voir... Quel était le véritable sens de ce que Daneruké venait de me dire ?

Je n'y voyais plus clair. Mon esprit s'embrouillait à la pensée de ce que pouvait être mon avenir. Le présent dominait ma vie. J'avançais vers mon destin comme une caravane sur la route. Seulement, le paysage défilait drôlement vite. J'eus l'impression qu'un croissant de lune maudit allait bientôt surgir dans mon ciel nocturne…

* * *

—Réveille-toi, Alégracia ! me lança Daneruké. Le palais d'Holbus est bien visible d'ici. Ne manque pas une telle occasion !

J'ouvris les yeux, un à la fois, sans quitter la chaleur de mes couvertures. Le soleil était levé depuis peu et notre convoi roulait depuis près d'une demi-heure déjà. Selon l'angle sous lequel nous nous trouvions, les rayons du soleil traversaient les hublots et proje-taient des formes étincelantes sur le mur. Daneruké se tenait debout devant la fenêtre, les bras croisés. Il devait avoir demandé à Lanine de conduire notre caravane, comme il le faisait lorsqu'il avait des choses importantes à me dire…

Je repoussai mes couvertures d'un coup et j'émergeai lentement du lit. Vêtue de ma nuisette blanche, j'avançai près d'un hublot et je regardai à l'extérieur. La lumière m'éblouit. Le temps de m'y accommoder, je vis que nous longions un long ravin. Je ne voyais toujours pas de château à l'horizon, mais seulement l'éclat éblouissant du soleil qui n'avait pas encore dépassé la cime des montagnes abruptes.

—Je ne vois rien, dis-je, déçue, de ma voix rauque du matin.

—Regarde encore, ne perds pas ces montagnes de vue.

Notre caravane avançait toujours, perpendiculairement aux montagnes. Nous devions les contourner, car personne n'avait été assez téméraire pour construire un chemin assez droit pour permettre à des convois, comme le nôtre, de passer à travers.

—Je crois que ça y est, me dit mon mentor. Regarde…

L'intensité du soleil diminua subitement lorsqu'il se retrouva caché derrière la silhouette d'une construction très haute et majestueuse. Il s'agissait du palais d'Holbus, celui dont les tours frôlaient les nuages. Il apparaissait déjà magnifique sur le tableau de Mosarie, mais, avec l'effet du soleil et l'ombrage des montagnes, il était encore plus sublime.

— C'est beau, non ?

— Je n'aurais jamais cru pouvoir admirer un jour ce palais de mes propres yeux. Ma mère l'a peint, il y a bien des années. Je comprends maintenant pourquoi !

Le palais d'Holbus. Je voyais enfin ses dizaines de tours et ses centaines de drapeaux battant aux grands vents de l'est. Je commençais tout juste à l'admirer lorsque le soleil me le cacha à nouveau.

— Allons-nous y entrer ?

— Certainement pas. Les artistes de rue ne sont pas invités à entrer au palais d'Holbus. Mais nous ne nous ennuierons pas ! Tu verras, la cité qui l'entoure est immense, bien qu'elle ne soit pas encore visible d'ici, cachée derrière les montagnes. Il y a tant de choses à faire et à voir à Holbus.

— Quand allons-nous arriver ?

— Pas avant demain. Le chemin des Bois-Verts doit contourner cette chaîne de montagnes. Ne t'en fais pas, tu arriveras à l'heure pour le procès de Riuth.

— Nous accompagneras-tu ?

— Non. Le prix du billet est trop élevé, je préfère passer l'avant-midi dans les attractions publiques en compagnie des musiciens.

Encore engourdie, je regagnai instinctivement mon lit et je tirai les couvertures toujours chaudes jusqu'à mon menton. Le confort me retint encore quelques heures.

* * *

Nous passâmes la nuit à moins de deux heures d'Holbus. De là, le château s'élevait dans toute sa splendeur, bien qu'un brouillard d'humidité ternît encore ses splendides couleurs.

L'écho des activités qui s'exerçaient tout autour retentissait à travers les montagnes. Le palais grandissait au même rythme que nous avancions. Puis, le palais m'apparut exactement comme sur la toile de Mosarie. Elle devait avoir peint sa toile juste à cet endroit ; je marchais donc sur ses traces ! Cela m'émut.

La vaste cité d'Holbus apparut finalement. Elle s'étendait tout autour du palais comme le font les racines à la périphérie d'un arbre. La ville comportait autant de maisons compactes que d'énormes structures en pierre. Les plus prestigieux bâtiments étaient décorés de banderoles tricolores représentant les couleurs que prennent les arbres à la venue de l'automne.

Les touristes envahissaient la place. Des visiteurs de tous les coins du Continent-Coloré venaient profiter des activités de ce festival annuel de très grande envergure. Autant les adultes que les enfants y trouvaient leur compte.

—Il est tôt et toute la place est déjà occupée, marmonna Daneruké. Espérons que les rues du centre-ville ne seront pas toutes envahies.

Le convoi s'arrêta aux limites de la cité où trois gardes costauds nous accueillirent. Okliarre leur présenta une série de papiers, qu'ils lurent avant de nous laisser passer.

Dans la capitale, l'action ne manquait pas. À chaque coin de rue, des troubadours présentaient de petits spectacles, un chapeau à moitié rempli de Verdars devant eux. Leur musique se perdait dans le bruit d'une foule de plus en plus abondante. Nous avancions sur le pavé de pierres taillées vers le centre de la cité, situé à proximité du vertigineux palais. Les enfants dansaient et chantaient. Plusieurs d'entre eux avaient été maquillés par des artistes de la rue.

Chaque passant était vêtu des trois couleurs de l'automne : le rouge, l'orangé et le jaune.

Bien que notre course ait été ralentie par la foule compacte, nous atteignîmes le centre-ville sans rencontrer de véritables problèmes. Des gardes royaux contrôlaient les allées et venues de la foule pour libérer la zone pendant les préparatifs. En plein centre, on avait monté une énorme scène qui allait accueillir tous les artistes de prestige après l'heure du souper. Jamais je n'aurais cru pouvoir exécuter un jour une danse sur un plateau aussi vaste et devant des gradins pouvant accueillir jusqu'à un millier de spectateurs. Les loges royales étaient visibles, installées sur un palier surélevé, lui-même encerclé de banderoles et d'emblèmes royaux multicolores et équipées de fauteuils luxueux. Le roi Izmalt allait contempler la scène de ce point de vue.

Alors que je sortais de la caravane, les trois conteurs vinrent nous rejoindre.

— Vous allez devoir nous prêter votre protégée pendant quelques heures, Lorcana, dit Wecto à Daneruké. Le procès du prince Riuth commencera dans une demi-heure et la petite a un billet.

— Je vous la laisse, mais vous devez me la ramener après le dîner, car nous avons du travail à faire.

— Elle sera à l'heure.

Wecto souleva son chapeau à plumes pour le saluer et il m'invita à les rejoindre. Nous partîmes pour la Grande Arène. Je l'apercevais déjà. Elle dépassait tous les autres bâtiments sous le palais, comme une fleur plus forte que les autres qui s'élève vers le soleil au pied d'un arbre. Ses multiples gradins de pierre formaient un cercle parfait autour d'une arène de sable de grès à ciel ouvert.

Nous arrivâmes aux portes principales et nous attendîmes en file avant de pouvoir entrer. Un à un, les gens remettaient leur billet aux portiers habillés des trois couleurs de l'automne, puis se faisaient escorter en rang vers leur place.

La Grande Arène m'impressionna bien davantage vue de l'intérieur. Les gradins atteignaient des hauteurs vertigineuses. Pour atteindre nos places, nous dûmes monter un long escalier, mais à cette hauteur, la vue sur l'arène allait être parfaite.

Il faisait chaud pour une journée d'octobre. Le soleil brillait dans un ciel sans nuage et les bancs de pierre étaient brûlants. Sur le sable de l'arène, des ombres d'oiseaux passaient sans cesse, comme s'ils étaient tourmentés.

En fin de compte, les billets n'avaient pas tous été vendus. Il restait encore des centaines de places libres quand on ferma les portes principales. Toutefois, l'événement n'avait pas manqué d'attirer quelques milliers de curieux. Le bruit de toute cette assistance absorbait nos voix comme des gouttelettes d'eau diluées dans un pot d'encre noire.

—Le prince doit avoir changé depuis le temps, dit Paul visiblement excité. Quand il est disparu, il n'était encore qu'un adolescent fougueux.

—Les escapades au Drakanitt, répondit Jaquot en se frottant la moustache, même celles de courte durée, arriveraient à transformer n'importe qui.

—Je parlais de son apparence physique…

Toute l'assistance se tut soudainement. Le roi Izmalt venait d'apparaître aux abords du balcon royal. Le père de Shnar paraissait bien jeune. D'après les souvenirs que je gardais du visage du prince, il aurait presque été difficile de deviner qui était le père du fils.

Le roi fit taire l'auditoire d'un seul geste du bras. Il contempla la foule de ses yeux bruns sévères, puis il tâta sa fine barbichette noire du bout des doigts. Il portait une couronne en or qui avait l'air bien lourde.

—Cher peuple d'Holbus, commença-t-il d'une voix assurée et forte, chers habitants du Continent-Coloré. Vous allez assister aujourd'hui à un événement qui marquera notre histoire !

Alors qu'il s'adressait au peuple, j'entendis une série de battements d'ailes non loin derrière. Je me retournai et je vis trois oiseaux se percher sur un mât horizontal qui soutenait une banderole décorative. Je fus la seule à les avoir remarqués, tous les autres regardaient fixement le roi. Il s'agissait d'un cardinal vert, d'une hirondelle jaune et d'un colibri orangé. Leur attention semblait portée sur le roi.

Des *Xayiris* ? J'avais déjà rencontré deux de ces trois visiteurs : le cardinal vert et le colibri orangé, quand Shnar me gardait sous sa tutelle, peu avant que l'Ange Arc-en-Ciel ne soit venu l'affronter. Mais que faisaient-ils ici ?

Le roi continua son discours :

—Certains d'entre vous se souviendront de mon fils Riuth. Il a jadis été condamné à mort et il s'est enfui des prisons avant le jour de son exécution. Il a été pourchassé pendant une année entière avant de disparaître pour de bon. Plusieurs le croyaient exilé au Drakanitt. Je le croyais également.

« Toutefois, ces spéculations se sont avérées fausses, car nous avons retrouvé Riuth et nous l'avons capturé. Il sera jugé aujourd'hui pour un nouveau crime, crime qu'il a commis contre la famille royale du Continent-Coloré. Contre sa propre famille… Qu'on amène l'accusé devant moi. »

Les grandes portes grises de l'arène s'ouvrirent en grinçant. Quatre gardes royaux escortèrent un jeune homme enchaîné au centre de l'arène et le laissèrent seul au beau milieu. Le poids de ses chaînes semblait l'épuiser. Ses cheveux d'un blanc sale étaient collés sur son front par la sueur.

Outre la couleur blanche de ses cheveux, Riuth avait l'air plutôt jeune : il semblait ne pas avoir atteint la vingtaine. Son visage était d'une pâleur épouvantable. Vraisemblablement, il voyait la lumière du soleil pour la première fois depuis longtemps.

— Le temps lui a été favorable, remarqua Jaquot en examinant le jeune prince. Il n'a pas changé du tout, sauf peut-être la longueur des cheveux.

Malgré sa saleté, le prince était vraiment très beau. Ses yeux reflétaient le bleu… ou le vert. Difficile à dire, mais ils restaient toujours clairs et perçants, même vus d'où j'étais.

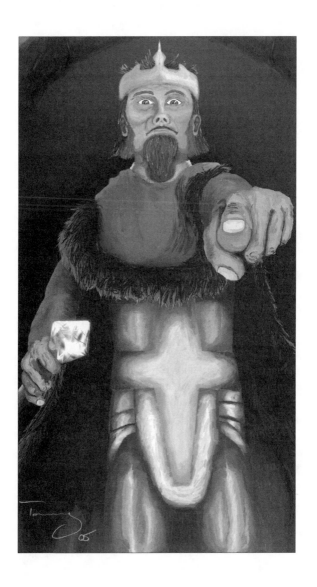

—Très cher Riuth, s'écria le roi sarcastique. Mon cher enfant ! Te voilà de nouveau devant le père que tu as trahi.

Le prince ne regardait pas le roi dans les yeux. Il avait un genou sur le sol et il respirait de façon saccadée, comme un guerrier qui, après une longue bataille, suffoque de douleur d'avoir perdu tous ses camarades.

Le roi poursuivit :

—J'aimerais vous remémorer les événements qui ont mené à la condamnation de mon cher Riuth. À moins que tu préfères le raconter toi-même, mon fils.

Le prince ne répondit toujours pas. Il gardait les yeux baissés.

—C'est ce que je croyais. Tu n'oses pas avouer à tous ces gens que tu as été soudoyé par les rebelles des Collines-aux-Aurores-Pourpres. Tu n'oses pas rappeler aux gens que tu as annoncé à Holbus que moi, le roi, ton père, je m'apprêtais à trahir et à détruire mon royaume ! Quelle folie ! Même aujourd'hui, tu n'as aucune preuve pour appuyer tes dires. Les rebelles t'ont-ils aveuglé à ce point ?

Le roi attendait une réplique de son fils, mais le jeune prince resta muet.

—Les rebelles des Collines-aux-Aurores-Pourpres. Ce groupe de dégénéré, mené par une illuminée, prétend que la famille royale s'apprête à asservir la popu-

lation du Continent-Coloré. Mais c'est ridicule, mon cher fils. Ridicule ! Des idées insensées pour des gens insensés. Des traîtres ! N'es-tu pas d'accord ? N'êtes-vous pas tous d'accord ?

Quelques personnes applaudirent, mais la plupart des gens attendaient la suite en silence. Derrière moi, les trois oiseaux s'affolèrent, puis ils redevinrent calmes quand ils me virent. Riuth ne répondait toujours pas aux paroles accusatrices de son père.

Paul fit une remarque :

—Drôle de façon d'exécuter un procès. Pas d'avocat, pas de témoin… seulement un juge et un accusé. Cette scène ressemble davantage à une exécution publique.

—Bien dit, répliqua Jaquot. Je crois que c'est effectivement le cas.

Devant le silence de son fils, Izmalt reprit la parole :

—Peut-être serait-il temps d'apprendre la vérité au peuple du Continent-Coloré sur quelque chose qui te concerne, non ?

Il s'adressa alors à tous les spectateurs :

—Il y a des histoires qui courent depuis quelques années. Des histoires qui concernent des démons et des anges. De nouvelles générations de Zarakis et d'Athore. Ces histoires sont *nombreuses* ces temps-ci !

Devant cette déclaration inusitée, la foule se mit progressivement à émettre des commentaires, mais le roi les coupa net.

—Silence ! Il y a certainement plusieurs d'entre vous qui ont entendu parler d'un ange qu'on appelle *L'Ange Arc-en-Ciel*.

Les trois oiseaux s'affolèrent de nouveau.

—Certains y croient, d'autres non. Mais ceux qui en parlent en disent beaucoup de bien. Les légendes racontent qu'il parcourt le continent en solitaire, accomplissant nombre d'actes héroïques sur son passage. Entre autres, on dit qu'il a sauvé de la noyade les membres d'équipage d'un bateau de Xatrona qui a fait naufrage. On dit aussi qu'il est intervenu à l'improviste lors de scènes qui auraient pu conduire à des meurtres. Ou encore qu'il va à la rescousse d'enfants pris au piège dans des maisons en flammes. Des histoires semblables à celles-ci, il en existe des centaines ! Mais j'en ai une bien plus intéressante pour vous tous !

« Il y a environ deux semaines, alors que mon fils Shnar revenait de sa longue expédition au Drakanitt, L'Ange Arc-en-Ciel a croisé son chemin. Ce malin s'est attaqué au prince et à toute sa garde personnelle. Il a tenté d'assassiner le prince. »

J'étais scandalisée : le roi mentait effrontément. L'Ange Arc-en-Ciel n'avait pas attaqué Shnar pendant qu'il se rendait à Holbus, il l'avait fait au fond des mines alors que Shnar essayait de retrouver le Serpent d'Argent. Et ce n'était pas pour assassiner le prince que l'ange était venu, mais bien pour nous sauver, ma sœur et moi. De plus, le prince m'avait lui-même avoué qu'il n'avait jamais été au Drakanitt. Tout ce procès n'était qu'un pur mensonge !

—La garde personnelle de Shnar a réussi à maîtriser l'Ange Arc-en-Ciel et Shnar me le livra à ma plus grande joie. Mais quelle surprise n'eus-je pas en constatant la véritable identité de l'ange !

Les murmures dans la foule reprirent de plus belle. Izmalt exigea de nouveau le silence.

—Alors, Riuth, ne voudrais-tu pas avouer à tous que tu es bel et bien celui que l'on appelle *L'Ange Arc-en-Ciel*? Ne veux-tu pas avouer que tu as tenté d'assassiner ton frère et une dizaine de nos honorables gardes royaux ?

Izmalt n'attendait plus de réponse de sa part. Il savait que son fils ne prononcerait pas un seul mot.

Derrière moi, les oiseaux restaient figés comme des statues, les yeux rivés sur la scène. Ils attendaient la suite avec impatience.

Le roi se remit à crier du balcon :

—Pourquoi ne profites-tu pas de ce moment pour montrer à tout le monde qui tu es vraiment ?

Près de moi, Paul s'agita. Il demanda aux deux autres :

—C'est impossible. Si Riuth est un ange, comment se fait-il qu'Izmalt n'en soit pas un ? Nous savons tous que le sang d'un ange ou d'un démon ne se transmet que de père en fils. Serait-il possible qu'il soit devenu un ange par lui-même ?

Riuth ne s'était toujours pas relevé. Il gardait la tête baissée en signe d'impuissance. Son père le regarda du haut de son balcon.

—Tu ne veux toujours pas coopérer ? Peut-être aurais-tu besoin d'un peu de motivation ? Tes pouvoirs d'ange te donnent un certain avantage au combat, n'est-ce pas ? J'ai justement en ma possession quelques bêtes féroces qu'aucun homme ne peut espérer vaincre seul. Tu ne me donnes pas le choix, mon fils.

Les portes grises s'ouvrirent de nouveau en grinçant et des grognements sourds émergèrent des ténèbres. Des gardes vinrent libérer Riuth de ses chaînes. Ils remirent le prince sur pied, puis ils s'éclipsèrent en courant comme s'ils craignaient d'être frappés par la foudre. Riuth se retrouva seul devant les portes ouvertes sur un antre ombragé. Des rugissements épouvantables firent reculer le prince de trois pas. Puis, une bête sortit, suivie d'une autre. Deux énormes ours-épics rugissaient furieusement en avançant sur le sable. Je compris aussitôt pourquoi on avait livré ces monstres dans la capitale.

Les deux créatures montraient les crocs et hérissaient leurs grands pics dorsaux pour paraître encore plus impressionnantes. La foule s'enflamma aussitôt, satisfaite de la qualité du spectacle qui s'annonçait.

—Une exécution publique avec des ours-épics! lança Wecto. Cela faisait longtemps que l'on n'avait pas assisté à un tel événement!

—Ce n'est jamais arrivé auparavant, répliqua Jaquot. Pas avec des créatures de cette envergure. Avec des lions et des tigres, et un seul à la fois. Le public avait alors droit à un long spectacle, puisqu'il fallait du temps pour que les bêtes parviennent à attraper le combattant. Et encore, on armait le condamné d'un espadon. Aujourd'hui, Riuth n'a aucune arme!

«Des ours-épics, c'est au moins vingt fois le poids d'un lion adulte. Ces deux-là n'en feront qu'une bouchée. Le combat ne durera pas plus d'une minute.»

—C'est évident.

Dans l'arène, Riuth se tenait aux aguets devant les deux créatures qui rugissaient furieusement, à une vingtaine de mètres devant lui. Le prince demeurait parfaitement immobile. Il savait que s'il courait pour s'enfuir, les bêtes se jetteraient sur lui et le cloueraient au sol pour le dévorer. La foule ne l'aidait pas: elle criait et hurlait pour provoquer le carnage qui allait venir tôt ou tard.

Les conteurs, les trois oiseaux et moi restions muets devant ce spectacle horrifiant.

—Un ours-épic s'avance, dit Wecto aux deux autres. Je crois que cela signifie la fin du prince…

Même si je trouvais ce spectacle effrayant et morbide, mes yeux ne pouvaient se détacher de l'arène. Riuth avait définitivement besoin des énergies de ceux qui le supportaient. J'essayais de me persuader qu'en concentrant mes pensées sur sa victoire, ses chances de sortir de cette arène en vie allaient s'optimiser.

Une des bêtes paniqua sous les cris stridents de la foule. Elle s'ébroua en tout sens et secoua hargneusement la tête pour chasser le bruit. Elle hérissa davantage ses longs pics, qui semblaient maintenant plus longs que des javelots de guerre et elle se retourna vers le prince. Riuth tourna la tête pour trouver un endroit où se cacher, mais l'arène était conçue pour laisser les combattants vulnérables. Maintenant que l'ours-épic l'avait vu, il lui était impossible de s'échapper.

La bête gronda une dernière fois. Elle s'élança vers Riuth avec tant d'ardeur qu'un nuage de poussière se souleva. Le sol tremblait à chacun de ses pas. Derrière moi, les trois oiseaux se mirent à piailler et à battre frénétiquement des ailes afin d'encourager le prince. Riuth ne bougeait pas et la créature gagnait du terrain. À quelques mètres de lui, l'ours-épic bondit dans les airs en déployant ses griffes acérées. Une seconde avant d'être frappé, le fils d'Izmalt roula sur le côté et esquiva l'attaque.

L'ours-épic ne se laissa pas berner par une manœuvre aussi prévisible. Il hérissa à nouveau ses pics et il se projeta sur le dos. Il tomba lourdement sur le prince qui était accroupi. Je criai d'horreur devant ce spectacle. Je ne voyais plus Riuth, il devait être écrasé sous le poids de la bête et empalé par au moins une dizaine de ses épines. Son bras dépassait du flanc de l'ours-épic, il paraissait sans vie. La foule se tut. Le roi, qui avait suivi tout le combat, se leva de son siège et cria :

—Tel est le sort qui est réservé à ceux qui trahissent la couronne d'Holbus !

Il resta debout sur le balcon.

Dans l'arène, l'ours-épic se donna un élan et il retomba sur ses quatre pattes. Riuth était étendu sur le sol, les vêtements en lambeaux.

—Riuth n'a pas fait le poids devant ses adversaires, cria Izmalt à la foule. Voilà une autre raison pour laquelle il ne méritait pas d'être mon héritier !

Le monstre se retourna vers le corps du prince, il le renifla, puis il le palpa du bout du museau en grognant. Riuth semblait mort. Il avait la tête renversée sur le côté et la bouche entrouverte.

—Le combat serait-il déjà terminé ? ironisa le roi. Mon fils aurait-il été vaincu sans avoir utilisé ses pouvoirs?

Nous eûmes la réponse très rapidement. La bête s'approcha le museau une fois de trop et elle reçut un vigoureux coup de poing sur la tête.

Riuth se releva. Il ne souffrait plus d'aucune blessure. La foule hurlait de satisfaction, l'adrénaline monta à son maximum. Le prince évitait les assauts de l'ours-épic et il lui assénait de violents coups sur le crâne.

Le deuxième ours-épic se mit soudain à rugir et il fonça vers Riuth, les épines hérissées au maximum. Le fils d'Izmalt lâcha la première bête et il se concentra. Sa peau devint soudainement noire et elle dégagea de vives flammes bleutées et fantomatiques. De gigantesques ailes multicolores aux allures vaporeuses lui poussèrent au dos et en deux battements, elles se déployèrent à leur maximum. Ses yeux lançaient des éclairs colorés.

La foule n'en revenait pas. Le roi disait vrai. Riuth et l'Ange Arc-en-Ciel n'étaient qu'une seule et même personne.

Le deuxième ours-épic fonçait toujours vers lui. Pendant ce temps, le prince donna un solide coup de poing à la première bête pour la repousser. Il s'accroupit et il recouvrit son corps de ses ailes. La créature arrivait à une vitesse ahurissante, mais plutôt que d'écraser le prince comme nous l'aurions tous cru, elle frappa les ailes de l'ange et elle rebondit directement sur l'autre ours-épic. Elle fut transpercée des épines de l'autre bête et elle roula contre le mur de pierres. Elle tenta en vain de se relever, puis elle rugit une dernière fois avant de s'effondrer pour de bon, sur le sable de l'arène.

L'ours-épic survivant devint fou de rage. L'odeur du sang le rendait encore plus sauvage. Il rugissait si fort que le sol trembla sous nos pieds. Le prince déploya ses ailes au maximum afin d'effrayer la bête, mais elle ne semblait guère intimidée. Elle revint à la charge une autre fois en redoublant d'ardeur.

Le fils d'Izmalt replia ses ailes devant lui et il attendit l'assaut de l'ours-épic. Lorsque le monstre fut sur lui, il gifla la bête de son aile droite avec tant de puissance qu'il la renversa. Le bruit de la chute retentit comme une détonation. Nous perdîmes la créature sous un nuage de poussière et de sable. Les trois oiseaux piaillaient de joie devant la victoire imminente de l'Ange Arc-en-Ciel. Quant au roi, la situation commençait à l'embarrasser sérieusement. Il se frottait nerveusement les mains.

Riuth se tenait seul au milieu de l'arène dans les tourbillons de sable qui retombaient lentement autour de lui. On n'entendait plus la bête.

—Quelle puissance! s'exclama Paul devant les prouesses du prince. Qui aurait pu croire qu'un seul homme puisse vaincre non pas un, mais deux ours-épics?

—Certainement pas le roi, répondit Wecto en tournant les yeux vers le balcon royal.

Dans l'arène, Riuth attendait toujours de voir l'état de son adversaire. Il patientait, immobile, battant des ailes pour chasser le sable dans l'air.

Presque une minute passa sans que la bête ne donne signe de vie. Le roi hocha la tête et se leva pour déclarer le vainqueur. Mais avant qu'il n'eut le temps de prononcer le premier mot, le nuage de sable se dissipa, happé par le mouvement de l'ours-épic électrisé de vigueur, qui chargea à nouveau Riuth. Ce dernier n'eut pas le temps de réagir devant cet assaut imprévu et il fut violemment projeté sur le sable.

L'ours-épic se rua sur le prince et il lui mordit la jambe avant de le frapper sauvagement sur le sol sans s'arrêter. Lorsque le prince ne montra plus la moindre résistance, la bête le lança contre un des murs de l'arène, si puissamment que les bancs en vibrèrent. Les ailes du prince s'estompèrent, puis elles disparurent dans un éclair de fumée. Sa peau, ainsi que ses yeux, redevinrent normaux. Il respirait péniblement et il crachait du sang.

—Il est perdu, s'attrista Paul. C'est dommage qu'un tel combattant doive mourir face à une bête aussi vulgaire.

—Il ne faut jamais vendre la peau de l'ours-épic avant de l'avoir tué, lui répondit ironiquement Jaquot. Notre prince n'est pas encore vaincu !

—Je ne peux pas croire que tous ces coups ne l'aient

pas encore mis hors de combat! La plupart des hommes n'auraient même pas survécu au premier!

—Je te rappelle que Riuth est un ange, Paul. Les anges ont des pouvoirs que personne d'autre ne peut espérer acquérir. Celui-là, en plus d'être doté d'une paire d'ailes qu'il peut utiliser pour se battre, semble avoir une endurance physique hors du commun. Je crois que ce combat est loin d'être terminé.

Et comme l'avait prédit Jaquot, Riuth se redressa, bien que difficilement, à l'aide de ses mains, sous les acclamations de la foule. Il était enragé et du sang coulait de sa bouche.

Énervé par les cris, l'ours-épic s'agita de plus belle. Il courait autour de l'arène en gémissant. Riuth ne perdit pas une seconde de plus pour se lancer à l'attaque. Il fonça sur le monstre et lui porta une série de coups à la tête. La bête, à peine étourdie, continuait son manège sans se soucier des coups qu'elle recevait. Elle devait avoir un crâne indestructible.

—Il perd son temps à le frapper ainsi, dis-je aux trois conteurs. Il doit frapper son cou! Daneruké me l'a dit!

—Ce n'est pas à nous que tu dois dire cela, me répondit Wecto en pointant le combat du doigt, mais bien à l'homme qui se bat dans l'arène.

—Il ne m'entendra pas d'ici. Les gens crient beaucoup trop fort!

Je réfléchis, mais je devais faire vite. Riuth et l'ours-épic s'échangeaient des coups, mais le prince s'affaiblissait rapidement. Je devais trouver un moyen de lui livrer mon message.

Derrière moi, les oiseaux piaillaient de plus belle. Impossible de me concentrer.

—Taisez-vous! leur criai-je bêtement.

Étrangement, ils se turent aussitôt tout en gardant les yeux rivés sur le combat. Ils avaient docilement obéi. Trop rapidement, même, pour de simples oiseaux. Je fis donc une déduction:

—Ils comprennent ce que je dis? Peut-être savent-ils communiquer? Du moins, avec Riuth qui se trouve en bas…

Le temps me manquait, je devais agir au plus vite. Je grimpai sur la dernière rangée de sièges et j'agrippai le cardinal vert directement sur son perchoir. Il fut si surpris qu'il n'eut pas le temps d'éviter ma main. Il en perdit même quelques plumes. Je le tenais droit devant mon visage et je lui ordonnai:

—Toi, le Xayiris, tu vas aller dire à Riuth que s'il veut gagner, il doit absolument frapper l'ours-épic au cou! C'est son seul point faible! Tu as bien compris? Le cou! Vas-y maintenant!

L'oiseau me fixa d'un air confus et il poussa un faible

cri pour me faire comprendre qu'il étouffait sous la pression de mes doigts.

—Ne perds pas de temps! ordonnai-je avant de le relâcher.

Le cardinal vert n'attendit pas plus longtemps et il vola aux abords de l'arène, le plus près possible du prince. Bien en vue, il lui chanta quelques notes que Riuth ne sembla pas entendre. L'oiseau répéta son manège, mais quand le prince porta un peu d'attention à son chant, l'ours-épic en profita pour lui administrer un violent coup au visage. Riuth s'effondra devant le monstre, comme une tour qui s'écroule sur elle-même. De grands cris de stupeur s'élevèrent de la foule et, de son balcon, le roi ne quitta plus l'arène des yeux. Un sourire de satisfaction apparut sur son visage.

Le cardinal vert revint rejoindre les deux Xayiris sur le perchoir. Ils s'échangèrent des piailleries et ils battirent des ailes d'excitation.

Je me sentais un peu coupable de la tournure qu'avait pris l'affrontement. Riuth gisait devant l'ours-épic, entièrement à sa merci. L'auditoire devint silencieux à part Wecto, assis près de moi, qui décrivait la scène:

—Venons-nous d'assister au coup final?

Paul continua:

—Le prince semble hors d'état de nuire. Il respire, mais c'est tout ce qu'il semble être capable de faire, à présent.

Le colossal ours-épic poussa Riuth du bout du museau à deux reprises. Sa proie n'eut aucune réaction, elle semblait avoir perdu conscience. La bête s'en réjouit. Un bon plat tout chaud et frais gisait droit devant sa gueule béante. Elle l'ouvrit, prête à lui administrer une morsure à l'abdomen.

Comme par miracle, Riuth bondit sur ses pieds avec une rapidité prodigieuse, presque impossible même, compte tenu des attaques qu'il venait de subir. Il saisit les deux oreilles de la bête et il les tira de toutes ses forces. L'ours-épic ne sembla pas apprécier la plaisanterie et il secoua hargneusement la tête pour lui faire lâcher prise. Un violent coup de patte eut enfin raison du prince, qui tomba devant la bête.

La créature fonça pour mordre le fils d'Izmalt à la tête. Elle allait devoir tuer sa proie avant de la manger. Avant que la bête ne lui assène son coup fatal, Riuth referma la main et décocha un violent coup de poing directement sous le menton de l'ours-épic. Le prince roula ensuite sur sa gauche pour éviter la gueule de la bête de justesse.

Le monstre s'arrêta et toussa trois fois, la gueule au ras du sol. Riuth était déterminé à en finir. Il se rua sur la bête et lui porta une dizaine de coups successifs, de toutes ses forces, directement sur son point faible. La bête ne réagit plus. Elle usait de toute son énergie pour respirer, mais après l'assaut du prince, elle suffoquait littéralement, comme si elle venait d'avaler un bœuf entier. Riuth recula et il attendit de voir le résultat final de son attaque.

La foule ne savait plus pour quel parti prendre. Elle appréciait les carnages sanglants de criminels endurcis, mais également la démonstration d'endurance et de force que leur offrait l'ancien héritier de la couronne. Izmalt se mordait les doigts. Il avait souhaité que la bête en finisse au plus vite avec son fils, mais l'ours-épic mourut en emportant, du même coup, tous ses espoirs.

La foule resta béate puis l'arène fut envahie par un déluge d'acclamations et d'applaudissements qui sembla durer plus longtemps encore que le combat lui-même. Le prince balança ses cheveux mouillés vers l'arrière et il leva la main en guise de salutation. Il salua ainsi la foule de tous les côtés des gradins puis il s'arrêta devant nous. Il me regarda droit dans les yeux et il fléchit le genou en guise de remerciement. Je lui répondis en levant la main et il me sourit.

Izmalt n'en pouvait plus. Il avait été humilié devant la victoire inattendue de son fils. Il s'agitait et hurlait du haut de son balcon.

—Taisez-vous !

Il dut répéter l'ordre cinq fois pour que l'intensité des acclamations s'abaisse d'un cran.

—Silence ! intima-t-il une dernière fois avant de s'adresser à son fils. Tu es très fort Riuth. Tu nous l'as très bien démontré durant ce combat. Ce que l'on a vu dans cette arène aujourd'hui relève du miracle. Je te félicite ! Mais souviens-toi que le succès et la gloire sont éphémères. J'aimerais te rappeler que pour avoir attaqué la famille royale, tu es toujours considéré comme un traître et donc condamné à la peine capitale. *J'aimerais que la foule s'en souvienne !*

À la suite de cette déclaration, le silence s'installa dans la Grande Arène. Le roi reprit :

—Gardes ! Attrapez ce criminel et emmenez-le aux cachots ! Le spectacle est maintenant terminé !

Izmalt quitta le balcon, suivi de ses subalternes. Les gens se levèrent et se dirigèrent vers les différentes sorties.

Quatre gardes entrèrent dans l'arène par les doubles portes grises. Ils portaient de lourdes chaînes et ils allaient ramener Riuth en prison, selon les ordres du roi. Le jeune prince se tenait à côté du cadavre d'un des ours-épics qu'il venait de tuer et il attendait patiemment leur arrivée.

Quand les soldats furent suffisamment rapprochés, le fil d'Izmalt agrippa l'une des épines du monstre et il l'arracha de la carcasse en grimaçant. Sans leur laisser une seconde pour réfléchir, il courut en face de l'un des sbires et lui faucha les jambes avec son arme improvisée. Le soldat tomba à la renverse. Les ailes réapparurent au dos du prince et sa peau se noircit à nouveau.

Riuth redevint l'Ange Arc-en-Ciel.

D'un seul coup d'ailes, il renversa deux gardes. Il se retourna vers le dernier garde en manœuvrant habilement son épine, avant de l'assaillir d'une multitude de coups qui le mirent en déroute. Une fois le champ libre, l'ange courut vers les abords de l'arène, sa longue épine bien en main. Il s'en servit comme d'une perche pour se catapulter au-dessus du mur qui séparait l'aire de combat de l'auditoire. D'un vigoureux coup d'ailes, il passa par-dessus, fit un tour sur lui-même et atterrit adroitement sur ses pieds.

Il courait à travers les spectateurs pour tenter d'atteindre une sortie. La foule se dissipa devant lui comme un troupeau de moutons affolés en présence d'un loup. Ses ailes s'évaporèrent puis il disparut dans un passage ombragé qui conduisait à l'extérieur.

Je n'entendais plus les oiseaux derrière moi, ils étaient partis en silence.

Les trois conteurs se levèrent de leurs sièges. Wecto s'exclama :

—Quel spectacle ! Et le roi n'a même pas pu voir que Riuth a encore réussi à lui échapper. Je paierais cher pour voir sa colère à l'heure où il apprendra la nouvelle !

—Moi, je ne crois pas que Riuth est un criminel, leur dis-je.

—Moi non plus, renchérit Paul. Le roi persécute Riuth pour des idées qu'il a eues autrefois. Personne ne devrait être jugé criminel simplement pour des *idées*. Je crois que cette histoire d'agression contre Shnar n'est qu'un prétexte ou même une pure invention.

—Ce n'est pas une invention, même si ce n'est pas tout à fait la vérité. Izmalt omet de dire certaines choses dont j'ai été témoin. L'Ange Arc-en-Ciel a bel et bien affronté son frère. C'est grâce à lui que j'ai réussi à échapper au prince et que je me suis retrouvée en votre compagnie. Malheureusement, ma sœur a décidé de rester avec Shnar. Ils ont dû capturer Riuth ensemble avec l'aide de Bimosar.

—Bimosar, répondit Wecto. Le second du prince Shnar. Cela fait longtemps qu'on ne l'a pas vu dans la capitale.

Nous suivîmes la foule encore excitée par les derniers événements.

Une fois hors de ces hauts murs de pierres, j'observai les alentours. J'espérais pouvoir apercevoir Riuth, mais il avait dû quitter la ville par le chemin le plus court. On allait se mettre à sa recherche aussitôt que la nouvelle allait arriver aux oreilles de son père.

* * *

Je rôdais en solitaire aux abords de l'aire de spectacles. Daneruké était parti en ville en compagnie des musiciens de la troupe.

Dans l'embranchement des rues, un trio de musiciens jouait une musique gitane pour un auditoire d'environ trente personnes. Tout le monde frappait des mains en chœur devant ces airs joyeux et entraînants.

J'observai plus particulièrement une des spectatrices. Il s'agissait d'une jeune fille de mon âge. Elle avait les yeux bleus et des cheveux orangés méticuleusement coiffés. Sa robe de soie indigo était brodée de feuilles et de lianes blanches.

Cette jeune fille contemplait ce spectacle avec étonnement, puis, soudainement, elle se faufila vers un autre en essayant d'en voir le plus possible. Je la suivis discrètement, intriguée par sa fascination inhabituelle envers ces numéros d'amateurs.

Je ressentais d'étranges picotements lorsque je la regardais, les mêmes que quand je sentais que des ennemis approchaient. Quelque chose d'inhabituel émanait d'elle.

Nos regards se croisèrent par hasard et elle eut alors conscience que je l'épiais. Chaussée de minuscules souliers blancs, elle s'avança vers moi à petits pas, puis elle s'arrêta pour me dévisager. Mon malaise s'intensifia. Soudain, je la reconnus :

— Sin ? C'est toi ?

—Alégracia?

Il s'agissait bel et bien de ma sœur! Elle avait tant changé. Auparavant, jamais elle ne se coiffait ni ne revêtait d'habits d'une telle finesse. Et ce maquillage…

—Tu es méconnaissable ma pauvre, m'avoua-t-elle. Tu as toujours eu l'habitude de soigner tes cheveux et de porter tes plus belles robes.

Nous sautâmes dans les bras l'une de l'autre. J'étais si heureuse d'avoir enfin retrouvé ma sœur que j'en versai des larmes. Nous parlâmes en même temps:

—Qu'est-ce que tu fais ici?

Je répondis en premier:

—J'ai croisé une troupe d'artistes qui m'a engagée comme danseuse. Nous allons participer aux événements majeurs du Festival de l'Automne, juste après le souper! C'est génial, non? Et toi?

—Shnar m'a élevée au rang de dame d'honneur. Il me traite comme sa propre fille et il me gâte sans cesse. Nous avons quitté exceptionnellement les Bois-Verts cette semaine pour venir rendre visite à Izmalt et pour assister aux spectacles de ce soir.

—Tu veux dire qu'en plus du roi, Shnar et toi allez assister à ma danse?

—Pourquoi prends-tu cet air soucieux? Ça ne te plaît pas?

—Sintara! Tu oublies que j'ai décidé de prendre le parti de l'Ange Arc-en-Ciel. Si Shnar me voit sur scène, il pourrait venir me réclamer après les représentations!

—Mais pourquoi refuses-tu de te joindre à nous, Alégracia? Je parie que la vie royale est bien mieux que celle que tu mènes avec ta troupe!

Sintara baissa le ton comme si elle craignait qu'on ne l'entende:

—Shnar multiplie les enquêtes pour te localiser. Je crois qu'il apprécierait beaucoup que tu reviennes. Il ferait de toi sa deuxième dame d'honneur s'il réussissait à te retrouver.

—Je ne veux pas rejoindre Shnar. Mon choix est fait. Je resterai avec mes amis.

—C'est dommage.

Sintara recula d'un pas et garda la tête baissée.

—Resterons-nous des sœurs quand même?

—C'est pour la vie, Sin! Nous serons toujours des sœurs!

Elle posa ses mains sur les miennes de façon symbolique, un moment tout aussi émouvant qu'inattendu.

Pour la première fois, nous avions réussi à avoir une conversation pendant plus de quelques minutes sans nous chamailler.

Des cloches sonnèrent du haut d'une des tours du palais.

—Midi… dit-elle. Je dois rentrer. Shnar déteste les retards. Déjà qu'il a manqué le procès à la Grande Arène. Il ne semble pas de bonne humeur aujourd'hui.

—Allons-nous nous revoir? demandai-je tristement.

—Ce soir, nous ne manquerons pas d'assister à ton spectacle.

—Tu pourrais me faire une faveur, Sin?

—Bien sûr.

Ma sœur buvait mes paroles comme si elles allaient être les dernières qu'elle allait entendre de ma bouche.

—Ne dis pas à Shnar que tu m'as rencontrée aujourd'hui. Et ne lui dis pas que je danserai ce soir, ça m'attirerait bien des ennuis. Il doit ignorer que je suis dans la capitale.

—C'est d'accord, tu peux me faire confiance. Mais il te reconnaîtra lorsque tu seras sur scène, non?

—Je trouverai moyen d'échapper à son regard.

Je fis mes dernières salutations à Sintara. Elle partit

rejoindre trois gardes qui l'attendaient près d'un carrosse argenté, tiré par deux magnifiques chevaux blancs. Le cocher les emmena à l'intérieur des barricades du palais.

Je rejoignis la troupe. Daneruké arriva en même temps que moi, attiré lui aussi par les cloches de midi. Il me fit signe d'aller le rejoindre.

— Alors, comment s'est passé le procès de Riuth? me demanda-t-il en riant.

— Tu ne me croiras jamais! Tu te souviens de l'ange que je devais rejoindre à la fontaine? Et bien cet ange, c'est Riuth! Nous l'avons tous vu à l'œuvre dans l'arène!

— Alors ça explique tout! Voilà pourquoi il ne s'est pas présenté au rendez-vous. Shnar devait le tenir prisonnier. Mais qu'a-t-il donc fait à la Grande Arène?

— Il s'est battu contre des ours-épics, ceux que nous avons vus à Lyrmentt! Il les a vaincus, seul!

— Drôle de procès, je dois avouer.

— Et en plus, après le départ du roi, Riuth s'est évadé! Il est maintenant en liberté!

— Hmm… Il aura besoin de beaucoup de chance pour dérouter la patrouille de la capitale… ou de beaucoup de force et de ruse. Mais s'il est parvenu à vaincre deux ours-épics à lui seul, ses chances de s'en sortir vivant sont très bonnes.

—Il réussira, j'ai confiance.

Je me tus. Après quelques minutes de silence, je lui appris les derniers événements :

—J'ai une bonne et une mauvaise nouvelle pour ce soir.

—Commence par la bonne.

—J'ai vu ma sœur Sintara tout à l'heure. Elle va très bien. Je suis si heureuse !

—C'est vrai ? Tu me la présenteras lorsque tu en auras la chance.

—Je pourrai te la montrer parmi la foule ce soir. Elle viendra assister à notre spectacle. Le seul problème, c'est qu'elle sera accompagnée du prince Shnar. C'est *ça* la mauvaise nouvelle.

Mon visage s'imprégna de tristesse.

—Sintara m'a appris qu'il tente de me retrouver depuis ma fuite. S'il me reconnaît ce soir, nous risquons d'avoir de sérieux ennuis.

—Tu as raison. Il n'était pas prévu que Shnar soit présent au festival. Ni lui ni le roi n'avaient d'intérêt pour ces festivités auparavant, alors je me demande pourquoi ils viennent cette année ?

Daneruké devint soudain songeur et il se gratta le menton.

—Puisqu'il sera là, il faudra se creuser les méninges pour qu'il ignore ta présence. Ta sœur a-t-elle l'intention de te dénoncer?

—Non, elle m'a promis de garder le silence.

—D'accord. Alors il reste deux solutions. Soit tu restes derrière le rideau et je danse seul, soit nous te déguisons pour cacher ton identité.

—Je n'ose même pas envisager la première option. Ce spectacle est tout ce qui m'importe, désormais. Depuis le temps qu'on m'en parle.

—Il faudra au moins dissimuler ton visage durant la danse. Que penses-tu d'un masque? Je crois que Smithen en tient un dans son arsenal d'accessoires.

—Un masque?

Je commençai à réfléchir. J'avais peur qu'un masque nuise à ma vision durant ma performance. Mais à bien y penser, je dansais les yeux fermés la plupart du temps en compagnie des oiseaux…

L'idée me paraissait bonne, ma réponse fut donc affirmative.

—Excellent. Je vais aller voir l'Arcaporal pour qu'il

me fournisse un masque, puis j'irai avertir Samocure de modifier son texte de présentation afin qu'il ne te nomme pas avant le numéro.

Sans plus attendre, mon mentor partit exécuter ces deux commissions. Il revint une dizaine de minutes plus tard, les mains vides.

—J'ai averti Samocure de la situation. Nous avons modifié son texte ensemble. Pour le masque, Smithen dit ne pas en avoir en réserve. Il m'a toutefois promis qu'il allait en dénicher un parmi les vendeurs du festival avant ce soir.

Je lui fis un signe d'approbation puis lui avouai que mon estomac n'en pouvait plus d'attendre.

—Viens avec moi, ce ne sont pas les restaurants qui manquent. Nous mangerons à l'intérieur même s'il fait beau. Il faut éviter que Shnar te voie.

* * *

L'après-midi fut consacré à l'entraînement. Smithen n'avait toujours pas réussi à me trouver un masque.

Après l'heure du souper, Pirie me colora les cheveux en blond avec une teinture qu'elle utilisait à l'époque où elle gardait les siens plus courts. Toute la troupe semblait maintenant au courant que Shnar me recherchait. Okliarre revendiqua de sérieuses explications de la part de Daneruké à ce sujet.

Le chef de la troupe paraissait bien inquiet. Il aurait souhaité que je me retire du spectacle pour ce soir, mais Daneruké avait bien défendu ma cause.

—Elle va danser que tu le veuilles ou non ! lui avait-il lancé avec fermeté.

Les festivités principales allaient commencer d'une minute à l'autre. Les musiciens pratiquaient quelques accords sur leurs instruments, les conteurs sirotaient des breuvages chauds au miel pour adoucir leur gorge, tandis que Bulgaboom préparait les feux d'artifice qui, selon Smithen, allaient être plus impressionnants encore que ceux lancés à Adyn, après la signature du traité de paix qui avait mis fin à la guerre de la Grande Libération.

Les gradins se remplirent à la minute où les barrières s'ouvrirent. Des techniciens grimpèrent sur des échelles vertigineuses pour allumer des torches qui entouraient la zone, déjà à moitié plongée dans une obscurité vespérale. L'auditoire, composé autant d'adultes que d'enfants, attendait le début des représentations avec fébrilité. Personne ne se trouvait encore dans la loge royale.

Okliarre ordonna un rassemblement pour nous transmettre l'ordre des numéros. Il précisa que le spectacle allait être exécuté par quatre troupes différentes et que nous allions être les derniers à monter sur scène. Nous devions présenter les mêmes numéros que dans les autres villages mais dans un ordre différent. Les musiciens allaient entrer en premier suivis de Wecto qui allait interpréter un conte chanté. Ensuite les conteurs allaient faire leur numéro d'imitation et finalement Daneruké et moi allions danser. Les feux d'artifice de Bulgaboom allaient clôturer et notre danse et le spectacle. Okliarre avait fait ces modifications afin de synchroniser le rythme du spectacle aux effets pyrotechniques préparés par Bulgaboom.

—Une danse achevée sous la lumière des feux sera nettement plus appropriée, ajouta-t-il.

Le son des tambours retentit, suivi d'un hymne joué à la trompette. Le roi venait de prendre place dans sa loge, accompagné de ses invités de haut rang : Shnar, Sintara, trois jeunes femmes vêtues d'uniformes ajustés de couleur indigo ainsi qu'un homme musclé, revêtu d'une lourde armure ornée d'épines de fer dorées. Daneruké m'expliqua que les trois femmes en indigo composaient la garde personnelle du roi qu'on appelait *La Triade* et que l'homme en armure était son conseiller militaire et homme de main, le lieutenant Kazz.

—Peuple d'Holbus et du Continent-Coloré, cria le roi à la foule qui entourait les loges. Cette année, il me fait plaisir d'assister aux festivités du Festival de l'Automne à vos côtés. Vous pouvez constater que mon fils Shnar est également présent ; il est temporairement de retour d'un long voyage diplomatique au Drakanitt. J'aimerais qu'on lui offre quelques applaudissements pour souligner le bon travail qu'il y a accompli jusqu'à présent.

Les gens l'applaudirent, mais cette acclamation fut plutôt brève.

—Mon fidèle lieutenant Kazz s'est aussi joint à nous. Et comme vous savez tous qu'il est dans l'incapacité de parler, je vous livrerai moi-même son message.

Il déroula un parchemin qu'il lut à voix haute :

—Cher peuple d'Holbus, cher peuple du Continent-Coloré…

Il récita quelques lignes traitant de diplomatie et d'ordre public, puis il en arriva à l'essentiel du message :

—Le mouvement rebelle des Collines-aux-Aurores-Pourpres existe toujours et il ne cesse de gagner de nouveaux partisans. Ils s'opposent de plus en plus au pouvoir établi et ils font la promotion du chaos et de l'inconduite, mais je vous assure que grâce au courage de nos braves soldats nous les repousserons et nous les détruirons jusqu'au dernier. Vos familles sont en sécurité. De plus, j'ai l'honneur de vous annoncer que notre armée se prépare à rétablir, de façon définitive, l'ordre dans cette province. Votre appui sera primordial dans les prochains mois pour le bon déroulement de ces opérations. Nous travaillons avec vous et pour vous.

Le roi se tut et tous les spectateurs lui répondirent en applaudissant vigoureusement et en lançant des cris partisans. Izmalt et Kazz furent ravis de constater l'ampleur de l'appui du peuple dans leurs projets.

—Maintenant, que les festivités commencent!

Le roi et ses acolytes s'installèrent dans leurs fauteuils confortables pour admirer le spectacle. La troupe des Lutins Verts monta la première sur scène et présenta un numéro d'humour gestuel. L'auditoire se tordait de rire devant les grimaces et les mimes des quatre artistes. Ils furent largement applaudis à leur sortie.

La troupe des Six Couleurs prit la relève. Leur numéro était entièrement musical et chacun des six interprètes jouait d'un instrument différent. Leur musique m'emportait, mais je préférais de loin celle de Pirie et de ses partenaires. La foule ne manqua pas de les acclamer chaleureusement, eux aussi, à leur sortie.

Ce fut alors le tour des Clochards Riches qui présentèrent, à leur tour, un spectacle d'humour enrichi de farces et de blagues.

—Ce sera à nous d'ici peu, dit Okliarre très nerveux. Approchons-nous tous de la scène. Nous devrons être prêts à l'heure.

Il regardait la représentation de la dernière troupe entre les rideaux.

—Notre spectacle sera le meilleur. J'en suis convaincu.

Lorsque les applaudissements fusèrent et que les Clochards Riches se retirèrent, Okliarre s'approcha de Samocure et le poussa sur scène. Le jeune homme se figea en constatant le nombre impressionnant de spectateurs présents à la soirée, et surtout en voyant que la famille royale était bien visible devant lui. Il fit tout de même son discours avec la même éloquence que les jours précédents. Il était décidément meilleur orateur que danseur !

—C'est parfait ! murmura le chef.

J'entendis derrière moi une respiration saccadée. Je me retournai et je vis Smithen qui arrivait en courant, un sac dans les mains. Okliarre remarqua son entrée et lui cria :

—Je croyais que vous deviez préparer les feux d'artifice Bulgaboom et toi. Que fais-tu ici ?

—La p'tite m'a demandé un accessoire pour son numéro. J'en avais pas alors j'suis allé en acheter pas loin. C'est d'la bonne qualité, vous pouvez m'croire !

Il se plaça à mes côtés et ouvrit son sac.

—Voilà p'tite dame. J'vous ai trouvé un masque bleu. Ça devrait être parfait pour ce soir.

—Bleu ? Pourquoi bleu ?

—C'est le seul que j'ai pu trouver…

J'introduisis ma main dans l'ouverture du sac et je pris le masque fait en bois. Les ouvertures pour les yeux étaient très minces.

—Je suppose que ça fera l'affaire, répondis-je malgré tout. Shnar ne me reconnaîtra pas derrière ce déguisement. Merci !

—Y'a pas d'quoi ma p'tite dame !

L'Arcaporal retourna à ses affaires. Quant à moi, je profitai du temps qui me restait pour essayer mon masque et constater son inconfort et sa rugosité. Je ne voyais presque rien à travers les orifices. Mais bon, ç'aurait pu être pire.

Dans les coulisses, Okliarre se réjouissait du succès des numéros présentés jusqu'à maintenant. Il nous informa même que le roi s'amusait vraiment des imitations des conteurs qui exécutaient leurs caricatures grossières des personnalités connues de la région. L'heure de gloire approchait.

Paul, Jaquot et Wecto revinrent dans les coulisses sous les acclamations de l'auditoire. Okliarre renvoya Samocure sur la scène. Il lui rappela :

—N'oublie pas ! Tu ne dois nommer personne cette fois-ci.

Samocure me fixa de ses yeux noirs et il me fit un sourire qui me glaça le sang. Mon cœur fit un bond. Il allait me nommer! C'était évident... il venait de choisir l'heure de sa vengeance. Ce soir lui en donnait l'occasion idéale. Je voulus l'arrêter, mais Okliarre me barra le chemin. Le jeune Moranoir faisait déjà face à la foule, au roi et à Shnar. Il resta planté là, silencieux, attendant que le silence revienne avant de commencer son discours.

—Il va me nommer! dis-je à Okliarre tout énervée. Il va me nommer c'est certain!

—Samocure m'a toujours obéi à la lettre. Pourquoi en serait-il autrement aujourd'hui?

—Il veut simplement reprendre la place que je lui ai volée! Il veut que je disparaisse!

Les dernières voix se turent enfin. Samocure leva le bras et cria:

—Et maintenant, pour enchanter vos yeux et vos oreilles, les talentueux musiciens accompagneront les pas des danseurs!

Il s'arrêta là. Je n'en revenais pas. Il ne m'avait pas nommée!

—Tu vois, me dit le chef, tu n'avais rien à craindre. Samocure est un jeune de confiance.

Daneruké posa sa main sur mon épaule et il me rappela qu'il fallait entrer en scène. Je poussai un grand soupir de soulagement et je le suivis.

Daneruké et moi prîmes nos positions respectives et les musiciens s'assirent sur des bancs surélevés juste derrière nous. Je suffoquais sous mon masque. Il était lourd et je ne pouvais ressentir la brise caresser ma peau afin d'en tirer mes énergies. Je ne pouvais compter que sur l'ocarina de Pirie pour m'alimenter.

Et pourtant, la musique ne commençait pas. Il y avait un problème. Sous les fentes du masque, je regardai mon mentor. Il avait les yeux rivés sur le devant la scène. Il criait :

—Tu dois descendre maintenant ! Ton tour est terminé.

Je me retournai et je sursautai en voyant par les orifices du masque que Samocure n'avait pas encore quitté la scène. Debout devant la foule, il attendait que nous soyons bien placés.

—Va-t-en Samocure ! Va-t-en ! répéta Daneruké.

Le jeune homme faisait la sourde oreille et il ne bougeait point.

—Nos talentueux danseurs, cria-t-il à nouveau, Daneruké et *ALÉGRACIA* ! !

J'avais découvert son jeu, mais trop tard. Je ne pouvais plus l'arrêter maintenant. Le cœur battant, je baissai le masque de devant mes yeux. Nous faisions face à Holbus et à son roi. Je vis Shnar se lever de son siège et descendre de sa loge. Sintara me regardait, figée, la main devant sa bouche. Samocure quitta la scène sous le regard glacial de Daneruké. J'entendis le son de l'ocarina de Pirie comme un écho provenant d'un gouffre sans fond. Mes bras et mes jambes refusèrent de bouger.

Les musiciens attendaient comme toujours le début de ma danse pour commencer à jouer.

—Qu'est-ce que tu attends? me cria Okliarre dans les coulisses. Danse!

Impossible! Mon corps ne répondait plus. Du regard, je suivais Shnar qui faisait le tour de la foule pour venir vers nous. J'échappai le masque, qui glissa autour de mon cou et je lançai un regard suppliant à Daneruké. Mon mentor ordonna aux musiciens de jouer sans moi, puis il me prit dans ses bras et il m'amena de l'autre côté des rideaux, à l'abri du regard de l'auditoire et du reste de la troupe. Okliarre, paniqué, ordonna l'allumage des feux d'artifice pour sauver le spectacle. Samocure s'enfuit en courant vers sa caravane et il s'y enferma.

Daneruké me libéra de mon masque qui pendait lourdement autour de mon cou en pestant:

—Shnar sait maintenant que tu es là. Maudit soit ce vaurien de Moranoir! Je ferai tout ce qui est en mon pouvoir pour le faire expulser de la troupe!

—J'ai peur, Dan! Je *sens* que Shnar approche. Il sait où nous sommes.

Daneruké me déposa doucement et me dit en regardant derrière nous :

—Il *est* là…

Je me retournai vivement. Le prince approchait en marchant à grands pas entre les caravanes, seul et entièrement recouvert d'ombres.

—Alégracia, souffla-t-il. Vous voilà enfin. Je m'étais tant inquiété, je croyais que les Bois-Verts vous avaient dévorée.

—Je suis toujours vivante, lui répondis-je. J'ai vu Sintara aujourd'hui et elle m'a dit que vous me recherchiez. Pourquoi ?

—Parce que vous me revenez de droit. C'est à moi que votre mère a confié votre garde. Je suis votre unique tuteur et Riuth ne l'a pas compris. Pourquoi l'avez-vous suivi ? Ne vous ai-je pas traitée comme une reine durant votre séjour ?

—Je l'ai suivi parce qu'il me l'a ordonné, parce que je lui ai fait confiance.

—Ce n'est pas parce qu'il a des ailes qu'il est nécessairement un ange, fillette. C'est un criminel et un traître qui ne mérite que la mort.

Il me sourit et me tendit la main.

—Mais je suis prêt à effacer vos erreurs pour vous accueillir de nouveau dans notre famille. Revenez avec moi, je vous promets que tout redeviendra comme avant.

—Ce serait un cauchemar, répondis-je en m'appuyant contre Daneruké. J'ai une nouvelle famille, je ne compte plus la quitter dorénavant.

—Mais qui est cet homme derrière vous, me demanda-t-il en levant les yeux vers mon mentor.

Daneruké avança d'un pas et il se présenta :

—Je suis Daneruké Lorcana, danseur professionnel et soldat de la Vallée-Rouge à la retraite.

—Un ancien militaire, hein ? Vous savez donc répondre aux ordres de vos supérieurs, n'est-ce pas ? Votre prince vous ordonne de lui rendre cette jeune fille. Rendez-moi Alégracia. Immédiatement.

—Je ne peux pas vous la rendre, elle n'appartient qu'à elle. C'est à elle seule de choisir où elle ira.

—Elle est à moi ! Elle me revient de droit !

Shnar voulu m'agripper le bras, mais Daneruké s'interposa entre nous.

—Elle n'a pas encore répondu. Alégracia, désires-tu

sincèrement retourner vivre avec cet homme?

—Jamais.

Mon mentor s'adressa à nouveau à Shnar.

—Elle n'ira pas avec vous. Maintenant partez, vous n'avez plus rien à faire ici!

Le prince nous tourna le dos, puis il détacha sa cape.

—Puisque vous refusez de me la confier, je la prendrai par la force.

Daneruké m'ordonna de reculer.

—Qu'est-ce que tu fais, Dan?

—Je vais apprendre les bonnes manières à ce prince.

—Mais tu n'as aucune chance, il a une rapière noire dissimulée dans son dos. Une rapière magique!

—Cela n'a pas d'importance. Maintenant, éloigne-toi s'il te plait.

De son côté, Shnar dégaina lentement sa rapière. La lame noire luisait sous le reflet des torches. Daneruké resta en place et je m'éloignai de lui, en croisant les doigts pour qu'il ne lui arrive pas malheur. Daneruké regarda fixement le prince.

—Vous attaqueriez un homme désarmé? lui demanda-t-il sarcastiquement.

—Votre code ridicule ne me concerne guère.

Les feux d'artifice se mirent à éclater dans le ciel. L'atmosphère oppressante s'alourdit sous cette lumière intense et ces explosions sonores. Shnar en profita pour sauter sur Daneruké en lançant un cri assourdissant puis il faucha l'air avec sa rapière. Il donna une série de coups rapides, mais mon mentor les esquiva tous grâce à sa mobilité exceptionnelle.

—Vous êtes rapide pour un vieillard, se moqua le prince. Personne n'échappe à Burio, ma rapière magique.

Shnar brandit son arme encore cinq fois, mais il ne parvint pas à atteindre son opposant.

Au dernier coup, Shnar laissa une ouverture dans sa garde et Daneruké en profita pour lui administrer un violent uppercut dans les côtes. Le prince hurla et voulut piquer sa rapière dans la poitrine de mon mentor, mais ce dernier bloqua le bras du prince d'un simple coup de coude. Il frappa Shnar au visage de toutes ses forces. Du sang noir et visqueux éclaboussa le sol et les murs.

Daneruké laissa reculer Shnar le temps qu'il reprenne ses sens.

—Laissez-nous tranquille, lui lança-t-il. Alégracia

ne vous appartient pas. Elle n'appartient à personne.

Le prince crachait encore du sang noir. Ses yeux tournaient du noir au blanc vif. Une odeur de chair brûlée me prit à la gorge. Je vis à ce moment-là ressortir la nature inhumaine du prince. Il grogna :

—Ne m'obligez pas à révéler mes vrais pouvoirs, stupide danseur de fanfare.

Mon mentor demeura sur ses gardes et il plissa les yeux.

Shnar prit une grande respiration et se remit à la charge en agitant son arme de façon menaçante. Peu avant qu'il ne l'atteigne, Daneruké se déplaça derrière le prince avec une rapidité qui confondait l'entendement. De là, il lui administra un vigoureux coup de pied dans le haut du dos. J'entendis les os de Shnar craquer au moment de l'impact. Le prince fut projeté à nouveau au sol, le visage raclant le gravier.

—À l'époque ou je servais l'armée, lui raconta Daneruké, je portais le titre de meilleur soldat de la Vallée-Rouge et, même à mon âge, je crois que je pourrais le porter encore. Car moi, je connais l'art ancien de la danse magique. Vous n'avez aucune chance contre moi. Abandonnez le combat immédiatement et retournez au château !

Encore au sol, Shnar rugissait comme une bête blessée. De ses yeux et de ses dents irradiaient une lumière fumigène. Il sauta sur ses pieds tout en gardant le dos courbé, puis il rangea son arme en criant :

—Je vais dévorer ton âme, sale humain ! Tu iras au Kefcheth Heina Lenapoo et tu y gémiras jusqu'à ce qu'il soit libéré sur ton monde !

Sa peau se fonça et un œil de serpent bleu et brillant s'ouvrit sur son front. La lumière qui y jaillissait m'éblouissait autant que le soleil. Je ressentis une sensation de froid glacial et j'entendis à travers cet œil les lamentations d'une centaine d'êtres qui hurlaient de détresse.

—Ton âme est à moi, répéta-t-il.

Le tourbillon bleu…

Shnar voulut s'approcher de mon maître, mais son geste fut bloqué par trois personnes, vêtues en tenues de camouflage, qui émergèrent des ombres. Elles sautèrent sur le prince pour le neutraliser. L'une d'entre elles tordit le bras de Shnar et lui serra douloureusement les poignets dans le dos, pour l'immobiliser. Elle murmura à son oreille :

—Le roi vous veut dans les loges, prince Shnar, pas derrière le chapiteau à faire des bêtises.

Il s'agissait d'une voix féminine qui me sembla drôlement familière.

L'apparence physique du prince redevint normale et

son œil bleu disparut aussitôt.

—Vous allez nous suivre maintenant, ordonna-t-elle, ce sont les ordres du roi.

Grâce aux lumières des feux d'artifice, je constatai que ces trois inconnues formaient en fait la garde personnelle d'Izmalt : *La Triade*. Celle qui parlait avait les cheveux longs et noirs et tout son visage était dissimulé par un voile sombre.

—Je vous ordonne de me lâcher immédiatement ! Vous entendez ? C'est un ordre de votre prince !

À ces paroles, la meneuse de la Triade l'empoigna par les cheveux et elle tira encore plus fort.

—Considérez-vous chanceux d'être le prince, car je ne tue pas les princes, ça me rend malade. Souvenez-vous que je suis sous les ordres du roi et que ses désirs passent bien avant les vôtres. Je vous ferai remarquer que vous n'avez toujours pas son respect. Maintenant, vous allez nous suivre ! Soit vous marchez avec nous, soit je vous traîne par les pieds pour que vous labouriez la terre avec vos dents !

—Izmalt ne vivra pas éternellement, dit Shnar d'un air contrarié. Un jour, je serai roi et je vous jure que vous paierez pour vos insolences, Viko.

—Ce jour n'arrivera pas tant qu'Izmalt sera sous notre protection.

Les trois femmes prirent le prince de force et le ramenèrent vers les loges, contre sa volonté.

—Je n'en ai pas terminé avec vous, Daneruké. Je vous prendrai la fillette que vous le vouliez ou non ! Vos jours sont comptés !

* * *

Les feux d'artifice venaient de prendre fin. L'auditoire semblait satisfait du spectacle malgré les événements imprévus. Chaque spectateur applaudissait avec entrain. Daneruké et moi retournâmes dans les coulisses avec vigilance. Mes mains tremblaient encore de frayeur.

Toute la troupe se réunit et des discussions enflammées commencèrent. Okliarre fronça les sourcils à notre arrivée. Il était visiblement en colère. Il ne se gêna pas pour nous laisser savoir qu'il considérait ce spectacle comme un désastre planétaire.

—Tout est de la faute de Samocure, rétorqua Daneruké. Ne lui avais-tu pas ordonné de préserver notre anonymat pour cette fois ? S'il t'avait obéi, rien de tout cela ne serait arrivé.

—Je m'en fous, Lorcana ! Maintenant, ils veulent la fille, sans quoi ils mettront toute la troupe aux arrêts et ils saigneront nos fonds à blanc !

—Qui vous a dit cela ? Shnar ?

—Non, un homme encapuchonné qui portait les emblèmes royaux officiels.

Daneruké se frotta le front. Okliarre poursuivit :

—Je dois leur livrer la fille. C'est le seul moyen d'assurer la survie de la troupe.

—Je ne permettrai jamais que tu leur livres Alégracia, cria Daneruké en regardant les autres membres de la troupe. N'as-tu donc aucune morale ?

—Ma troupe est tout ce qui compte pour moi, c'est toute ma vie. Cette fille n'en fait déjà plus partie. Un point c'est tout.

Je commençai à pleurer. Ces mots cruels me blessaient. Je perdais ma nouvelle famille. Les membres de la troupe m'observaient avec impuissance et compassion.

Pirie et les musiciens avaient des larmes aux yeux.

Jaquot, Paul et Wecto ne semblaient pas du tout d'accord avec la décision du chef. Ils gardaient les bras croisés et ils regardaient leur chef en tapant du pied. Je sentais qu'ils auraient voulu combattre jusqu'au bout pour me garder auprès d'eux.

Smithen et Bulgaboom grimaçaient en dévisageant Okliarre.

Il n'y avait que Samocure qui, de loin, affichait un

sourire victorieux.

—Tout le monde est d'accord. Si tu refuses de te plier
à ma décision, je t'expulserai toi aussi, Lorcana.

—Tu n'auras pas à le faire, car je démissionne et
j'emmène Alégracia loin des salauds et des lâches de
ton genre.

—Bon débarras !

Je tirai la langue à Okliarre et je suivis mon mentor.

Un silence de mort régnait. Presque tous les yeux
étaient rivés sur le chef de la troupe. Des regards
accusateurs et méprisants.

—Il n'y avait rien d'autre à faire, souligna Okliarre.
Qu'auriez-vous voulu ? Aller en prison pour cette fillette ?

Wecto osa finalement prendre la parole :

—Notre contrat comme conteurs est terminé. Puisqu'il
en est ainsi, Okliarre, nous partons aussi.

—Votre contrat se terminera au printemps prochain
! rectifia le chef.

—Il est terminé *maintenant* ! Et si vous contestez
ou si même vous pensez nous poursuivre devant la
justice, je me ferai un vilain plaisir de dévoiler au continent entier, à quel point l'antique duchesse de Pur-

Dufonio évoque en vous de curieux fantasmes.

—C'est totalement absurde !

—Pas vraiment. Vous êtes plutôt bavard pendant votre sommeil. Ne l'oubliez pas !

Les trois conteurs allèrent rassembler leurs bagages et ils quittèrent les coulisses à leur tour.

Pirie avait le visage rouge de honte, de peine et de colère.

—Si nous ne réussissons pas à nous serrer les coudes et à nous supporter en temps de misère, je préfère quitter moi aussi. Et pour répondre à ta question, Okliarre, non, je ne serais pas allée en prison pour cette fille ; j'aurais été prête à mourir pour elle, ainsi que pour chacun d'entre vous. Je m'en vais !

Elle sortit, suivie des trois autres musiciens.

Dans les coulisses, aux côtés du chef, il ne restait plus que Smithen, Bulgaboom et Samocure. Le quatuor resta silencieux, puis le grand blond donna ses ordres :

—Bon, alors qu'est-ce que vous attendez ? Smithen et Bulgaboom, commencez à ramasser le matériel. Dès demain, nous irons recruter d'autres artistes. Il ne sera pas difficile d'en trouver de bien plus talentueux et lucides que les précédents.

Le petit bonhomme barbu n'attendit pas plus

longtemps pour crier un *Bulgaboom*! horrifié en faisant un signe intimidant au chef. Smithen lui cracha aux pieds.

— Y s'passe des choses croches icitte. Moi, je sacre mon camp! Viens-t-en Bulgaboom!

Et avant qu'Okliarre n'ait eu le temps de réagir, les deux amis montèrent sur la caravane qui contenait tout le matériel de la troupe et ils partirent à la hâte, en soulevant un nuage de poussière derrière eux.

Le chef réalisait à peine qu'il venait de perdre tous ses artistes ainsi que tous ses biens matériels. Il ne lui restait plus rien, excepté un jeune Moranoir dont les parents fortunés sauraient récompenser sa loyauté envers leur fils.

Chapitre VIII

Les demeures des soldats

Holbus se trouvait déjà loin derrière, cachée par le rideau des montagnes abruptes. J'étais assise avec Daneruké sur un des chevaux qui tiraient notre ancienne caravane. Quand j'avais demandé à mon maître où nous allions, il m'avait répondu:

—J'ai besoin des conseils d'un vieil ami. Je vais quelque part où je trouverai le matériel nécessaire pour entrer en contact avec lui.

—Où est-ce?

—Chez moi.

Je n'aurais jamais pu imaginer qu'un artiste libre et nomade comme Daneruké pouvait posséder une maison bien à lui.

—Je ne m'y rends pas souvent, peut-être une fois par année tout au plus. C'est l'armée qui me l'a offerte après ma retraite. Une façon de récompenser un de ses meilleurs combattants…

—Est-ce une belle maison?

—Pas extraordinaire. Elle est juste assez spacieuse

pour mes besoins. Mais ce que j'aime le plus, c'est qu'elle est isolée, à plus de dix kilomètres au sud de la ville d'Adyn. C'est un endroit tranquille où règne la paix.

Nous chevauchions depuis deux jours. Contrairement à moi, mon mentor ne semblait pas être fatigué du tout. Il m'expliqua que durant sa vie de soldat, il pouvait voyager pendant des semaines dans des conditions bien pires, durant l'hiver et les temps de famine.

—Tu vas demander de l'aide à Kakimi n'est-ce pas ? lui demandai-je.

—Tu as vu juste. Comment l'as-tu deviné ?

—Ma mère avait fait la même chose avant que je ne quitte le toit familial. Lorsqu'elle avait des soucis importants, Kakimi était la seule personne qu'elle consultait.

Daneruké retroussa les manches de son habit à cause de la chaleur du temps.

—Je crois que Moveïf connaît des faits que toi et moi devrions aussi connaître.

—À quoi penses-tu ?

—Je parle du sang qui coule dans tes veines.

Ces paroles me laissèrent perplexe. Il ajouta :

—Nous avons posé nos questions aux mauvaises

personnes. Ce ne sont pas les chasseurs de démons qui peuvent nous en apprendre sur qui tu es réellement, mais bien celui qui connaît tes parents, qui t'a vu grandir et qui s'est même proposé pour prendre la relève de ta mère. La seule personne qui a la solution à nos questions, c'est Kakimi Moveïf.

—Je lui ai souvent demandé de me parler de mon père, mais il a toujours refusé. Quand je lui demandais pourquoi, il détournait toujours le sujet de conversation. Ma mère aussi, d'ailleurs…

—Mais pourquoi veulent-ils tous te cacher la vérité à ce sujet?

Il demeura songeur un moment, puis il recommença.

—Kakimi m'en doit plus d'une. Il me dira la vérité. Nous saurons ce qu'il en est, et pourquoi des hommes comme Shnar veulent tant te voir à leurs côtés.

* * *

Nous chevauchâmes encore deux jours de plus, ne nous arrêtant que pour manger et dormir. Notre cheval semblait avoir hâte de prendre un repos mérité.

—Nous avons quitté la région d'Holbus depuis ce matin, me dit Daneruké. Les terres de la Vallée-Rouge sont droit devant nous.

—Pourquoi cette région s'appelle-t-elle *La Vallée-*

Rouge? Elle n'est pas rouge…

—Le nom de ma province natale vient de la beauté de ses couchers de soleil qui enflamment l'horizon de magnifiques nuances écarlates.

La route que nous empruntâmes sillonnait à travers des collines de roc.

—Je reconnais cet endroit, me dit Daneruké pour me rassurer. Nous ne sommes plus qu'à quelques minutes de chez moi.

Le sentier monta, puis je vis un long cours d'eau qui caressait le pied des montagnes, puis qui allait se perdre dans une vallée lointaine. Daneruké m'apprit qu'il s'agissait du fleuve Masaccia, le fleuve qui, avec les années et l'érosion, avait forgé les splendeurs de la Vallée-Rouge.

Un petit boisé apparut à notre droite, puis toute la route fut bientôt cernée par les arbres orangés de l'automne. Daneruké ordonna au cheval d'emprunter un petit sentier étroit, bordé de feuilles sèches, qui déviait de la route principale. Trois cents mètres plus loin, nous arrivâmes enfin à sa vieille demeure.

—On se retrouve encore cette année…

Sa maison, faite de bois, s'élevait sur deux étages. Elle était assiégée par des plantes grimpantes et des herbes hautes. Les fenêtres étaient entièrement barricadées de planches solides et de barreaux de fer.

—J'ai l'habitude de venir ici quelques semaines durant l'hiver, pendant la période où la troupe cesse ses activités. Il y a si longtemps que je n'ai pas vu cette maison sans la moindre parcelle de neige. Le terrain a vraiment besoin d'entretien.

Daneruké attacha notre monture à proximité d'un coin de verdure. Il monta ensuite les marches avant de s'arrêter devant la porte d'entrée. Il inséra sa main sous le volet d'une des fenêtres et il en extirpa une clé qu'il tourna dans la serrure.

L'intérieur de cette maison baignait dans l'obscurité et l'air était chargé d'humidité. Daneruké s'engouffra dans le noir et il s'approcha d'une vieille lampe à l'huile qu'il alluma. J'entrai et je refermai doucement la porte derrière moi.

L'éclairage de la lampe nous révéla l'intérieur d'une demeure visiblement laissée à l'abandon depuis des mois. Sous de nombreuses toiles d'araignées, je distinguai le mobilier du salon composé de trois fauteuils de velours, de deux armoires vitrées, d'un grand tapis aux motifs sudistes, de tapisseries exotiques et, finalement, d'armes décoratives placées en éventail au-dessus des fenêtres barricadées, d'où la lumière extérieure ne pouvait entrer.

—Voilà, c'est mon chez-moi, me dit-il un peu gêné de constater l'état délabré des lieux. Mets-toi à l'aise, nous allons demeurer ici quelques jours. Je crois qu'il me reste un peu de mélange de chocolat chaud dans mes vieux pots. Tu en veux une tasse?

—Volontiers!

Daneruké se retira dans la cuisine et il prépara les breuvages. Pour patienter, je pris la lampe et je m'approchai d'une des armoires vitrées pour en examiner le contenu. Il y avait des médailles, près d'une centaine, luisantes de propreté, chacune comportant des couleurs et des symboles distincts. Je découvris également des plaques d'or gravées d'éloges pour mérites et actes de bravoure accomplis. Le passé de mon mentor semblait vraiment riche en prouesses.

Je remarquai trois petits tiroirs sous les portes en vitre. Curieuse, j'en ouvris un en prenant grand soin de réduire les grincements. À l'intérieur, j'y découvris quatre petites figurines de bois représentant des soldats maniant la hache, à côté d'une pile de pièces rouges et ovales. Il s'agissait de Rougearres, la monnaie de la Vallée-Rouge qui servait à acheter des biens. Je les comptai minutieusement. Elles représentaient une somme étonnante: trois milles!

—Tu fouilles dans mes affaires? me dit Daneruké d'une voix grave.

Surprise, j'échappai accidentellement trois pièces gravées des chiffres «100» sur le plancher. Je bredouillai une excuse:

—Je ne faisais que regarder, je jure que je n'ai touché à rien !

—Allons, Alégracia, je blague. Tu peux faire comme chez toi ici.

Je me sentis aussitôt soulagée.

—Que représentent ces quatre figurines dans le tiroir ?

—Ce sont des soldats de bois que j'ai sculptés moi-même. J'en ai fabriqué un pour chaque homme que j'ai tué de mes mains durant la guerre.

—Tu as vraiment tué quatre hommes ?

Je n'imaginais pas que Daneruké eut été capable d'enlever la vie à qui que ce soit. Il était si gentil et si sage.

—Et pourquoi y a-t-il trois mille pièces rouges ?

—Et bien… lorsque j'avais achevé une douzaine de ces figurines, je les vendais aux gamins d'Adyn pour dix pièces chacune.

À ces mots, mon estomac se renversa. Daneruké aurait-il été un homme de carnage, plutôt que le vaillant combattant que j'avais d'abord cru ? Il voulut me rassurer :

—Tu sais, l'armée nous fait perdre la tête. Kakimi et moi y avons laissé une partie de notre âme. Car Moveïf a une collection de ces figurines presque aussi impressionnante que la mienne.

Il s'accroupit pour me regarder droit dans les yeux.

—J'ai fui cette vie infernale. Je ne pouvais plus supporter de devoir tuer pour survivre. Le soldat que j'ai été est mort, maintenant. Il est mort le jour où j'ai fait un choix, *le seul* choix à faire. J'ai tué trois cent quatre hommes durant ma brève carrière. Je n'aurais pas pu supporter d'enlever la vie à un seul de plus.

Il prit une grande respiration pour expulser la tension et les souvenirs amers de son esprit.

—Voilà ta tasse de chocolat chaud, me dit-t-il gentiment. Je vais allumer le foyer pendant que tu bois, nous serons mieux au chaud.

* * *

Daneruké déposa une chandelle grise et cubique sur la table du salon.

—Qu'est-ce que c'est? demandai-je.

—C'est une chandelle magique! Elle attirera Kakimi ici.

Il prit une longue brindille de bois sec, l'enflamma dans le foyer et apposa la flamme naissante sur la mèche de la chandelle. Cette dernière se noircit et la cire grise commença doucement à fondre le long des rebords, mais aucune flamme n'était visible.

—Elle est difficile à allumer cette chandelle! constatai-je, les yeux toujours rivés sur la mèche.

—Détrompe-toi, Alégracia, cette chandelle *est* allumée! Regarde, pose ta main juste au-dessus.

—C'est chaud!

—Tu vois? C'est une chandelle avec une flamme invisible! Où qu'il soit, Kakimi sait qu'elle vient d'être allumée et il viendra nous rejoindre le plus vite possible, je te l'assure.

—Est-ce qu'il en existe beaucoup des chandelles comme celle-là?

—Un bon nombre. Kakimi en donne gratuitement à ses amis dignes de confiance, ainsi qu'à ses plus fidèles acheteurs. Je crois qu'il les fabrique lui-même.

—Ce marchand m'impressionnera toujours.

La chaleur du foyer commençait à se propager à l'intérieur de la maison. Nous approchâmes nos fauteuils du feu pour en profiter davantage.

Assis bien à son aise, Daneruké m'avoua:

—J'adore voyager, mais rien ne remplacera jamais

le confort de chez soi.

Il prit sa pipe, l'alluma puis fuma sans parler. Il savourait chaque seconde.

Soudain, on frappa à la porte.

—Ce doit être Kakimi, dit Daneruké, à peine sorti de sa rêverie. Surprenant, il a vite répondu à l'appel. Il a normalement un horaire assez chargé.

On frappa de nouveau.

Mon mentor se leva péniblement de son siège.

—J'arrive vieil ami, ne perds pas patience !

Daneruké tourna lentement la poignée et il ouvrit la porte. Mais ce n'était pas Kakimi qui se trouvait de l'autre côté de la porte, mais plutôt un homme en armure, encapuchonné d'une cape indigo qui recouvrait la moitié supérieure de son visage.

Avant que mon tuteur n'ait eu le temps de réaliser qui se tenait sur le seuil de sa porte, l'étranger le frappa d'un coup de matraque de fer sur la mâchoire. La tête de Daneruké percuta durement le mur et il s'écroula sur le plancher comme une statue qu'on renverse.

L'intrus entra d'un pas assuré, suivi de quatre soldats qui arboraient les effigies d'Holbus.

—Où te caches-tu, sale petite Kajuvâr?

Je reconnus immédiatement la voix. C'était celle de Bimosar, le second de Shnar qui avait déjà tenté de me tuer aux mines. Il ne m'avait pas repérée à l'intérieur de la maison et, en espérant que je réplique à ses intimidations, il poursuivit sur un ton encore plus menaçant:

—J'ai l'ordre de te ramener à mon maître, morte ou vive. Je préfère, et de loin, te ramener morte...

La panique m'envahit tout entière. Je pouvais habituellement compter sur Daneruké pour me protéger mais là, j'étais livrée à moi-même. J'aurais voulu m'échapper par une fenêtre, si seulement Daneruké ne les avait pas toutes barricadées ainsi.

—Il a été facile de vous suivre jusqu'ici, ajouta-t-il d'une voix grave. Votre cheval puait à des milles à la ronde, mais la pestilence des démons est bien pire.

Mon sixième sens... il n'avait pas fonctionné! Normalement, j'aurais dû *sentir* la présence de Bimosar bien avant que Daneruké ne lui ait ouvert la porte.

Mon cœur était sur le point d'exploser et ma vision s'embrouillait. Je me cachai derrière l'arche qui séparait le salon de la cuisine en retenant ma respiration. Mes agresseurs se rapprochaient toujours.

—Viens à moi, petite Kajuvâr. Allez, viens... je te donnerai la fessée!

Je n'y voyais plus rien. Mes dents chauffaient et mes gencives bouillaient littéralement. Une douleur intense me monta jusqu'aux tempes. Je crachais des nuages de vapeur chaude. La souffrance devint trop intense et je me mis à crier.

Mais ce cri n'était pas humain.

Il s'agissait d'un hurlement strident et bestial qui avait presque réussi à me rendre complètement sourde. Mais comme c'était moi qui criait…

J'avais changé de couleur : ma peau était noire et rugueuse et mes cheveux maintenant blancs comme neige flottaient derrière moi, comme sous l'effet d'une bourrasque. Mes muscles se contractaient puis gonflaient, tels des poumons qui respirent.

—Elle est par là ! cria Bimosar à ses soldats. Attrapez-la !

Je n'avais plus qu'une pensée en tête : *TUER*. Il s'agissait maintenant bien plus que d'un simple moyen de défense. Il s'agissait d'un urgent désir d'éliminer mes agresseurs, de les faire souffrir et de les tuer.

Un soldat aux aguets se pointa dans la cuisine avant les autres, l'épée à la main. Poussée par une impulsion aussi destructrice que l'explosion de tout un château, je bondis sur lui, l'agrippai par le collet et lui raclai le torse avec mes pieds griffés. Avant qu'il n'ait eu le temps d'appeler à l'aide, je le clouai au sol et je lui enfonçai toutes mes dents dans le cou. Sa chair s'enflamma. Le pauvre soldat hurlait de douleur, mais je ne lâchais pas prise pour autant. Le feu sur mon visage ne m'embarrassait pas. Il hurlait de plus belle, puis sa lumière s'éteignit lentement.

Les quatre autres vinrent à la rescousse de leur compagnon et ils se ruèrent sur moi en brandissant leurs armes en l'air. Je m'écartai du cadavre en poussant des cris stridents, puis je sautai au plafond et j'y demeurai accrochée grâce à mes nouvelles griffes. Je longeai la pièce tête en bas pour atteindre une trappe un peu plus loin que je défonçai d'un vigoureux coup de patte. Comme un serpent surexcité, je m'y infiltrai en silence en espérant que mes proies allaient me suivre dans l'obscurité du deuxième étage.

Car là, les ténèbres régnaient et moi, je voyais clair comme en plein jour.

J'ouvris au hasard une série de portes et je me tapis au fond d'une chambre obscure, tremblante d'agressivité et de frayeur à la fois. Pendant ce temps, les soldats dénichèrent une échelle et montèrent à leur tour dans la pénombre. Bimosar ordonna à ses hommes de me retrouver coûte que coûte.

—Elle ne doit pas s'échapper! Trouvez-la!

Je pouvais entendre tout ce qu'ils disaient, mon ouïe s'était affinée. Je connaissais la position exacte de chacun de mes poursuivants. Profitant au maximum de cet avantage, je saisis un marteau de guerre fixé au mur et je sortis de la chambre, à pas de loup, en laissant frotter la pointe de l'arme sur le plancher. Je vis un soldat, complètement aveuglé par les ténèbres. Il me sembla tellement malhabile. Ses pieds accrochaient tous les accessoires qui jonchaient le sol. Il scrutait attentivement les lieux et son souffle irrégulier trahissait sa panique. Son regard s'arrêta tout à coup sur le mien et il se dit tout bas :

— Deux yeux brillant dans le noir. Ce doit être *elle*.

— Scrrrrrrrrrrra !

Je criai et je lui balançai la pointe de mon marteau sur la poitrine. Sous la force de l'impact, son armure explosa comme un feu d'artifice. Les morceaux de fer retentirent sur les murs et le plafond. Le soldat fut propulsé sur une table et son poids la cassa en deux. Étendu sur les débris, il voulut reprendre sa respiration mais la mort l'emporta avant qu'il n'y soit parvenu.

J'en entendais un autre venir de l'autre côté du mur. Celui-là semblait avoir entendu l'impact et voulait venir en aide à son confrère. Trop tard. Je pris un grand élan et je défonçai brutalement le mur pour tomber droit sur lui. Je le plaquai vigoureusement au sol avant même que les éclats de bois ne soient retombés. Le soldat voulut me donner un coup d'épée, mais il rata sa cible, perturbé par la surprise. Je répliquai aussitôt par deux coups de griffes au visage qui lui arrachèrent la joue et la fit pendre comme un vieux bas, puis je plantai mes dents dans son avant-bras. Ses vêtements

prirent aussitôt feu et il lâcha son arme. Quelle erreur! Une seconde me suffit. Les reflets du feu sur la lame défilèrent comme une étoile filante. Je lui perforai l'estomac avec sa propre épée.

L'odeur du sang fraîchement répandu ne fit qu'attiser davantage mon courroux. Je continuais à pousser des cris stridents pour attitrer mes proies vers moi. Mon plan fonctionna.

Le dernier soldat s'aventura dans le couloir. Quant à Bimosar, il préférait rester derrière la porte, se doutant bien qu'un grand malheur allait être réservé à celui qui oserait la franchir. Il perçut les sons d'une bataille d'une violence si extrême que des ornements muraux tombèrent et se fracassèrent sur le sol. Le second de Shnar entendit ensuite les hurlements de détresse de son homme, le son d'un corps sans vie qui s'écroule au plancher, puis, plus rien.

—Sommes-nous enfin seuls? marmonna l'homme encapuchonné après une minute de silence. Pouvons-nous enfin régler nos comptes, face à face?

Je ne pouvais répondre, car j'avais planté mes dents dans le bras de ma dernière victime pour en apaiser les brûlements atroces.

—Sors de ta cachette, Kajuvâr. Tu ne m'impressionnes pas. Viens te battre contre un adversaire à ta mesure!

À ta mesure ? Quelle insulte ! Il n'était pour moi rien de plus qu'un humain chétif, mais il devina mes pensées et il continua à tenter de m'intimider.

—Sache, petite démone, que je suis comme toi. Du sang de Kajuvâr coule également dans mes veines. Oh ! Peut-être pas en doses aussi importantes que dans les tiennes. Toi, tu es peut-être un Quart-Kajuvâr, mais mon sang de Onzième-Kajuvâr ainsi que mon entraînement au combat me donneront amplement le pouvoir de t'éliminer.

L'imbécile. Trop occupé à parler. Il n'avait pas eu conscience que je m'étais glissée en silence derrière lui, prête à lui mordre l'épine dorsale. Sa chair saturée du sang noir n'allait être que plus délectable. Je sentais déjà l'heure de sa mort approcher. La salive m'en coulait le long du menton.

—Viens te battre, Kajuvâr ! Montre une cruauté digne de ta race ! Prouve que tu es bel et bien la fille de ton père !

Mon père ! Ce salaud le connaissait et pas moi ! J'en fus profondément vexée. Cette frustration se transforma rapidement en une explosion de rage violente et incontrôlable. J'en avais déjà assez de le faire languir. Sa dernière heure avait sonné.

Sans que j'aie pu m'en douter, Bimosar avait déjà préparé son plan. Il pouvait m'entendre lorsque je contournais les pièces pour me glisser derrière lui. Il avait aussi perçu la goutte de salive qui avait effleuré le plancher. Son ouïe était fine, aussi fine que celle d'un Kajuvâr. Je n'avais pas pensé à cela. Je ne pensais plus du tout. Et d'ailleurs, comment aurais-je pu le savoir. Je vivais ces moments d'agonie pour la toute première fois…

Avant que je n'aie pu attaquer, Bimosar fit une vrille rapide et il me passa la lame de son épée le long de la poitrine. Il recula ensuite de deux pas pour contempler les blessures qu'il m'avait infligées. Je l'entendis railler :

— C'est trop facile. Tu n'es pas de taille, Kajuvâr. Tu n'as pas encore appris à contrôler tes pulsions de haine. C'est ce qui te mènera à ta perte.

Mon sang noir se répandait sur le sol comme une cascade. Chaque respiration m'occasionnait des chocs de douleurs au creux de mon buste.

Bimosar s'avança pour m'administrer le coup fatal. Il prit son élan mais, juste avant qu'il ne m'enfonce son épée dans le cœur, je brisai la lame d'un seul et vigoureux coup de patte. Il n'en resta qu'un amas de fragments de fer éparpillés dans toute la pièce. Profitant de sa stupeur, je bondis sur mes pieds et le frappai à répétition dans l'abdomen.

Ma garde s'abaissa un moment. Bimosar en profita pour empoigner une chaise de fer et me la balancer sur le dos, où elle éclata sous la force du coup. On dut entendre mon cri de douleur à des milles à la ronde. Mon dos se coinça.

Je me reculai dans le coin opposé en titubant. Bimosar se terrait à l'autre bout en tentant de reprendre son souffle. Il se releva en premier.

—Bien essayé, Kajuvâr. Heureusement que je transporte toujours une deuxième arme sur moi.

D'un fourreau accroché à sa ceinture, il dégaina un long couteau recourbé.

—C'est maintenant ton tour. Je vais enfin te tuer !

Bimosar marcha lentement vers moi alors que je gisais toujours face contre terre. Mon dos me faisait horriblement souffrir et ma poitrine saignait abondamment. Je pataugeais dans mon propre sang. Je crus un instant que le combat prendrait fin, que Bimosar avait gagné.

Une fois que ses bottes de cuir se retrouvèrent devant mon nez, il enroula mes cheveux blancs autour de sa main et me souleva la tête d'un coup sec.

Un événement inusité se produisit alors. J'ouvris les yeux…

La pièce fut entièrement envahie d'une lumière aveuglante, bleue et froide. Pris de stupeur, mon agresseur me lâcha les cheveux et je me remis sur pieds, revigorée par cette énergie étrangère. La lumière se faisait de plus en plus intense, elle m'aveugla presque complètement.

Bimosar n'en revenait pas.

—L'œil du Serpent?

Son humeur changea.

—Mais ça m'est égal. Tu mourras comme je l'avais prévu. Tu n'es rien d'autre qu'une simple gamine !

Il fonça sur moi, la lame pointée devant lui pour m'achever. Avant qu'il ne m'atteigne, il y eut un éclair de lumière froide. Un énorme vortex bleu se forma et envahit la pièce entière. Il s'agissait d'un tourbillon de lumière, le même que ma mère voyait sans cesse dans ses rêves.

Bimosar se retrouvait au centre de ce tourbillon. Je le vis se convulser. Ses mains se mirent à trembler, il en laissa tomber son couteau.

—*Le Kefcheth Heina Lenapoo*, murmura-t-il.

Son capuchon tomba par derrière. Je vis alors le visage de Bimosar pour la toute première fois. Son visage était complètement déformé par la hantise. Il grelottait. Ses genoux plièrent. Des cris de détresse nous entourèrent, des douleurs indéfinissables. J'étais complètement trempée par une violente pluie de larmes. Une goutte en particulier me sembla familière. Chaude et froide à la fois. Hormis les miennes, elle avait été la seule à avoir un jour frôlé ma peau.

—Maman? C'est toi?

Le tourbillon bleu disparut dans un grondement assourdissant. Bimosar gisait sur le plancher. Un corps sain, nettoyé de toute trace de vie.

* * *

Des images floues défilaient devant moi : des formes blafardes, aux contours indistincts. L'une d'elle passait, en laissant une traînée fumigène derrière elle, puis disparaissait peu après. Pendant son mouvement, je distinguais à peine ses formes, mais je remarquai, au sein de celle-ci, une texture particulière. Parfois, il s'agissait de longues planches de bois aux dimensions inégales, d'autre fois des tuiles de céramique, de l'ardoise ou simplement de la paille. Et je m'éloignais toujours d'elles.

Lorsque j'atteignis une hauteur suffisante pour avoir une vue d'ensemble de ces objets fantomatiques, je réalisai qu'il s'agissait de toitures de maisons. Des demeures en mouvement, qui se déplaçaient rapidement entre elles comme des abeilles au creux d'une ruche. Mais c'était moi qui bougeait. Je planais au-dessus d'une ville translucide, aux habitations complètement mêlées, sans ordre et d'allures si différentes. Des chaumières en ruine côtoyaient de majestueux manoirs et, plus loin, une tour de pierre s'approchait timidement d'une simple hutte construite en rondins. Je voyais des âmes humaines sous leurs véritables formes, à travers les rafales bleutées du tourbillon maléfique qui m'enveloppait lentement.

Je m'éloignais toujours de cette cité mystérieuse en m'élevant dans les airs, jusqu'au moment où une voix familière me tira hors de l'inconscience :

—Pauvre petite… les vêtements en lambeaux, le teint blême, les cheveux visqueux… ça *devait* inévitablement t'arriver un jour, à toi *aussi*. Une si gentille fille ne devrait pas avoir à supporter un tel destin. Je suis désolé, Alégracia. C'est maintenant l'avenir de tout un continent qui repose sur tes épaules. Tu ne l'as pas choisi, c'est seulement toi qui as été choisie. Ta sœur a échoué, il ne reste plus que toi dorénavant. Je suis désolé.

—Kakimi ? râlai-je, à peine capable d'ouvrir la bouche.

—Ne parle pas ma petite. Je t'emmène dans un endroit où tu pourras enfin te reposer et purifier ton corps.

Daneruké se pointa derrière. Je les distinguais à peine.

—Est-ce qu'elle va bien, Kakimi ? lui demanda-t-il.

—Oui. Elle a subi de graves blessures, mais elles se sont déjà presque toutes refermées. Son sang s'est même évaporé. La petite est encore sous le choc de la *première transformation*. Elle va s'en remettre.

—Et les autres ?

—Les soldats sont tous morts.

—Même Bimosar?

Kakimi ne répondit pas immédiatement. Il ferma les yeux et resta songeur avant de répondre:

—Bimosar? Non. Elle lui a réservé une punition bien plus sévère.

Le marchand me prit dans ses bras et me redescendit au rez-de-chaussée. En bas, la lumière me sembla si éblouissante que je préférai garder les paupières closes.

* * *

Kakimi et moi patientâmes pendant que mon mentor allait et venait de pièce en pièce, pour rassembler ses effectifs. Pendant ce temps, mon mal de tête ne faisait que s'amplifier. Kakimi s'en rendit vite compte et, après avoir rapidement inspecté la maison, il demanda à son ami de se hâter:

—Est-ce que tes affaires sont prêtes, Daneruké?

—J'ai pris quelques vêtements, rien de plus. Si tu me dis que cette maison est…

—Elle *est* parfaite, lui dit le marchand d'un ton ferme. J'ai eu le temps de tout préparer durant son absence. Je devais la retrouver et l'emmener là-bas.

—Comment va-t-elle?

Kakimi me déposa sur mes pieds et je fus alors capable de rester en équilibre. Je souffrais des pires étourdissements de toute ma vie.

—Je vais bien, mais je préfère m'asseoir, leur dis-je en m'approchant de la première chaise visible.

Kakimi me reprit plutôt dans ses bras en disant :

—Je vais aller te mettre à l'aise dans ma caravane. Tu y seras confortable et à la fois prête pour le voyage.

La caravane de Kakimi attendait dehors, attelée comme toujours de Térann et de Furon. Le marchand s'approcha des doubles portes de derrière, sortit une clé de sa manche et la fit tourner dans le loquet. Les portes s'ouvrirent et je vis enfin l'intérieur de cette caravane pour la toute première fois. Tout était comme Daneruké me l'avait raconté : immensément grand. Un vrai bazar truffé d'objets exotiques et magiques ! Il y en avait tellement que je ne voyais même pas les murs. Des bijoux aux gemmes reluisants, des statuettes dorées arborant des formes de créatures légendaires, des armes exotiques aux gravures mystérieuses, des tapisseries raffinées et colorées et bien d'autres choses.

Kakimi monta les marches et je le suivis de près. Il marcha à travers les couloirs étroits et monta un escalier qui menait à l'étage supérieur. En haut, il y avait cinq portes, le marchand en ouvrit une.

—Celle-là mène à ma chambre, ma petite. Tu pourras

y dormir pendant le voyage.

J'entrai et je me couchai sur un lit à baldaquin plus que confortable. Les muscles de mon dos se décrispèrent lentement, et je ressentis des éclairs de guérison éclater sur mes plaies. Ma peau s'était déjà refermée sur l'entaille que Bimosar m'avait infligée à la poitrine.

Daneruké apparut dans le cadre de la porte.

— Sommes-nous prêts à partir ?

— Je suis prêt. Assieds-toi pendant que je procède au *transport*.

Kakimi s'approcha d'un grand bureau aux bordures ornées de motifs sudistes. Il tira sur un levier métallique adjacent et la surface pivota pour révéler une grande carte géographique très détaillée. Il s'agissait du Continent-Coloré.

Une dizaine de flammes scintillantes apparurent au-dessus de différents points sur la carte. Kakimi les observa soigneusement et murmura :

— Hum… Celui-là, ce doit être monsieur Rachitinav qui désire un nouveau porte-bonheur magique, et celui-ci, madame Vrille-de-Barda qui souhaite que je lui vende une nouvelle collection de bijoux. Je suis heureux d'avoir une clientèle si fidèle !

— Les flammes des chandelles grises ! lança Daneruké

complètement en extase devant cette invention.

Kakimi ouvrit un tiroir de son bureau et en préleva une réplique miniature de sa propre caravane.

—Direction : Collines-aux-Aurores-Pourpres, Montagnes de Jovinie.

—Où allons-nous exactement ? demandai-je au marchand.

—À mon chalet, perdu dans les montagnes.

Il plaça minutieusement la réplique à un endroit précis sur la carte. La caravane se mit aussitôt à tressauter, puis, plus rien.

—Voilà, il ne nous reste que dix kilomètres à parcourir, au maximum. Alégracia, ma petite, reste au lit pendant ce temps. Quant à toi Daneruké, tu devrais venir avec moi sur le siège du cocher. Nous avons bien des choses à nous raconter…

Tous deux quittèrent la chambre et refermèrent la porte. J'avais eu des réponses à quelques-unes de mes nombreuses questions. Je sombrai donc dans un sommeil des plus profonds.

* * *

Des images du tourbillon bleu me taraudèrent encore durant ma courte période de repos. Bien que je sentîs son emprise sur mon âme diminuer, j'entendais toujours les lamentations et les cris de désespoir. Mais, par-dessus tout, j'entendais un grondement terrible : l'écho d'une puissance capable de maintenir captives ces pauvres âmes innocentes. Le cercle bleuté s'éloignait au creux d'un environnement entièrement occupé par la noirceur, tel un vaste océan de goudron traversé par des filaments lactés. Il s'agissait des *Ténèbres*, la force qui permettait au *parasite* de survivre et, même, de grandir.

Je me réveillai alors, en douceur. Les secousses répétées de la caravane me berçaient et me permettaient de rester sereine, un tant soit peu, mais elles venaient de cesser soudainement. Je devais sortir du lit, mais je n'en trouvai guère la force. Les couvertures soyeuses, tressées par les artisans les plus doués du Drakanitt, me retenaient au lit. Elles étaient si douces et si chaleureuses. Il me semblait qu'elles enrobaient mon pauvre corps et qu'elles me procuraient un confort que j'avais oublié depuis fort longtemps.

La porte de la chambre s'ouvrit et, voyant que je ne bougeais pas, Kakimi tira lentement mes couvertures en m'invitant à sortir.

Dehors, l'air transportait de doux parfums d'été, le ciel brillait d'un bleu éclatant, l'herbe verdoyait et les montagnes rocheuses aux cimes enneigées cernaient tout l'horizon. Il me fallut un certain temps pour m'accoutumer à ce paysage coloré et lumineux. Je gardais toujours la main sur mon front pour atténuer les éclats du soleil.

Le vieux marchand nous présenta cet endroit enchanteur :

—Nous sommes maintenant au cœur des Montagnes de Jovinie, dans les Collines-aux-Aurores-Pourpres. Il fait toujours chaud ici, même en hiver. Vous y serez bien.

Le chalet de Kakimi ressemblait drôlement à mon ancienne maison. Il se trouvait en bas d'une pente abrupte et il côtoyait un lac scintillant et de vastes champs fleuris.

—Des fleurs ! criai-je. Puis-je aller m'y étendre quelques minutes ?

—Bien sûr, ma petite. Elles sont là expressément pour toi. Vas-y et repose-toi.

Je sautillai de joie et je descendis la pente au pas de course pour aller m'y étendre. Leur parfum me manquait tant. Quand les premiers pétales me frôlèrent les jambes, mon corps s'emplit d'extase. Je serrai les nombreuses tiges entre mes bras et je les embrassai du bout des lèvres, avant de courir à nouveau, un peu plus loin, pour recommencer encore et encore.

Daneruké profita de ce moment d'intimité avec son ami pour lui parler en privé.

—Regarde-la jouer dans les fleurs. Difficile à croire qu'elle puisse être un Kajuvâr…

—Elle en est bien un, Daneruké.

—Qui est-il? Qui peut bien être le père de cette jeune fille?

—Son père? Il est passé de l'autre côté. C'est tout ce que tu dois savoir. Ne me pose plus de questions à son sujet, s'il te plaît.

Tous les deux me regardèrent jouer dans les fleurs un moment.

—Je dois t'avouer quelque chose, Daneruké. En fait, je n'ai pas abandonné la guerre. Je n'ai jamais vraiment cessé de me battre. Je n'ai fait que choisir un autre camp.

—Un autre camp? Mais lequel?

—Cela fait maintenant de nombreuses années que je me suis joint à la cause de la rébellion des Collines-aux-Aurores-Pourpres. J'ai confiance en leur chef, maître Éwinga. Elle est une Akdath, un ange de sang pur. Elle a la capacité de lire le passé et le présent de ceux qu'elle touche, ainsi que ceux de leurs amis et de leur famille.

Il s'arrêta un moment pour reprendre son souffle et il continua:

—Ce mouvement a commencé au moment où Éwinga a rencontré le fils d'Izmalt, Riuth, pour la première fois. À l'époque où il résidait encore au château d'Holbus, le prince a été touché par l'Akdath. Elle avait réalisé que Riuth était bien triste et qu'il s'ennuyait à l'intérieur des murs du palais, qu'il percevait comme sa prison. Par ce contact physique, elle a aussi entrevu les desseins d'Izmalt. C'est là que le *Tourbillon Bleu* lui est apparu : le *Kefcheth Heina Lenapoo*. Cela signifie le *Refuge des âmes perdues*, l'endroit où toutes les âmes volées par les yeux du Serpent d'Argent pleurent pour l'éternité.

— Que veux-tu dire ?

— Le *Kefcheth Heina Lenapoo* contient des milliers d'âmes. Parmi elles, on compte maintenant celle de Bimosar qu'Alégracia lui a volée un peu plus tôt dans la journée, ainsi que celle de sa pauvre mère, Mosarie.

— Vous voulez dire que…

— Oui. Lorsque je suis passé sur la plage des Bois-Verts près de la maison de Mosarie pour y récupérer ses filles, je n'y ai trouvé qu'une maison déserte. Après d'intensives recherches, j'ai retrouvé son corps, dissimulé sous un amas de roches noires. Elle ne portait aucune blessure, mais la vie ne l'habitait plus.

— La pauvre.

Tous deux restèrent silencieux pendant une minute, par respect. Kakimi reprit ensuite :

— La petite ne doit pas savoir ce qui est arrivé à sa mère. Elle voudra la venger. La haine, c'est ce qu'elle doit éviter à tout prix afin que le démon ne ressurgisse pas une autre fois. Regarde. Elle joue dans les fleurs et elle semble si heureuse. Tant que ce sera ainsi, nous ne reverrons pas le Kajuvâr.

Kakimi cueillit une jeune pousse de fleur jaune à même le sol et la montra à son ami.

—La clé réside dans ces fleurs. Nous l'avons découverte ensemble. Les fleurs sont le produit des énergies de la *Lumière*, les mêmes énergies qui alimentent les anges. Cette aura entoure chaque pétale, chaque parfum que dégage une fleur.

« Lorsqu'elle habitait chez sa mère, Alégracia passait plusieurs heures par jour dans ses jardins, à s'imprégner de ces énergies, comme l'eau d'une casserole qui prend la saveur des légumes qui y bouillent. »

Le marchand me regardait avec complaisance du haut de la colline, les mains toujours appuyées sur le ventre.

—Elle était pratiquement arrivée à l'étape finale pour devenir un ange. Sa peau était coriace, elle sentait intuitivement les ennemis approcher et son subconscient la poussait toujours à s'opposer aux *Ténèbres*. Ce sont tous des symptômes qui habitent certains jeunes anges.

« Mais le simple fait d'avoir quitté ses fleurs et son havre de paix a fait flétrir cette énergie, et à chaque jour, le démon en elle est devenu de plus en plus puissant. La panique de ce matin l'a complètement relâché. C'était déjà arrivé autrefois à sa sœur, Sintara. »

— Sa sœur s'était déjà métamorphosée en démon ?

— Oui. Cela s'est produit à leur maison. Sintara et sa mère marchaient sur la plage pour cueillir des balbales, la denrée qui fait saliver tous les démons.

« Sintara ressentait de l'inquiétude cette journée-là. Elle prenait de l'âge et elle commençait à se poser des questions sur elle-même, sur ses origines, sur les raisons de son isolation du reste du monde. Elle sentait bien que ce n'était pas normal. Elle avait demandé à Mosarie de lui répondre une bonne fois pour toutes, mais sa mère avait encore refusé. Sintara a alors piqué une violente crise et elle s'est accidentellement métamorphosée en démon devant les yeux horrifiés de la pauvre Mosarie. »

— Que lui est-il arrivé ?

— Mosarie s'est cachée à l'intérieur de la maison en pleurant. Elle savait bien que ce jour allait arriver d'une façon ou d'une autre, mais elle n'était pas encore prête. Aucune mère ne peut jamais être préparée à voir son enfant se transformer en une aberration comme un Kajuvâr. Heureusement pour elle, Sintara ne l'a pas suivie. Elle a hurlé un moment sur la plage, puis elle s'est retranchée dans une caverne étroite où elle est redevenue humaine après quelques minutes, blottie dans l'obscurité.

— Sintara est avec Shnar maintenant, précisa Daneruké.

—Je sais, répondit Kakimi avec lassitude. Je sais déjà tout cela. Je suis très bien informé. Autant que l'est désormais ce prince maléfique. Car oui… Mosarie lui a tout avoué. Tout !

Les deux compagnons m'observaient encore. J'étais vraiment leur centre d'intérêt, mais je ne m'en rendais pas compte, trop occupée à me rouler dans les fleurs.

—La tâche que tu voulais me proposer, demanda Daneruké, de quoi s'agit-il précisément ?

—Je veux que tu restes ici, à mon chalet, pour t'occuper d'Alégracia. Je l'aurais fait moi-même, mais la rébellion a besoin de moi plus que jamais ces jours-ci. Une guerre se prépare.

—Tu veux que je veille sur elle, c'est tout ?

—Non…

Kakimi baissa la tête et murmura :

—Je veux aussi que tu lui apprennes à se battre.

—Pas question ! s'objecta Daneruké. La guerre a déjà gâché ma vie et sali mon âme, je ne voudrais pas corrompre Alégracia de la même façon. Ça jamais !

—Je comprends que ta réaction soit vive, Daneruké. Mais cette fillette devra apprendre tôt ou tard à se défendre et à ne plus craindre le danger. Si elle doit se retrouver un jour dans la même situation qu'aujour-d'hui, que lui arrivera-t-il?

—Elle se transformera une nouvelle fois en démon…

—Oui! Elle aura peur et elle se transformera pour se défendre. Mais si elle sait se battre, elle vaincra ses ennemis sans avoir à faire appel aux forces des *Ténèbres*. C'est essentiel. Rappelle-toi que Shnar est toujours à ses trousses!

Daneruké baissa lui aussi la tête.

—J'ai bien peur que tu n'aies raison, Kakimi.

—Apprends-lui les danses magiques. C'est l'art secret qui a fait de nous les héros de la Grande Libération, tu te souviens? Avec cette discipline, Alégracia pourra se défendre contre Shnar et ses hommes. Peut-être même qu'un jour, elle sera en mesure de détruire la menace qui pèse sur le Continent-Coloré.

—Kakimi, n'en parlons plus, s'il te plaît.

Daneruké laissa la brise agiter ses longs cheveux noirs. Il ferma les yeux et profita de la chaleur ardente du soleil. Il inspira une bonne dose d'air pur.

—Plus de violence, plus de guerre, plus de morts pour aujourd'hui. Je t'en prie. Ne laisse que le vent parler.

—D'accord. Pourquoi n'allons-nous pas boire quelque

chose à l'intérieur ? J'ai de bonnes boissons brassées par maître Hou'Li en réserve. C'est un de mes amis du Drakanitt. Tu vas adorer.

Ils se retirèrent ensemble à l'intérieur du chalet en me laissant dans les parfums de plus d'un millier de fleurs.

*...ici se termine le premier volet
de l'histoire d'Alégracia.*

*La deuxième partie rapporte son alliance avec les anges
Xayiris et le début de son histoire d'amour, dans
ALÉGRACIA ET LES XAYIRIS.*

*La troisième partie rapporte sa chute vers la démence
et le Dernier Assaut de la rébellion, dans
ALÉGRACIA ET LE DERNIER ASSAUT.*

Notice biographique

de Dominic Bellavance

 Dominic Bellavance, né en 1982, est issu des vertes collines de la Beauce. Passionné par la création d'univers fantastiques, il publie son premier roman à l'âge de 23 ans seulement et, depuis ce temps, n'a jamais cessé d'écrire. Diplômé en Techniques d'intégration multimédia au Cégep de Sainte-Foy, il étudie maintenant à l'Université Laval en création littéraire. *Alégracia et les Xayiris* est son deuxième roman publié. Son tout premier, *Alégracia et le Serpent d'Argent,* fait présentement son passage vers la langue anglaise, sous le titre *Alégracia and the Silver Serpent.*

En plus de l'écriture, Dominic Bellavance pratique toujours l'illustration digitale et la création de sites Internet. On peut contempler ses œuvres sur le site officiel de la trilogie, à l'adresse suivante :

http://www.alegracia.com

Photographie : *Studio Imagicom François Laliberté*

Remerciements

Je tiens à remercier mes correctrices personnelles, Carole Hains et Sylvianne Laliberté, qui ont minutieusement analysé toutes les pages de mes épais manuscrits, et ce, même avec des horaires déjà surchargés. Je suis également redevable à Tommy Vachon pour avoir réalisé de nombreuses illustrations et aussi pour m'avoir longtemps enduré en tant que directeur artistique. Merci à Roberto Bellavance pour avoir donné vie au personnage de Wecto, ainsi que pour ses nombreuses suggestions et idées. Mes salutations à Mathieu Fortin pour avoir bien voulu exposer ma création dans Brins d'Éternité. Merci à Jean-Sébastien Lessard pour sa splendide illustration de couverture, qui représente si fidèlement mon univers. Je remercie aussi les premiers lecteurs de ce livre, soit Odette Lehoux, Julie Bellavance, Christiane et Sabrina Gallant, Alexandre Moreau et Marie-France Fortin.

Enfin, je ne pourrais oublier de saluer Les Six Brumes, pour avoir permis à ma plume de prendre son premier envol.

Merci pour votre temps et votre intérêt envers ce fabuleux projet. Vous avez tous embelli, à votre propre façon, la merveilleuse histoire d'Alégracia.

www.alegracia.com

La collection des Six Brumes

L'aurore
Collectif, recueil de nouvelles, 2002

Ombres
Jonathan Reynolds, roman fantastique, 2002

Mach Avel
Simon St-Onge, roman de fantasy, 2002

Les suppliciés
Claude Messier, roman policier, 2003

Équinoxe
Collectif, recueil de nouvelles, 2004

Nocturne
Jonathan Reynolds, roman d'horreur, 2005

Alégracia et le Serpent d'Argent
Gagnant du prix Aurora 2006, meilleur roman francophone
Dominic Bellavance, roman de fantasy, 2005

Alégracia et les Xayiris, Volume I
Dominic Bellavance, roman de fantasy, 2006

En manque d'imaginaire? Venez nous visiter sur
www.6brumes.com